사람은 누구나 꽃이다

그러나 모두가 장미일 필요는 없다

나는 나 대로

내가 사랑하는 사람은 그 사람대로

산국화이어도 좋고 나리꽃이어도 좋다

– 도종환 〈사람은 누구나 꽃이다〉

깊은 산 속에 홀로 피어난 '애기앉은부채'

새 삶과 희망 찾는 생활 묵상

날마다 다시 피어나는 새벽

초판 1쇄 발행 / 2019년 3월 3일

지은이 / 글 장의신 · 사진 김인철

펴낸이 / 박국용

편집 / 곽   창

펴낸 곳 / 도서출판 금토

주소 / 경기도 용인시 수지구 태봉로 17, 205-302

전화 / 070-4202-6252

팩스 / 031-264-6254

e메일 / kumtokr@hanmail.net

1996년 3월 6일 출판등록 제 16-1273호

ISBN 978-89-86903-86-7 03810

값 14,000원

새 삶과 희망 찾는 생활 묵상

날마다
다시 피어나는
새벽

'사랑 안에 길이 있고, 희망 속에 삶이 있다'

글 장의신 | 사진 김인철

【 차례 】

추천의 말 | 날마다 하느님 말씀 읽고 힘을 얻는 삶 … 010

저자의 말 | 새로운 소리를 듣고 새로운 세상을 본다 … 013

책 앞에 | 공허한 세월이 풍요로운 삶으로 … 016

 | 내 삶을 바꾸어 주시는 분 … 018

1장 먼저 내 안의 속사람을 만나자

내 안에 자리 잡은 세 사람 … 024

눈 뜨고도 못 보고, 귀 열고도 못 듣고 … 026

나를 보지 못하면 남도 볼 수 없다 … 028

내 안에서 싸우는 두 마음 … 030

속사람을 아는 것과 모르는 것 … 032

나도 예수님을 팔아넘길 사람이다 … 034

내 안에 숨어 있는 여러 모습 … 036

남 탓하는 나, 나를 탓하는 나 … 040

속사람이 죽었다 되살아나야 한다 … 041

믿음은 약한데 서약만 강하다면 … 044

무엇을 물어야 할지 아는 지혜 … 045

지나간 나를 버리고 새로운 나로 … 048

성찰과 회개가 세상을 바꾼다 … 050

지금의 됨됨이에 머무르지 않기를 … 053

남의 결점은 품어 안고 장점은 배우고 … 054

나만 옳다고 고집하지 않기 … 057

어리석은 나, 세상 무서운 줄 몰라 … 058

같은 일에도 서로 다른 깨우침 … 062

자존심은 사람마다 다 똑같아 … 063

자신을 알 때 변화가 시작된다 ··· 066

나는 어떤 예수님을 모시고 있을까? ··· 068

잘 안다는 것에 의문을 가질 때 ··· 071

나는 어떤 사람으로 삶을 마칠까? ··· 074

죄를 모르는데 어떻게 벗어나나? ··· 075

전대와 식량 자루, 지팡이 못 버려 ··· 078

큰사람은 자신을 낮추고 겸손하다 ··· 079

눈이 열려야 참세상이 보인다 ··· 080

나는 문을 통하지 않고 넘으려 했다 ··· 084

내 안의 분노를 사라지게 하소서 ··· 085

말을 알아듣는 사람은 지혜롭다 ··· 087

빌린 것을 내 것으로 착각한 나 ··· 088

본받지 말아야 할 것을 본받은 나 ··· 091

믿음이 자라기가 이토록 어려운가? ··· 092

이제야 아내의 힘들어하는 소리가 들린다 ··· 094

듣고 싶은 것만 들으려는 나 ··· 096

2장 사랑은 말이 아닌 발로 하는 것

나눌수록 더 커지는 신비 ··· 100

가난한 마음이 행복지수 높여 ··· 102

사랑은 이상이 아니라 생활이다 ··· 105

사랑이 있는 곳에 희망이 있어 ··· 108

함께 비를 맞아주는 사랑 ··· 109

믿음과 사랑을 주는 사람 ··· 110

네가 있기에 내가 있다 ··· 113

사랑을 부르는 마음의 눈 ··· 114

상대방을 깨끗이 씻어 주는 삶 … **117**

믿음과 사랑이 기적을 부른다 … **118**

사랑 안에 머물러야 사랑을 배운다 … **121**

바른 관계가 바른 삶을 이끈다 … **122**

이웃에 축복을 전하는 사람 … **125**

내 안에서 상대가 나보다 클 때 … **126**

타인을 사랑해야 하느님을 사랑해 … **128**

참다운 자선은 그와 동행하는 것 … **131**

잘못을 타이를 때도 사랑으로 … **132**

줄 것이 많은 사람은 행복하다 … **134**

모으는 기쁨보다 나누는 기쁨 … **136**

거두는 기쁨보다 뿌리는 기쁨 … **138**

인간 마지막 가치–자유, 평등, 박애 … **140**

서로 기대어 함께 성장하는 세상 … **142**

'나'가 작아져야 '우리'가 커진다 … **144**

사랑은 무엇으로 하는가? … **145**

틀에 갇히지 않은 사랑과 믿음 … **148**

남을 깔보는 사람은 속이 허전해 … **149**

사랑과 관심은 가까이에서부터 … **152**

진정으로 나를 받아들이는 아내 … **153**

3장 어둠이 깊을수록 빛은 더 밝아

마음이 빛이 아니라 어둠이라면 … **156**

어려움은 앞날을 밝히는 디딤돌 … **157**

어두울 때 빛이 더 잘 보인다 … **159**

이제 무엇이 소중한지 알 것 같다 … **161**

인생은 선택하고 일관하는 것 … 163

진지하게 묻고 열정으로 들어 … 165

도전과 변화를 구하는 용기 … 167

남이 가지 않은 길을 가리라 … 169

새 교훈을 얻는 사람은 행복하다 … 171

내 노력보다 훨씬 큰 보상 … 173

네 믿음이 너를 살린다 … 175

참으로 지혜란 무엇인가? … 177

탐욕이 인간을 지배할 때 … 180

잘 들으려면 포용력을 키워야 한다 … 181

육신보다 먼저 마음이 건강해야 … 184

변치 않는 본질적 가치를 찾자 … 185

내 영혼이 잠들어 있을 때 … 188

언어는 아끼고 진정은 키우고 … 189

세상에서 가장 복된 사람 … 190

영혼의 갈증은 무엇으로 채울까 … 193

진정한 영광은 내 안에 있다 … 194

끝까지 견딜 수 있는 마음의 평화 … 197

'여기 와서 아침을 들어라' … 198

줄기에 붙어 있지 않은 가지 … 201

고난은 성장과 변화의 토대 … 202

고난은 맞서 싸울 때 극복된다 … 205

직접 할 일과 남에게 맡길 일 … 207

썩지 않을 열매는 어떻게 맺을까 … 208

감추어진 것은 모두 드러나게 마련 … 211

보여 주려고 사는 삶은 허무하다 … 212

완고한 고집은 역경의 근원 … 213

변해야 할 것과 지켜야 할 것 … 216

집착하지 않는 지혜와 용기 … 217

후회하지 않을 오늘을 살기 … 219

포기하기 전까지는 실패가 아니다 … 222

행동하는 양심으로 살아가기 … 223

신념과 목적으로 역경 탈출 … 225

알곡을 거둘 수 있는 삶을 … 228

작은 일과 큰 일의 관계 … 229

많은 것에 마음 빼앗기지 않기를 … 231

참된 행복의 길은 낮은 곳에 있다 … 233

지금 누리는 것의 소중함 … 235

어려움을 극복하며 또 하나 배운다 … 237

성숙은 질적인 변화로부터 … 239

완고함은 변화와 성숙의 장애물 … 241

현실을 긍정할 때 발전과 성장이 … 243

한계를 인식하고 역량을 높여라 … 246

4장 긍정적 목표가 희망을 부른다

삶은 속도가 아니라 방향이다 … 250

자신이 가진 것에 만족하는 사람 … 251

쓸모없는 경험은 없다 … 254

세상에 어떤 일을 하러 왔을까? … 256

목표가 선하면 과정이 즐겁다 … 257

열망과 믿음이 바람을 이루어 준다 … 260

'옛것'과 '낡은 것'은 다르다 … 262

평온히 눈을 감는다는 것 … 263

진실로 마음에 품어야 하는 것 … 266

영원한 생명보다 세상 빛 먼저 … 267

재능과 힘을 함부로 쓰지 말라 … 269

'제 뜻이 아니라 주님 뜻대로' … 270

개인의 책임과 사회의 책무 … 272

관성적인 틀에서 벗어나라 … 274

열린 생각, 트인 귀, 깨인 눈 … 277

빚진 사람과 빚이 없는 사람 … 279

현실 안주에서 새로운 개혁으로 … 280

일상의 사소한 일 모두에 감사! … 283

나 자신이 추수할 대상이자 일꾼 … 284

행복의 핵심이며 만복의 근원 … 285

보고 싶은 것보다 보아야 할 것 … 287

늘 새로운 세상, 늘 새로운 생각 … 288

더 받을 사람과 빼앗길 사람 … 291

고난을 겪지 않고는 이룰 수 없다 … 292

문이 열릴 때까지 두드려라 … 294

목적과 중심이 분명한 삶 … 296

늘 준비되고 정돈된 삶 … 297

가진 게 적어도 많게 느끼는 사람 … 299

옛 틀을 깨고 새 눈과 귀를 열자 … 301

해야 할 일이라면 지금 당장 하라 … 304

내 활력을 모두 바쳐 치열하게 … 305

소통하고 함께할수록 효율이 높다 … 306

기적은 감사의 또 다른 표현 … 309

성실한 나무가 충실한 열매를 맺어 … 310

주인도 일꾼 의식이 필요하다 … 311

날마다 하느님 말씀 읽고 힘을 얻는 삶

이경호 베드로 주교 | 대한성공회 서울교구장

우리는 인생을 살면서 다양한 사람을 만나고 헤어집니다. 우리는 사람을 처음 만날 때 명함을 주고받거나 악수를 하며 인사를 나누지만 한 번의 만남으로 끝나는 경우가 많습니다. 사람을 만나 좋은 관계를 유지하고 발전하는 사람도 있지만 오래 만날수록 사이가 나빠지는 경우도 많습니다. 그동안 우리가 맺은 인간관계를 보면 그 사람이 어떤 사람인지, 얼마나 소중한 사람인지 알 수 있습니다.

지난 15년 넘게 꾸준히 하느님 말씀을 읽고 묵상하며 살아온 장의신 야고보 님은 저에게는 아주 특별한 사람입니다. 그동안 성직자로 사목을 하면서 많은 사람을 만났으나 장 야고보 님처럼 신앙의 관계를 유지하고 있는 사람은 그리 많지 않습니다.

장의신 야고보 님은 매우 힘든 시기에 그리스도교 신앙에 입문했습니다. 20년 넘게 장 야고보 님과 영적인 동반자로 살면서 느낄 때가 많았습니다.

'신앙 안에서의 치유와 회복, 그리고 삶의 변화가 바로 이런 모습이구나!'

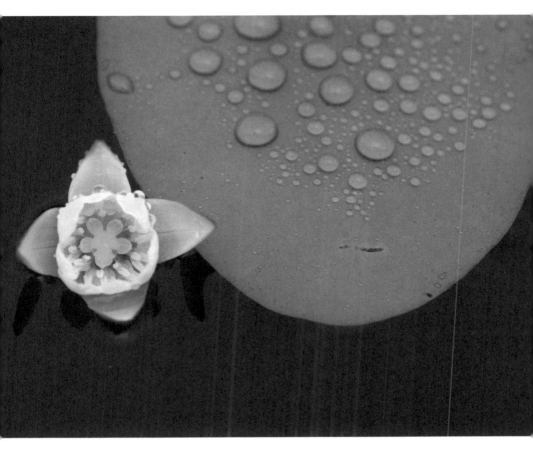

비 오는 날 물속으로 숨지 않고 끝끝내 홀로 남아 반겨준 '물의 요정' 각시수련 한 송이. 이름이 수련(睡蓮)이면 '잠자는 연꽃'인데 국내 유일의 자생지로 알려진 강원도의 오래된 연못을 찾아갔더니 오전에는 물속에서 잠을 자느라 보이지 않다가 수온이 오르는 오후 1시 15분이 되자 깜짝 등장해 꽃봉오리를 펼쳤다. 쌍떡잎식물 미나리아재비목 수련과의 여러해살이풀. 멸종위기 야생식물 2급.

그러면서 저의 신앙생활을 살피게 해 주어 참으로 감사합니다.

생활과 묵상의 시작은 제가 산본 교회에서 사목할 때 교인들이 서로 영적인 동반자로 살았으면 좋겠다는 생각으로 제안했습니다. 그런데 장 야고보 님은 그때부터 지금까지 매일 아침 말씀을 읽고 묵상하며 신앙의 여정을 이어오고 있습니다.

하느님 말씀은 장 야고보 님에게 밝은 등불이 되어 주었습니다. 하느님 말씀은 영혼의 생수였고, 지혜의 샘이었습니다. 살면서 크고 작은 시련과 역경을 만날 때마다 하느님 말씀에서 위로와 격려, 그리고 지지를 받았습니다. 그리고 무엇보다도 자신의 내면을 더 깊이 성찰하는 영혼의 거울로 삼았습니다. 그렇게 말씀을 묵상하면서 기도의 삶을 살아온 장 야고보 님의 신앙 여정을 이끌어 주신 하느님께 감사를 드리고, 앞으로의 삶에 주님 은총과 축복을 기원합니다.

독일 영성가 안셀름 그륀은 《황혼의 미학》에서 나이를 먹어 노인이 된다는 것은 더 지혜롭게 되는 것인데, 이 지혜는 더 깊이 볼 줄 아는 것이고, 더 영원에 가까이 다가가는 것이라고 했습니다.

시편 92편의 시인도 이렇게 노래합니다.

"의로운 사람아, 종려나무처럼 우거지고 레바논의 송백처럼 치솟아라. 우리 야훼의 집안에 심어진 자들아, 하느님의 뜰에 뿌리를 내리고 우거지거라. 늙어도 여전히 열매 맺으며 물기 또한 마르지 말고 항상 푸르러라. 그리하여 나의 반석이신 야훼께서 굽은 데 없이 올바르심을 널리 알려라."

장 야고보 님의 삶 역시 나이가 들수록 더 지혜롭고 열매를 맺는 행복한 삶이 되기를 기대하고 기도합니다.

새로운 소리를 듣고 새로운 세상을 본다

삶의 의미와 바람직한 삶의 모습은 아직도 제게 안개와 같습니다. 그래도 최소한 이러한 삶의 요소에 대해 얕고 흐릿한 생각이라도 해볼 수 있는 날이 오기까지는 세월이 한참 흘러야 했던 것 같습니다.

평생직장이라고 믿었던 회사가 IMF를 맞아 경영난에 봉착하면서 저의 앞날은 지극히 불안정하고 불투명하게 될 수밖에 없었고, 그 불안과 두려움을 조금이나마 극복하려는 단순한 마음에서 종교를 찾았습니다. 그렇게 걱정의 도피처로 삼은 대한성공회에서 저는 많은 위안을 얻고 새로운 세상에 눈을 뜰 수 있었습니다.

우연한 기회에 교우님의 주도로 시작한 묵상과 성찰을 통해 저는 그때까지 몰랐던 저의 여러 모습을 제 안에서 볼 수 있게 되었고, 제가 부정하고 외면하던 저의 부끄러운 모습까지 마주할 수 있게 되었습니다.

성경 말씀을 통해 제가 세상의 이치와 많은 관계에 대해 새로운 소리를 듣고 새로운 세상을 보게 되면서 저의 너무나도 미숙한 자아가 아주 느리고 더디더라도 조금씩이나마 성숙의 길로 나아갈 수 있게 된 것 같습니다.

아직도 사랑과 배려와 공감이 턱없이 부족한 미숙한 존재지만 꾸준히 인내하고 노력하면 조금 더 나은 존재로 변화할 수 있다고 믿습니다.

성경 말씀에는 세상의 모든 일에 적용할 수 있는 지혜와 가르침이 가득 들어있습니다. 이것을 깨닫게 되면서 어제보다 나은 오늘의 나를 가꾸어 갈 수 있다는 믿음을 얻게 되었고, 이런 긍정적 인식이 묵상과 성찰을 지속할 수 있는 원동력이 되었습니다.

진정한 성장과 발전은 외적 조건에서 오는 것이 아니며 내적 자아의 변화와 성숙에서 오는 것임을 더욱 확실히 깨달아 가면서 주님께서 인도하시는 내적 평화와 성숙의 자각을 통해 삶의 풍요로움을 더욱 크게 느낄 수 있어 한층 고맙습니다. 이런 고마운 깨달음을 여러분과 나누고 싶습니다.

주님 주시는 능력과 은총에 힘입어 묵상을 통한 성찰을 이어 갈 수 있기를, 그리고 이를 통해 더욱 풍성한 삶의 요소를 이루어 갈 수 있기를 정녕 소망합니다.

2019년 3월 | 장의신 야고보

여러 송이가 뭉쳐서 피는 애기송이풀을 하나하나 뜯어보면
새끼 새나 어린 병아리가 부리를 들고 날갯짓 하는 앙증맞
은 모습이다. 쌍떡잎식물 합판화군 통화식물목 현삼과의 여
러해살이풀. 멸종위기 야생식물 2급.

공허한 세월이 풍요로운 삶으로

"살아 있다!"

흔하게 하는 말이다.

사람이 숨만 쉬면 살아 있다고 믿었고 대부분 지금도 그렇게 생각한다. 그런데 단순히 생물학적으로 살아 있다는 것과 무언가 보람 있고 가치 있는 일을 하거나 그런 일을 위해 노력하며 살아간다는 것과는 상당한 거리가 있다고 느껴지기 시작했다.

언제인지는 기억이 분명치 않으나 그저 단순하게 타성적이고 이기적이며 본능적으로 살아가는 것은 공허하다는 생각이 들면서 무언가 아쉽고 부족하다는 느낌이 일기 시작했다. 좀 더 궁극적이고 의미 있는 삶을 살아야 한다는 걸 깨닫기 시작한 것이다.

아직도 어떤 방법으로, 무엇을 해야 그런 삶이 될지는 확실치 않으나 막연히 사람들과 서로 공감하고, 배려하고, 사랑하고, 나누는 삶을 살아야 한다는 생각이 들었다.

그렇게 생각하고부터 내 마음속에서 늘 이유 없이 맴돌던 짜증과 분노가

차츰 사라지는 것을 느꼈다. 상대를 이해하려는 생각이 커지면서, 이렇게 늘 선(善)한 마음으로 믿음에 성실한 삶을 살려고 애쓰다 보면 내 영혼이 풍요로워지고 내면이 풍성해질 거라는 희망이 자라났다.

주님 능력과 은총에 힘입어 보다 궁극적인 삶의 의미를 찾을 수 있고, 그런 삶을 실천할 수 있기를 소망한다.

- -

"주님은 생명의 빵이라고 말씀하셨습니다. 그것이 정확히 무엇인지는 분명치 않으나 무엇을 뜻하는지 어렴풋이는 알 것 같습니다. 지금 제 삶은 생명의 빵을 온전히 즐기지 못하는 약한 믿음 속에 있습니다만 생명의 빵을 받을 수 있기 위해 애쓰고 있음은 주님께서도 아실 것으로 믿습니다. 주님 주시는 생명의 빵으로 더욱 풍요로운 삶을 살 수 있도록 이끌어 주십시오."

- -

예수께서 말씀하셨다.

"나를 보내신 아버지께서 이끌어 주시지 않으면 아무도 나에게로 올 수 없다. 나에게로 오는 사람은 마지막 날에 내가 살릴 것이다. 예언서에 그들은 모두 하느님의 가르침을 받을 것이라고 기록되어 있다. 누구든지 아버지의 가르침을 듣고 배우는 사람은 나에게로 온다. 그렇다고 해서 아버지를 본 사람이 있다는 것은 아니다. 하느님에게서 온 이 말고는 아버지를 본 사람이 없다. 정말 잘 들어두어라. 믿는 사람은 누구나 영원한 생명을 누린다. 나는 생명의 빵이다. 너희 조상들은 광야에서 만나를 먹고도 모두 죽었으나 하늘에서 내려온 이 빵을 먹는 사람은 죽지 않는다. 나는 하늘에서 내려온 살아 있는 빵이다. 이 빵을 먹는 사람은 누구든지 영원히 살 것이다. 내가 줄 빵은 곧 나의 살이다. 세상은 그것으로 생명을 얻게 될 것이다."

요한 6 : 44~51

내 삶을 바꾸어 주시는 분

예전의 나를 돌아볼 때마다 주님의 자비로 인해 오늘 나에게 얼마나 큰일이 이루어졌는지 깨닫게 된다. 너무나 완고한 자아로 똘똘 뭉쳐 도무지 다른 사람 의견은 들으려고도 하지 않고, 나만 잘났다는 교만과 착각에 빠져 캄캄한 어둠의 골짜기를 헤매던 내 모습을 똑바로 볼 수 있게 해주신 분이 바로 주님이시다. 무심결에 토해 내는 내 말 한마디가 상대방에게 크나큰 상처와 아픔을 준다는 사실을 인식할 수 있게 해 주신 분도 주님이시고, 다른 사람을 바꾸려 하기보다 나 자신을 바꿔야 한다는 것을 알게 해주신 분도 주님이시다.

역경과 고난은 사람을 성숙하게 해주는 좋은 계기이며, 선한 목표를 찾아 치열하고 끈기 있게 구하고 두드리면 반드시 얻고 문이 열린다는 것을 알게 해주신 분도 주님이시다.

어떤 훌륭한 신념과 철학도 사랑이 없으면 도리어 해가 되고 독이 될 수 있음을 알게 해주신 분도 주님이시고, 용서가 너무나 어렵고 힘들어도 그것을 실천해야 한다는 것을 깨닫게 해주신 분도 주님이시다.

남이 나에게 해주기를 바라는 그대로 나 또한 남에게 해주어야 한다는 마음을 심어주신 분도 주님이시고, 성찰과 회개를 통해 거듭난 자신이 보는

고고한 흰색을 비롯해 미색에 가까운 연분홍, 진분홍 등 형
형색색의 동강할미꽃. 다양한 빛깔과 꽃잎만으로도 봄 최고
의 야생화로 손꼽힐 만하다. 쌍떡잎식물 미나리아재비목 미
나리아재비과의 여러해살이풀. 동강의 바위틈에서 자라는
한국특산 식물이다

세상이 예전과 얼마나 다른지, 얼마나 경이롭고 감동적인지를 경험할 수 있게 해주신 분도 주님이시다.

주님 앞에 늘 겸허하고 가난한 마음으로 사는 것이 참된 지혜임을 알게 된 것도 주님의 크나큰 은총이고 축복이다.

이런 것들을 깨닫고 인식하면서도 아직은 많은 잘못을 되풀이하고 있으나 내 안의 나를 높이기 위해 끊임없이 노력하면 언젠가는 주님 뜻에 합당한 사람이 되어갈 수 있다는 것을 알게 된 것도 오롯이 주님 덕이다.

주님 능력과 은총에 힘입어 내 속사람을 더욱 곱고 환하게 가꾸어, 주님 보시기에 좋은 삶을 살 수 있기를 소망한다.

"주님, 저에게 자비를 베푸시어 너무나 큰 일을 해주셨으니 참으로 감사합니다. 아무것도 모르는 저를 주님 자녀로 받아 주시어 저의 못난 속사람을 볼 수 있게 하시고 저의 성숙을 이끄시어 제 영혼을 좀 더 풍요롭게 해주시니 주님 은총이고 축복입니다. 아직도 많은 죄를 짓고 있으나 그 죄를 인식조차 하지 못하는 미숙하고 어리석음에서 벗어나 날마다 조금씩 더 나은 존재로 가꿀 수 있도록 지켜주십시오."

그들은 호수 건너편 게라사 지방에 이르렀다. 예수께서 배에서 내리셨을 때 더러운 악령 들린 사람이 하나 무덤 사이에서 나오다 예수를 만나게 되었다. 그는 무덤에서 살았는데 이제는 아무도 그를 매어둘 수가 없었다. 쇠사슬도 소용이 없었다. 여러 번 쇠고랑을 채우고 쇠사슬로 묶어 두었으나 그는 번번이 쇠사슬을 끊고 쇠고랑도 부수어 버려 아무도 그를 휘어잡지 못하였다. 그리고 밤이나 낮이나 묘지와 산을 돌아다니면서 소리를 지르고 돌로 제 몸을 짓찧곤 하였다.

그는 멀찍이서 예수를 보자 곧 달려가 그 앞에 엎드려 큰소리로 외쳤다.

"지극히 높으신 하느님의 아들 예수님, 왜 저를 간섭하십니까? 제발 저를 괴롭히지 마

가을이면 서해 바닷가에서 붉게 타오르는 칠면초(七面草). 멀리서 볼 때는 온통 붉은색 무더기인 줄 알았는데 가까이 다가가 하나하나 뜯어보니 형형색색으로 물든 이파리가 알록달록 쫀득쫀득한 젤리 사탕을 똑 닮았다. 명아주과의 한해살이풀. 어릴 때 나물로 먹는다.

십시오."

그것은 예수께서 악령을 보시기만 하면 명령하시기 때문이었다.

"더러운 악령아. 그 사람에게서 나오너라."

예수께서 물으셨다.

"네 이름이 무엇이냐?"

"군대라고 합니다. 수효가 많아서 그렇습니다."

그가 대답하였다. 그리고 자기들을 그 지방에서 쫓아내지 말아 달라고 애걸하였다. 마침 그 곳 산기슭에 놓아 기르는 돼지 떼가 우글거리고 있었는데 악령들은 예수께 간청하였다.

"저희를 저 돼지들에게 보내어 그 속에 들어가게 해 주십시오."

예수께서 허락하시자 더러운 악령들은 그 사람에게서 나와 돼지들 속으로 들어갔다. 그러자 거의 이천 마리나 되는 돼지 떼가 바다를 향하여 비탈을 달려 내려가 물속에 빠져 죽고 말았다.

돼지 치던 사람들은 읍내와 촌락으로 달려가 이 일을 알렸다. 동네 사람들은 무슨 일이 일어났는지 보러 나왔다가 예수께서 계신 곳에 이르러 군대라는 마귀가 들렸던 사람이 옷을 바로 입고 멀쩡한 정신으로 앉아 있는 것을 보고는 그만 겁이 났다.

이 일을 지켜본 사람들이 마귀 들린 사람이 어떻게 해서 나았으며 돼지 떼가 어떻게 되었는가를 동네 사람들에게 알려주자 그들은 예수께 그 지방을 떠나 달라고 간청하였다.

예수께서 배에 오르실 때 마귀 들렸던 사람이 예수를 따라다니게 해 달라고 애원하였으나 예수께서는 허락하지 않고 이르셨다.

"주께서 자비를 베풀어 너에게 얼마나 큰일을 해 주셨는지 집에 가서 가족에게 알려라."

그는 물러가서 예수께서 자기에게 해 주신 일을 데카폴리스 지방에 두루 알렸다. 이 말을 듣는 사람마다 모두 놀랐다.

마르코 5 : 1 ~ 20

제 **1** 장

먼저 내 안의 속사람을 만나자

'새로 태어난다'가 무엇인지 경험할 수 있다면 참으로 큰 축복이 아닐 수 없다. 어떤 계기로 새로운 생각, 새로운 깨달음을 경험하여 그때까지 몰랐던 세상에 눈을 뜨고 새로운 소리를 들을 수 있다면 대단한 경이와 감동이 아니겠는가. 한 꺼풀 벗겨진 눈, 한 겹 선명해진 귀를 가질 때 내면을 볼 수 있고, 내면의 소리를 들을 수 있을 것이다.

내 안에 자리 잡은 세 사람

"당신이 누군지 좀 알려주시오."

이런 요청을 받으면 나는 무어라고 대답할 수 있을지 모르겠다. 나 자신에게 '너는 누구냐?' 하는 질문을 던져 본 적이 없기 때문이다. 얼마 전 성경 말씀을 묵상하다 스스로 그 질문을 해본 것이 처음 경험이다.

내 안에 여러 개의 내가 자리하고 있음을 알았다. 하나는 누군가에게 보이고 싶은 나였다. 또 하나는 누군가에게 실제로 보이는 나였다. 다른 하나는 자신을 깊이 바라보는 나였다.

예전에는 누군가에게 보이고 싶은 나를 실제 나라며 착각하고 살았다. 내용이 충실하지 못한 자신을 숨기고 감추기 위해 두꺼운 가면과 철갑으로 무장하고, 남들에게 그럴듯하게 보이도록 겉모습에 치중하는 삶을 살았다. 좋은 옷을 입고, 멋진 치장을 하고, 자신이 무슨 훌륭한 인격체인 양 과장하는 허세를 부리며 살았음을 깨달았다. 그것을 깨달은 다음에는 나의 내면을 좀 더 분명하게 들여다보면서 내가 원하는 나를 가꾸고 다듬기 위해 애쓰게 되었다.

주님께서 '너는 누구냐'를 항상 묻고 계셨음을 몰랐다. 그런 소리를 들을 줄도, 그런 눈을 가지지도 못했음을 고백한다.

주님 능력과 은총에 힘입어 나의 속사람을 멋지고 밝게 할 수 있기를 소망한다.

....

"주님, 아직 많이 부족해도 주님을 따라 꾸준히 노력하면 분명 어제보다 나은 오늘의 나를 만들어 갈 수 있음을 굳게 믿습니다. 주님 은총과 축복으로 자신을 보다 분명하게 볼 수 있고, 부족하고 어리석은 저를 좀 더 현명하고 성숙한 존재로 가꾸어 갈 수 있게 해주시니 감사합니다."

유대인들이 예루살렘에서 대사제들과 레위 지파 사람들을 요한에게 보내 그가 누구인지 알아보게 하였다.

요한은 이렇게 증언하였다.

"나는 그리스도가 아니오."

그는 조금도 숨기지 않고 분명히 말해 주었다.

"그러면 누구란 말이오? 엘리야요?"

그들이 다시 묻자 요한은 또 아니라고 대답하였다.

"그러면 우리가 기다리고 있던 그 예언자요?"

그들이 다시 물었으나 요한은 그도 아니라고 하였다.

"우리를 보낸 사람들에게 대답해 줄 말이 있어야 하니 당신이 누군지 좀 알려주시오. 당신은 자신을 누구라고 생각하고 있소?"

이렇게 다그치자 요한은 그제야 대답하였다.

"나는 예언자 이사야의 말대로 '주님의 길을 곧게 하라'며 광야에서 외치는 이의 소리요."

그들은 바리사이파에서 보낸 사람들이었다.

그들은 또 요한에게 물었다.

"당신이 그리스도도 아니오, 엘리야도 아니오, 그 예언자도 아니라면 어찌하여 세례를 베푸는 거요?"

요한은 이렇게 대답하였다.

"나는 다만 물로 세례를 베풀 따름이오. 그런데 당신들이 알지 못하는 사람 한 분이 당신들 가운데 서 계십니다. 이분은 내 뒤에 오시는 분이지만 나는 이분의 신발 끈을 풀어 드릴 만한 자격조차 없는 몸이오."

이것은 요한이 세례를 베풀던 요르단강 건너편 베다니아에서 일어난 일이었다.

요한 1 : 19~28

눈 뜨고도 못 보고, 귀 열고도 못 듣고

나는 살면서 자주 길을 잃는다. 하지 말아야 할 것을 하고, 해야 할 것을 하지 않는다. 용기 있게 나서야 할 때 나서지 못하고 나서지 않아야 할 때 불쑥불쑥 나서는 경우가 허다하다. 참아야 할 것을 참지 못하고, 참으면 안 되는 때에 참고 침묵한다.

수많은 시행착오와 잘못을 범하면서도 그 과정을 통해 배우는 것은 깊지 못하고 넓지도, 크지도 않다. 사랑의 크기를 늘리지 못하고 공감 능력도 키우지 못한다.

그래도 이제는 나 자신의 이런 실제 모습을 볼 수 있게 되었으니 티끌만큼이라도 성숙하지 않았나 생각된다. 잘못을 인정하는 용기도 아주 조금씩이나마 키우려고 애쓰고 있다. 내 삶이 윤택하고 풍요로우려면 내 영성이 풍부해야 할 것 같고, 그렇게 되기 위해서는 훈련과 연습이 중요할 것이기 때문이다.

주님 능력과 은총에 힘입어 길을 잃었다가도 금방 다시 찾고 길을 잃는 횟수도 줄어들 수 있기를 소망한다.

....

"주님, 제 안에 끊임없이 교만이 싹트고 있음을 알게 하시니 주님 은총입니다. 늘 욕심이 부풀고 있음을 알게 하시니 주님 축복입니다. 이런 교만과 욕심이 가라앉지 않는 것은 제 노력이 부족한 탓이고 아직 충분히 성숙하지 못했기 때문임을 알게 하시니 감사합니다. 제가 눈뜬 시각 장애인이 되지 않게 하시고 멀쩡한 귀를 가진 청각 장애인이 되지 않도록 이끌어 주십시오."

....

예수께서 열두 제자를 불러 악령을 제어하는 권능을 주시어 그것을 쫓아내고 병자와 허약한

눈에 보이는 것이라고는 하늘 높은 줄 모르고 치솟는 빌딩과 해운대해수욕장의 이름난 백사장, 그리고 풀 한 포기도 자랄 수 없는 바위 더미와 넘실대는 짙푸른 바다. 때는 겨울 문턱에 선 11월 하순, 이 황량한 풍경에 동백섬 절벽에서 홀로 싱그러운 둥근바위솔 꽃송이를 보니 왜 독야청청 소나무 '솔'자가 붙었는지 알 것도 같다. 쌍떡잎식물 장미목 돌나물과의 여러해살이풀.

사람들을 모두 고쳐 주게 하셨다. 열두 사도의 이름은 이러하다. 베드로라고 하는 시몬과 그의 동생 안드레아를 비롯하여 제베대오의 아들 야고보와 요한 형제, 필립보와 바르톨로메오, 토마와 세리였던 마태오, 알패오의 아들 야고보와 타대오, 가나안 사람 시몬, 그리고 예수를 팔아넘긴 가리옷의 유다이다.

예수께서 이 열두 사람을 파견하시면서 이렇게 분부하셨다.

"이방인들이 사는 곳으로도 가지 말고 사마리아 사람들의 도시에도 들어가지 말아라. 다만 이스라엘 백성 중에 길 잃은 양들을 찾아가라. 가서 하늘나라가 왔다고 선포하여라."

마태 10 : 1 ~ 7

나를 보지 못하면 남도 볼 수 없다

'새로 태어난다'가 무엇인지 경험할 수 있다면 참으로 큰 축복이 아닐 수 없을 것이다. 어떤 계기를 맞아 새로운 생각, 새로운 깨달음을 경험할 수 있어서, 여태껏 모르고 있던 세상에 눈을 뜨고 새로운 소리를 들을 수 있다는 것은 대단한 경이와 감동이 아닐까.

한 꺼풀 벗겨진 눈, 한 겹 선명해진 귀를 가질 때 내면을 볼 수 있고, 내면의 소리를 들을 수 있는 것이 아닐까 생각된다. 겉에만 신경을 쓰고 외부 현상에만 관심을 보인다면 아마도 내면의 세계는 절대로 보고 들을 수 없을 것이다. 정녕 보아야 할 것, 들어야 할 것을 보고 들을 수 있으려면 마음이 내면을 향해 열려 있어야 할 것이다. 자신을 보지 못하는 사람은 절대로 남을 볼 수 없다는 사실을 깨닫게 된다.

주님 능력과 은총에 힘입어 나 자신을 정확히 보고 늘 물과 성령으로 거듭날 수 있기를 소망한다.

바리사이파 사람 가운데 니고데모라는 사람이 있었다. 그는 유대인들의 지도자 중 한 사람이었는데 어느 날 밤에 예수를 찾아와 말하였다.

"선생님, 우리는 선생님을 하느님께서 보내신 분으로 알고 있습니다. 하느님께서 함께 계시지 않고서야 누가 선생님처럼 그런 기적들을 행할 수 있겠습니까?"

그러자 예수께서 말씀하셨다.

"정말 잘 들어두어라. 누구든지 새로 태어나지 아니하면 아무도 하느님 나라를 볼 수 없다."

니고데모가 물었다.

"다 자란 사람이 어떻게 새로 태어날 수 있겠습니까? 다시 어머니 뱃속에 들어갔다가 나올 수야 없지 않습니까?"

예수께서 대답하셨다.

"정말 잘 들어두어라. 물과 성령으로 새로 태어나지 않으면 아무도 하느님 나라에 들어갈 수 없다. 육에서 나온 것은 육이며 영에서 나온 것은 영이다. 새로 태어나야 한다는 내 말을 이상하게 생각하지 마라. 바람은 제가 불고 싶은 대로 분다. 너는 그 소리를 듣고도 어디서 불어와서 어디로 가는지를 모른다. 성령으로 난 사람은 누구든지 이와 마찬가지다."

요한 3:1~8

내 안에서 싸우는 두 마음

내 마음도 갈라져 있음을 깨닫게 된다.

내 마음 안에 여러 가지 모습이 있음에도 그런 사실을 깨닫지 못했을 때는 내 마음이 하나인 줄 알고 무심하게 보내던 시절이 있었다.

그런데 믿음을 가지고 자신에 대해 좀 더 분명히 알아보니 내 마음 안에 여러 가지 형태가 자리하고 있음을 알게 되었다. 각종 욕심으로 가득한 마음, 세상과 적당히 타협하며 때 묻은 여러 가지 요소들을 합리화하고 거기에 편승하고 싶어 하는 마음, 본능적 쾌락을 좇아 원초적인 즐거움을 추구하고 싶어 하는 마음 등 각종 어두운 마음이 자리하고 있음을 발견했다. 이런 어두운 마음이 선하고 밝은 쪽에 자리하고 싶어 하는 마음과 늘 충돌하고 있음을 알게 되었다.

넓은 문으로 들어가고 싶어 하는 마음과 좁은 문으로 들어가야 한다는 마음이 충돌하고 있었고, 지금도 계속되고 있다. 다만 이제는 어두운 마음의 자리가 좀 더 좁아지고 밝은 마음의 자리가 점차 늘어가고 있는 과정이 아닌가 생각된다.

주님 능력과 은총에 힘입어 주님 보시기에 좋은 것들, 정의와 사랑, 검약과 근면, 평화와 온유 속에서 주님 앞에 가난한 마음을 유지하며 풍요로운 영혼을 키워가는 삶을 살 수 있기를 소망한다.

....

"주님, 제 안에 어둡고 비굴한 마음이 크게 자리하고 있음을 알게 하시니 주님 은총입니다. 그런 마음을 물리치고 밝고 선한 마음, 따뜻하고 멋진 마음을 키워가도록 이끌어 주시니 주님 축복입니다. 때때로 예전의 못난 저로 돌아갈 때 금세 이를 알아채

봄에 피는 기생꽃보다 더 멋을 내어 분 바르고, 연지 곤지 찍은 새색시 못지않게 사람들 눈을 끌어당기는 꽃 물매화. 특히 꽃밥이 립스틱을 칠한 것처럼 붉게 빛나는 것이 있어 야생화 동호인들은 '립스틱 선녀'라 부른다. 쌍떡잎식물 장미목 범의귀과의 여러해살이풀. '매화초'라는 약재로 쓰인다.

게 하시어 주님께 용서를 구하고 자신을 단련시키는 바른길로 되돌아가게 하시니 주님 은총과 축복입니다. 늘 기도하고 항상 감사하며 어떤 처지에서든지 기뻐할 수 있도록 이끌어 주십시오."

"나는 이 세상에 불을 지르러 왔다. 이 불이 이미 타올랐다면 얼마나 좋으냐? 내가 받아야 할 세례가 있다. 이 일을 다 겪어낼 때까지는 내 마음이 얼마나 괴로울지 모른다. 내가 이 세상을 평화롭게 하려고 온 줄 아느냐? 아니다. 사실은 분열을 일으키러 왔다. 한 가정에 다섯 식구가 있다면 이제부터는 세 사람이 두 사람을 반대하고 두 사람이 세 사람을 반대하여 갈라질 것이다. 아버지가 아들을 반대하고 아들이 아버지를 반대할 것이며, 어머니가 딸을 반대하고 딸이 어머니를 반대할 것이며, 시어머니가 며느리를 반대하고 며느리가 시어머니를 반대하여 갈라질 것이다."

루가 12 : 49 ~ 53

속사람을 아는 것과 모르는 것

나는 사람을 볼 줄 모른다. 사람을 제대로 보려면 그의 속마음, 내면 깊은 곳, 좀 더 본질적인 것을 보아야 하는데 나는 그런 것을 잘 보지 못하는 편이다. 한 사람을 오래 알고 지내다 보면 그의 본모습, 속사람의 모습을 어느 정도는 보게 되지만 그렇게 분명하지 못하다.

사실 내 속사람의 모습도 바뀌어야 할 것이 참 많은데 그나마 그 모습을 조금씩이라도 볼 수 있게 된 것이 내 변화의 출발점이었다. 지금은 조금이나마 알게 되어 비록 더디지만 나를 바꾸어 갈 수 있고, 바꾸려는 노력을 지속할 수 있으니 얼마나 다행인지 모른다.

자신이 모르는 것이 바로 자신의 속 모습이라는 사실을 아는 것과 모르는 것은 얼마나 큰 차이가 있겠는가? 사람은 자신의 속사람을 볼 수 있느냐 없느냐에 따라 살아가는 모습이 크게 다른 것 같다. 자신의 속 모습을 보지 못한다는 것을 아는 순간이 바로 자신을 알아 가는 출발점이 된다는 것을 이제는 알 것 같다.

주님 능력과 은총에 힘입어 보다 분명한 내 모습을 보는 능력을 키워 갈 수 있기를 소망한다.

"주님, 저에 대해 다 안다고 착각하며 살았음을 고백합니다. 제가 보지 못하는 제 모습을 남이 보고 지적할 때마다 한사코 부정하고 외면했습니다. 그래서 자신을 절대로 바꿀 수 없었지요. 이제 주님 은총으로 제 속사람을 좀 더 분명히 볼 수 있고 그래서 보다 나은 모습으로 바꾸려고 노력하고 있으니 감사합니다. 어제보다 나은 오늘의 내가 된다는 것은 저의 속사람이 개선된다는 의미이며 세상을 보는 눈과 귀가 새로워진다는 것이겠지요. 날마다 부활하고 매 순간 감사하며 기뻐하는 삶을 살 수 있도록 이끌어 주십시오."

예수께서 말씀을 마치시고 어느 바리사이파 사람의 저녁 초대를 받아 그 집에 들어가 식탁에 앉으셨다. 그런데 예수께서 손 씻는 의식을 치르지 않고 음식을 잡수시는 것을 보고 바리사이파 사람은 깜짝 놀랐다.

그래서 예수께서 이렇게 말씀하셨다.

"너희 바리사이파 사람들은 잔과 접시의 겉은 깨끗이 닦아 놓아도 속에는 착취와 사악이 가득 차 있다. 이 어리석은 사람들아, 겉을 만드신 분이 속도 만드신 것을 모르느냐? 그릇 속에 담긴 것을 가난한 사람들에게 주어라. 그러면 모든 것이 다 깨끗해질 것이다."

루가 11 : 37 – 41

나도 예수님을 팔아넘길 사람

"주님, 그게 누굽니까?"

이렇게 묻는 제자는 자신은 절대로 예수님을 팔아넘길 사람이 아니라는 전제를 깔고 질문했을 것이다. 아마 나도 같은 상황이라면 같은 전제의 질문을 올렸을 것이다.

그런데 곰곰이 생각해 보면 나 자신이 바로 주님을 팔아넘길 수 있는 사람이라는 것을 깨닫게 된다. 내 안에 있는 여러 성품의 속사람 중에는 극단적인 궁지와 곤경에 내몰리게 되면 주님을 팔아넘길 만한 속성이 있다는 것을 알기 때문이다.

다른 사람의 잘못이나 실패에 관한 이야기를 들을 때 내 마음속에서 그것은 그저 그 사람의 경우일 뿐이라고 밀어버리는 자신을 발견한다. 그러나 그런 상황이 나에게도 닥칠 수 있으니 다른 사람의 경우가 아니라 바로 나의 경우, 나의 사건이라고 인정할 수 있어야 한다고 나는 생각한다. 이런 자각을 할 수 있을 때, 도리어 곤경에 처하더라도 주님의 가르침을 따르고 순종하려는 의식도 태동할 수 있을 것이다.

삶에서는 다른 사람의 경우라고, 소설에나 등장하는 이야기라고 생각하는 사건이나 상황이 바로 자신에게도 발생하는 경우가 참으로 많은 것을 경험한다.

주님 능력과 은총에 힘입어 언제나 깨어 있는 사람으로 살아가기를 소망한다.

"주님, 다른 사람이 경험한 사건이나 상황은 그저 남의 이야기로만 치부하는 잘못

가을이면 직탕폭포나 '자살바위'라는 별칭으로 더 유명한 좌상바위 등 한탄강 주변의 크고 작은 개울가에는 포천구절초가 피어나 푸른 개울물과 어우러진다. 쌍떡잎식물 초롱꽃목 국화과의 여러해살이풀.

을 범하지 않도록 이끌어 주십시오. 저도 언제나 그런 상황에 내몰릴 수 있으며 같은 잘못을 범할 수 있음을 깨닫고 매사에 조심하며 겸손하게 행동하고 처신하도록 지켜 주십시오. 다른 사람의 경우가 언제나 저의 경우가 될 수 있음을 잊지 않도록 인도하여 주십시오."

예수께서 이 말씀을 하시고 나서 몹시 번민하시며 내놓고 말씀하셨다.

"정말 잘 들어두어라. 너희 가운데 나를 팔아넘길 사람이 하나 있다."

제자들은 누구를 가리켜서 하시는 말씀인지를 몰라 서로 쳐다보았다. 그때 제자 한 사람이 바로 예수 곁에 앉아 있었는데 그는 예수의 사랑을 받던 제자였다. 그래서 시몬 베드로가 그에게 눈짓하며 누구를 두고 하시는 말씀인지 여쭈어보라고 하였다.

그 제자가 예수께 바짝 다가앉으며 물었다.

"주님, 그게 누굽니까?"

"내가 빵을 적셔서 줄 사람이 바로 그 사람이다."

예수께서 대답하시고 바로 빵을 적셔서 가리옷의 유다에게 주셨다.

요한 13 : 21 ~ 26

내 안에 숨어 있는 여러 모습

오늘 말씀에 나오는 여러 상황은 시시각각 변하는 내 마음, 내 모습을 그대로 나타내고 있는 것 같다. 예수님을 보고 세례자 요한, 엘리야, 옛 예언자, 요한 등으로 판단하는 사람들은 어떤 상황에서든 내가 아전인수(我田引水, 제 논에만 물 대기) 격으로 해석하고 판단하는 것과 같은 듯하다.

그리고 요한을 의롭고 거룩한 사람으로 알고 그를 보호해주는 헤로데의 모습에서는 정의롭고 공정한 삶을 실천하는 사람을 존경하고 가까이하려는 내 모습을 떠올리게 된다.

또 옳지 않음을 누차 간하는 요한을 대할 때마다 괴로워하면서도 기꺼이 듣는 헤로데의 모습에서는 쓴소리를 부담스러워하는 나, 그러면서도 그 쓴소리를 수용하려고 애쓰는 내 모습이 연상된다.

한편 옳은 소리에 귀를 닫고 원한을 쌓아가는 헤로디아의 모습에서는 완고한 나 자신과 편협한 마음의 나 자신을 보게 된다.

또한 '무슨 청이든지 다 들어 주겠다'고 말하는 헤로데의 모습에서는 허세를 부리고 잰 체하는 내 모습을 떠올리게 된다.

주님 능력과 은총에 힘입어 내 안의 다양한 모습을 분명히 볼 수 있고, 바람직스럽지 않은 내 모습이 나타날 때마다 즉시 그것을 알아채고 잘못을 고치는 삶을 살 수 있기를 소망한다.

"주님, 제 안에는 너무나 많은 모습이 있음을 알게 하시니 주님 은총입니다. 제 안의 부정적 모습이 나타날 때마다 그것을 알아차릴 수 있도록 깨우치시니 주님 축복입니다. 그런데도 살아가는 순간마다 너무나 많은 잘못을 저지르는 부족함을 용서하여 주십시오. 주님 도우심으로 제가 날마다 좀 더 나은 존재로 성장할 수 있기를 원하오니 저의 손을 잡아 이끌어 주십시오."

예수의 이름이 널리 알려져 마침내 그 소문이 헤로데 왕의 귀에 들어갔다.

"그에게서 그런 기적의 힘이 나타나는 것을 보면 죽은 세례자 요한이 다시 살아난 것이 틀림없다."

어떤 사람들은 이렇게 말하는가 하면 더러는 엘리야라고도 하고, 또 더러는 옛 예언자들과 같은 예언자라고도 하였다.

그러나 예수의 소문을 들은 헤로데 왕은 말하였다.

"바로 요한이다. 내가 목을 벤 요한이 다시 살아난 것이다."

이 헤로데는 일찍이 사람을 시켜 요한을 잡아 결박하여 옥에 가둔 일이 있었다. 헤로데가 동생 필립보의 아내 헤로디아와 결혼하였다고 해서 요한이 헤로데에게 여러 차례 간하였기 때문이다.

"동생의 아내를 데리고 사는 것은 옳지 않습니다."

그래서 헤로디아는 요한에게 원한을 품고 그를 죽이려고 하였으나 뜻을 이루지 못하였다. 헤로데가 요한을 의롭고 거룩한 사람으로 알고 그를 두려워하여 보호해주었을 뿐만 아니라 그가 간할 때마다 속으로는 몹시 괴로워하면서도 그것을 기꺼이 들어 왔기 때문이다.

그런데 마침 헤로디아에게 좋은 기회가 왔다. 헤로데 왕이 생일을 맞아 고관들과 무관들과 갈릴리의 요인들을 청하여 잔치를 베풀었는데, 그 자리에 헤로디아의 딸이 나와서 춤을 주어 헤로데와 그의 손님들을 기쁘게 해 주었다. 그러자 왕은 그 소녀에게 맹세한 것이다.

"네 소원을 말해 보아라. 무엇이든지 들어주마. 네가 청하는 것이면 무엇이든지 주겠다. 내 왕국의 반이라도 주겠다."

소녀가 나가서 제 어미와 의논했다.

"무엇을 청할까요?"

그 어미가 시켰다.

"세례자 요한의 머리를 달라고 하여라."

소녀는 급히 왕에게 돌아와 청하였다.

"지금 곧 세례자 요한의 머리를 쟁반에 올려 가져다주십시오."

왕은 마음이 몹시 괴로웠지만 이미 맹세한 바도 있고 또 손님들이 보는 앞이어서 그 청을 거절할 수가 없었다.

그래서 왕은 곧 경비병 하나를 보내 요한의 목을 베어 오라고 명령하였다. 경비병이 감옥으로 가서 요한의 목을 베어 쟁반에 올려 소녀에게 건네자 소녀는 다시 그것을 제 어미에게 가져다 주었다.

조금 늦었지만 아직은 볼만하다. 기암절벽 곳곳에 숨어 한
무더기씩 피어나는 해국을 숨바꼭질하듯 찾는 재미가 색다
르다. 가을 하늘이 워낙 푸르러 색이 움츠러든 것인지 보랏
빛 꽃이 강한 햇살에 하얗게 변하고 있어 또 한 해가 감을
실감케 한다. 동해안 바위 사이에 한 무더기 피어나 바닷바
람을 맞고 있는 해국. 쌍떡잎식물 초롱꽃목 국화과의 여러해
살이풀.

그 뒤 소식을 들은 요한의 제자들이 와서 그 시체를 거두어 장사를 지냈다.

마르 6 : 14 ~ 29

남 탓하는 나, 나를 탓하는 나

오늘 말씀에 등장하는, 사형선고를 받은 두 죄수는 삶의 마지막 순간에 극단적으로 다른 모습을 보인다. 한 죄수는 삶을 마감하는 마지막 순간에도 남의 허점을 파고들며 비난하는 속성을 버리지 못하는데, 다른 죄수는 자신의 죄를 뉘우치며 타인을 존중하고 불의를 비판하는 모습을 보여 준다.

매일매일의 내 모습에서도 이처럼 매우 다른 속성이 그대로 드러날 것이라는 생각이 든다. 남 탓을 하면서 자신을 돌아보지 못하는 모습과 잠시라도 자신을 탓하며 자신의 내면을 성찰하려는 나의 서로 다른 모습이 두 죄수의 모습에 투영되어있는 것 같다.

주님 능력과 은총에 힘입어 꾸준히 내면을 성찰하며 속사람을 살찌우는 삶을 살기를 소망한다.

"주님, 스스로 저의 분수를 망각하고 세상 탓을 하며 자신을 돌아보지 못하는 세월이 너무 길었습니다. 아직도 때때로 그런 타성에서 벗어나지 못하지만 이제 주님 은총으로 자신의 모습을 좀 더 투명하게 볼 줄 알게 되었습니다. 주위 사람들에게도 좀 더 너그러워지고, 생각이 조금이나마 부드러워져 저의 삶이 조금이라도 평온해졌으니 주님 축복이 크십니다. 주님을 사랑하는 마음이 더욱 자라게 하시고 저의 마음을 좀 더 부드럽게 가꾸도록 이끌어 주십시오."

예수와 함께 십자가에 달린 죄수 중 하나도 예수를 모욕하는 말을 했다.

"당신은 그리스도가 아니오? 당신도 살리고 우리도 살려보시오!"

그러자 다른 죄수가 그를 꾸짖었다.

"너도 저분과 같은 사형선고를 받은 주제에 하느님이 두렵지도 않으냐? 우리가 한 짓을 보아 우리는 이런 벌을 받아 마땅하나 저분이야 무슨 잘못이 있단 말이냐?"

그리고 예수께 간청하였다.

"예수께서 왕이 되어 오실 때 저를 꼭 기억하여 주십시오."

예수께서 대답하셨다.

"오늘 네가 정녕 나와 함께 낙원에 들어가게 될 것이다."

루가 23 : 39 ~ 43

속사람이 죽었다 다시 살아나야

죽었다 다시 살아난 사람은 아주 드물 것이다. 잠시 숨이 멎었다가 완전히 죽은 것으로 생각하여 매장하려 할 때 깨어난 사람이 있다는 이야기는 들었지만 실제로 그런 경우는 거의 없을 것 같다.

이런 생물학적 죽음과 소생에 관한 이야기가 아니고 자신의 천성적 기질, 본능적 성정을 죽이고 보다 바람직한 새로운 존재로 거듭나는 비유적 죽음과 소생, 부활에 관한 이야기도 상당히 드문 사례에 속하는 것이 아닐까.

자신을 바꾸려는 노력은 대개 자신의 겉모습에 국한되는 경우가 많은 것 같다. 자신을 진정으로 바꾸는 것은 겉모습이 아닌 속 모습을 바꾸는 것임에도 말이다.

나는 노력이 부족하고 끈기가 모자라 나의 속사람을 바꾸기가 너무 힘들고 어려운 것 같다. 아주 티끌만큼이라도 바뀌었나 싶으면 어느새 다시 예전의 속성이 툭툭 튀어나오기를 반복한다.

그런데 한 가지 분명한 것은 그러기를 거듭하더라도 끈질기게 바꾸려고 힘쓰면 언젠가는 성정이 조금씩 변하더라는 것이다. 자신을 그렇게 조금씩 바꾸어 보면 예전에 전혀 보지 못하고 듣지 못하던 신천지가 열리는 것을 나 스스로 경험했다는 것이다. 힘들고 고통스러운 상황을 대하고 인식하는 자세와 사고의 틀부터 바뀌게 되고, '남 탓'에서 벗어나 '내 탓'을 할 수 있는 성숙함이 자라나고, 난관을 온전한 기쁨으로 대하지는 못하더라도 고통으로 인식할 정도는 아닌 마음 자세의 변화가 삶을 평온케 하더라는 것이다.

주님 능력과 은총에 힘입어 저의 옛 모습을 더욱 많이 죽이고 새로운 자아로 다시 살아날 수 있기를 소망한다.

"주님, 제가 죽었다가 다시 살아날 수 있도록 이끌어 주십시오. 예전의 잘못된 저를 죽이고 새롭고 바람직스러운 저로 살아날 수 있도록 이끌어 주십시오. 그리하여 앞으로 제 삶이 더욱 풍성하고 윤택해질 수 있도록 지켜주십시오."

그들이 갈릴리에 모여 있을 때 예수께서 이런 말씀을 하셨다.

"사람의 아들은 멀지 않아 사람들에게 잡혀 그들의 손에 죽었다가 사흘 만에 다시 살아날 것이다."

이 말씀을 듣고 제자들은 매우 슬퍼하였다.

그들이 가파르나움에 이르렀을 때 성전세를 받으러 다니는 사람들이 베드로에게 와서 물었다.

"당신네 선생님은 성전세를 바칩니까?"

"예, 바치십니다."

베드로가 이렇게 대답하고 집에 들어갔더니 예수께서 먼저 물으셨다.

지금은 거의 상식이 되었지만, 흔히 말하는 들국화라는 꽃은
없다. 구절초를 비롯해 쑥부쟁이, 개미취, 산국, 감국 등 가을
철 산과 들에 피는 국화과 식물을 두루 망라해 부르는 추상
명사라고 생각하면 된다. 북한산 높은 곳에 피어나, 저 아래
도시를 내려다보는 산구절초. 쌍떡잎식물 초롱꽃목 국화과
의 여러해살이풀.

"시몬아, 너는 어떻게 생각하느냐? 세상 임금들이 관세나 인두세를 누구한테서 받아내느냐? 자기 자녀들한테서 받느냐? 남한테서 받느냐?"

"남한테서 받아냅니다."

베드로가 대답하자 예수께서 다시 이렇게 말씀하셨다.

"그렇다면 자녀들은 세금을 물지 않아도 되지 않겠느냐? 그러나 우리가 그들의 비위를 건드릴 것은 없으니 이렇게 하여라. 바다에 가서 낚시를 던져 맨 먼저 낚인 고기를 잡아 입을 열어 보아라. 그 속에 한 스타테르짜리 은전이 들어있을 터이니 그것을 꺼내 내 몫과 네 몫으로 가져다 내라."

마태 17 : 22 ~ 27

믿음은 약한데 서약만 강하다면

"저는 주님과 함께 죽는 한이 있더라도 결코 주님을 모른다고는 하지 않겠습니다."

장담하는 베드로의 모습은 주님의 가르침을 따르는 것이 얼마나 힘들고 어려운 일인지를 미처 알지 못하면서 그 가르침을 충실히 따르겠다고 서약하고 맹세하는 내 모습과 정확히 일치한다. 그리고 새벽닭이 울기 전에 세 번 주님을 모른다고 말하는 베드로의 모습과 주님의 말씀을 실천해야 할 때마다 그 가르침을 외면하는 내 모습과도 분명히 일치한다.

내 믿음이 얼마나 약한지 잘 알기에, 주님 가르침을 따르는 것이 얼마나 힘들고 고통스러운 것인지 예전보다는 조금 더 잘 알 것 같기에, 요즈음은 주님께 섣불리 서약하지 못하고 그저 내 믿음을 강하게 해달라고 기도할 뿐이다.

주님 능력과 은총에 힘입어 내 믿음이 날로 자라나기를 소망한다.

그때 예수께서 제자들에게 말씀하셨다.

"'내가 칼을 들어 목자를 치리니 양 떼가 흩어지리라'고 기록되어 있는 대로 오늘 밤 너희는 다 나를 버릴 것이다. 그러나 나는 다시 살아난 후 너희보다 먼저 갈릴리로 갈 것이다."

그때 베드로가 나서서 말하였다.

"비록 모든 사람이 주님을 버릴지라도 저는 결코 주님을 버리지 않겠습니다."

그러자 예수께서 베드로에게 말씀하셨다.

"내 말을 잘 들어라. 오늘 밤 닭이 울기 전에 너는 세 번이나 나를 모른다고 할 것이다."

베드로가 다시 장담하였다.

"저는 주님과 함께 죽는 한이 있더라도 결코 주님을 모른다고는 하지 않겠습니다."

다른 제자들도 모두 그렇게 말하였다.

마태 26 : 31 ~ 35

무엇을 물어야 할지 아는 지혜

나는 과연 지혜롭게 물을 줄 아는 사람일까? 무엇을 물어야 할지 안다는 것은 내가 무엇을 모르는지 분명히 알고 있다는 것이 아닐까 생각한다.

나는 참 많이 알고 있다고 생각하지만 실제로는 모르는 것이 너무나 많다는 사실조차 모르고 있는 자신을 발견한다. 특히 내가 자신에 대해 모르는 것이 너무나 많다는 사실을 발견하고는 깜짝 놀랐던 기억이 지금도 선명하다.

감정의 변화가 심할 때는 나 자신으로부터 한 걸음 물러서야 감정의 변화를 알아챌 수 있으며, 그리해야 비로소 감정 조절도 가능함을 어렴풋이 깨닫게 되었다. 이 발견만으로도 내 삶은 무척 많이 달라졌고 가정은 물론 직장 분위기도 참 많이 달라졌으니 여간 다행한 일이 아닐 수 없다.

내 감정의 변화로 인해 주위 사람들이 매우 큰 마음의 상처를 입었음도 알게 되었다. 지금까지는 모든 것이 '남 탓'이었기 때문에 자신이 발전할 수 없었다.

주님 능력과 은총에 힘입어 스스로 더욱 가치 있는 질문을 통하여 좀 더 넉넉한 인격체로 성장하고 발전할 수 있기를 소망한다.

....

"주님, 질문이 얼마나 중요한지 전혀 몰랐습니다. 저에게 던져야 할 질문이 무엇인지에 대해 정말 무지했음을 고백합니다. 삶의 쏠림을 방지하고 균형을 유지하려면 저 자신에게 무엇을 물어야 하는지를 어렴풋이나마 깨달아 가고 있으니 주님 축복이고 은총입니다. 제가 보다 본질적이고 핵심적인 질문을 스스로 던질 수 있도록 이끌어 주시어 보다 풍성하고 윤택한 삶을 살도록 지켜주십시오."

....

해마다 과월절이 되면 예수의 부모는 명절을 지내러 예루살렘으로 가곤 하였는데 예수가 열두 살이 되던 해에도 예년과 마찬가지로 예루살렘으로 올라갔다.

그런데 명절 기간이 다 끝나 집으로 돌아올 때 어린 예수는 예루살렘에 그대로 남아 있었다. 그런 줄도 모르고 그의 부모는 아들이 일행 중에 끼어있으려니 하고 하룻길을 갔다. 그제야 생각이 나서 친척들과 친지들 가운데서 찾아보았으나 보이지 않으므로 줄곧 찾아 헤매면서 예루살렘까지 되돌아갔다.

사흘 만에 성전에서 그를 찾아냈는데 거기서 예수는 학자들과 한자리에 앉아 그들의 말을

전체 꽃의 크기가 5cm 안팎에 불과한 애기앉은부채가 동무
와 어깨를 나란히 한 채 세상사 아무 걱정이 없다는 듯 환하
게 웃고 있다. 우리나라 중부 이북의 높은 산지에서 자라는
여러해살이풀로 이른 봄부터 잎이 먼저 자라다가 스러진 뒤
여름에 꽃이 피는 것이 특징인데, 그 수가 매우 적다. 외떡잎
식물 천남성과의 여러해살이풀.

듣기도 하고 그들에게 묻기도 하는 중이었다. 그곳에서 듣고 있던 사람들은 모두 그의 지능과 대답하는 품에 경탄하였다.

그의 부모는 그를 보고 깜짝 놀랐다. 어머니는 예수를 보고 말하였다.

"얘야, 왜 이렇게 우리를 애태우느냐? 너를 찾느라고 아버지와 내가 얼마나 고생했는지 모른다."

그러자 예수가 대답하였다.

"왜, 나를 찾으셨습니까? 나는 내 아버지의 집에 있어야 할 줄을 모르셨습니까?"

그러나 부모는 아들이 한 말이 무슨 뜻인지 알아듣지 못하였다. 예수는 부모를 따라 나사렛으로 돌아와 부모에게 순종하며 살았다.

루가 2 : 41 ~ 51

지나간 나를 버리고 새로운 나로

예수님을 따르려는 사람은 자기를 버려야 한다는 말씀이 내 마음을 끈다. 참으로 쉽지 않은 일일 것이다. 내 생각으로는 아마도 성직자의 길을 택한 사람도 온전히 자기를 버리기는 여간 만만치 않은 과제일 듯하다.

그러나 진실로 주님을 따르려는 사람은 자기를 버려야 할 것이다. 천성적인 자기, 본능적인 자기를 버리고 새로운 자기, 사랑과 관용과 용서와 자비의 자기를 받아들여 십자가를 짊어질 수 있어야 주님을 제대로 따를 수 있기 때문이다.

버릴 만한 것을 버리고 새로운 것으로 채우는 과정은 여간 어려운 일이 아닐 것이다. 그러나 이런 인격을 형성하기 위해 노력하다 보면 조금이라도 천성적인 자기를 버리고 새로운 자기를 받아들일 수 있을 것이라는 생각도 든다.

주님 능력과 은총에 힘입어 본능적이고 이기적인 자신을 버리고 새로운 존재로 거듭날 수 있기를 소망한다.

. . . .

"주님 가르침을 제대로 따르려면 십자가를 짊어질 수 있는 자신을 만들어야 한다는 것을 알게 하시니 감사합니다. 고백하건대 진실로 이런 자신을 가꿀 수 있을지는 의문이지만 조금씩이나마 천성을 버리기 위한 노력을 하겠다는 각오를 세워 봅니다. 저의 약하고 낮은 믿음을 용서하시고, 부디 제게 평화를 주시며 바른길로 인도하소서."

. . . .

예수께서 군중과 제자들을 한 자리에 불러 놓고 이렇게 말씀하셨다.

"나를 따르려는 사람은 누구든지 자기를 버리고 제 십자가를 지고 따라야 한다. 제 목숨을 살리려는 사람은 잃을 것이며, 나 때문에, 또 복음 때문에 제 목숨을 잃는 사람은 살릴 것이다. 사람이 온 세상을 얻는다 해도 제 목숨을 잃는다면 무슨 이익이 있겠느냐? 사람이 목숨을 무엇과 바꿀 수 있겠느냐? 절개가 없고 죄 많은 이 세대에서 누구든지 나와 내 말을 부끄럽게 여기면 사람의 아들도 아버지의 영광에 싸여 거룩한 천사들을 거느리고 올 때 그를 부끄럽게 여길 것이다."

예수께서 또 말씀하셨다.

"나는 분명히 말한다. 여기에 서 있는 사람 중에는 죽기 전에 하느님 나라가 권능을 떨치며 오는 것을 볼 사람들도 있다."

마르 8:34 ~ 9:1

성찰과 회개가 세상을 바꾼다

성서 말씀에 나오는 인물 중 많은 이들의 공통점은 나와 닮은 본성의 소유자들이 아닌가 하는 생각이 든다. 남의 약점은 잘도 파악하고 날카롭게 지적하는 내 모습, 자신의 잘못은 변명과 합리화로 일관하면서 남 탓을 해대는 내 모습, 각종 핑계와 구실로 해야 할 일을 교묘하게 회피하는 내 모습, 위선과 가식으로 덧칠된 내 모습은 성서에 나오는 많은 사람과 판박이인 듯하다.

오늘 성서에 등장하는 바리사이파 사람들과 율법학자들은 내 모습과 꼭 닮은꼴이다. 그렇게 보면 사람의 본성은 예나 지금이나 변하거나 진화된 것이 하나도 없는 것이 아닌가 하는 생각이 든다. 문명의 발전만 이루어졌을 뿐 그에 상응하는 철학의 발전이 부족하여 이런 현상이 개선되지 못하는 것이 아닐까 생각된다.

각자의 성찰과 회개를 통해 이 세상이 살 만한 공간으로 바뀌어 간다면 예수님의 가르침이 현실에서 실제로 구현될 수 있을 것이다.

주님 능력과 은총에 힘입어 그런 성찰과 회개를 이루기 위해 애쓰는 삶을 살기를 소망한다.

"주님, 남을 탓하기에 앞서 제 잘못을 들여다볼 수 있는 사람이 되도록 이끌어 주십시오. 남의 눈에 있는 티눈을 보지 말고 제 눈에 있는 들보를 볼 수 있는 사람이 되도록 인도하여 주십시오. 제 안에 있는 어둡고 부정적인 모습이 줄어들고 사랑과 배려와 공감의 자리가 넓어질 수 있도록 이끌어 주십시오."

바야흐로 나리꽃의 계절, 여름이 시작된다. 하늘나리, 털중
나리, 솔나리, 땅나리, 말나리, 하늘말나리, 중나리, 참나리,
그중 색상이 가장 강렬한 털중나리가 잔뜩 털을 단 채 엷은
안개 낀 서해를 내려다본다. 외떡잎식물 백합목 백합과의 여
러해살이풀.

예루살렘에서 온 바리사이파 사람들과 율법학자 몇 사람이 예수께 모여 왔다가 제자 몇 사람이 손을 씻지 않고 부정한 손으로 음식을 먹는 것을 보았다. 원래 바리사이파 사람들뿐만 아니라 모든 유대인은 조상의 전통에 따라 음식을 먹기 전에 반드시 손을 깨끗이 씻었고 또 시장에서 돌아왔을 때는 반드시 몸을 씻고 나서야 음식을 먹는 관습이 있었다. 그 밖에도 지켜야 할 관습이 많았는데 가령 잔이나 단지나 놋그릇 같은 것을 씻는 일들이 그것이었다.

그래서 바리사이파 사람들과 율법학자들은 예수께 따졌다.

"왜 당신의 제자들은 조상의 전통을 따르지 않고 부정한 손으로 음식을 먹습니까?"

예수께서 그들에게 이렇게 대답하셨다.

"이사야가 무어라고 예언하였느냐? '이 백성이 입술로는 나를 공경하여도 마음은 나에게서 멀리 떠나 있구나. 그들은 나를 헛되이 예배하며 사람의 계명을 하느님의 것인 양 가르친다' 하고 말하였는데 이것은 바로 너희와 같은 위선자들을 두고 한 말이다. 너희는 하느님의 계명은 버리고 사람의 전통을 고집하고 있다."

그리고 이어서 말씀하셨다.

"너희는 전통을 지킨다는 구실로 교묘하게 하느님의 계명을 어기고 있다. 모세가 '부모를 공경하라' 하고 말하였고 또 '아버지나 어머니를 욕하는 자는 반드시 사형을 받는다' 하고 말하였는데 너희는 누구든지 아버지나 어머니에게 '제가 해 드려야 할 것을 하느님께 바쳤습니다'라는 뜻으로 '코르반'이라고 한마디만 하면 된다고 하면서 자기 아버지나 어머니에게 아무것도 해 드리지 못하게 하고 있으니 이것이 바로 전해 오는 전통을 핑계 삼아 하느님의 말씀을 무시하는 일이 아니고 무엇이냐? 너희는 이 밖에도 그런 일을 많이 저지르고 있다."

마르 7 : 1 ~ 13

지금의 됨됨이에 머무르지 않기를

나는 사람에 관한 관심이 무척 많다는 것을 스스로 발견하곤 한다. 그런데 그 관심은 그 사람의 됨됨이나 내적 성품에 관한 것도 어느 정도는 있지만 주로 지위나 권한, 능력이나 학력, 출신이나 배경 같은 외관적이고 표피적인 것에 관한 관심인 경우가 많은 것 같다.

그러나 스스로에 관해서는 얼마나 관심을 기울였는지 잘 모르겠다.

'너는 누구냐?'

'너의 정체성은 무엇이냐?'

나 자신에게 이런 질문을 던졌던 적은 별로 없음을 깨닫게 된다.

지금 돌이켜 보면 나 스스로에 관한 관심과 관찰이 중요하지 다른 누군가에 대한 일상적인 관심은 나의 성숙에 별 도움이 되지 않는다는 것을 알게된다. 물론 타인에 대한 일상적인 관심이 내가 배우고 경험하기 위해서라면 바람직할 수도 있겠지만 말이다.

주님 능력과 은총에 힘입어 먼저 스스로에 관한 관심, '너는 누구이며 누구여야 하는가?'에 대한 질문을 깊이 있게 던지고, 그에 대한 충실한 답을 꾸준히 찾는 삶을 살기를 소망한다.

"주님, 남에 관한 관심을 줄이고 저 자신에 관한 관심을 높여 저의 정체성을 찾고 재정립할 수 있기를 바랍니다. 지금 됨됨이에 머무르지 않고 좀 더 성숙한 나를 만들 수 있도록 이끌어 주십시오. 늘 스스로 돌아보고 부족한 점을 깨달아 보완하여 영혼이 윤택하고 넉넉한 존재로 거듭날 수 있도록 지켜주십시오."

한편 갈릴리 영주 헤로데는 이런 여러 가지 일들이 일어난다는 소문을 듣고 어리둥절해졌다. 죽은 세례자 요한이 다시 살아났다고 하는 사람들이 있는가 하면 엘리야가 나타났다고도 하고 또 옛 예언자 중의 하나가 되살아났다고 하는 말도 들려 왔기 때문이다.

"요한은 내가 목을 베어 죽이지 않았는가? 그렇다면 소문에 들리는 그 사람은 도대체 누구란 말인가?"

헤로데는 그러면서 예수를 한번 만나 보려고 하였다.

루가 9 : 7 ～ 9

남의 결점은 품어 안고 장점은 배우고

누군가와 매일 가까이에서 함께 생활하다 보면 오히려 그 사람의 실체를 보지 못하는 경우가 많지 않을까 생각된다. 너무 밀착해 있으면 그 사람을 파악할 공간적, 시간적 여유가 없을 것이기 때문이다. 그를 객관화시켜 장단점을 구별해 보지 못하고 함께 있음으로써 불편한 면만 부각 될 수도 있지 않을까 생각된다.

또 나처럼 직관과 지혜가 부족한 사람이라면 그 사람이 곁에 머물러 있을 때 그 소중함과 가치를 제대로 파악하지 못하는 경우도 많을 것이다. 그래서 그 사람이 곁을 떠난 후에야 뒤늦게 그의 참된 가치를 깨닫고 후회하기도 할 것이다.

오래 가까이할 사람일수록 일정 기간 떨어져 있는 시간을 갖는 것은 그래서 필요하고 바람직스럽지 않을까 하는 생각을 해 본다. 이와 마찬가지로 자기를 제대로 알지 못하고 보지 못하는 것도 자신을 객관화시키지 못하기 때문이 아닐까 하는 생각도 든다.

깎아지른 절벽에서 고운 나비의 입맞춤을 받는 분홍장구채.

쌍떡잎식물 중심자목 석죽과의 여러해살이풀로 양지바른

바위에서 자라는 멸종위기 야생식물 2급.

주님 능력과 은총에 힘입어 나 자신을 더욱 잘 볼 수 있고, 단점을 변화시키는 삶을 살 수 있기를 소망한다.

"주님, 누군가와 너무 가까이 머무르는 것만이 좋은 일이 아니라고 가르쳐 주시니 주님 은총입니다. 가까운 공간에서 함께 생활하는 사람일수록 일정한 거리를 유지한 채 참모습을 보려고 애써야 함을 알게 하시니 주님 축복입니다. 누군가의 결점만을 보려고 하는 저의 성정을 스스로 잘 깨달아 장점도 함께 보려고 애쓰는 사람이 되도록 이끌어 주십시오. 결점은 품어 안고 장점은 배우려 하는 인격을 가질 수 있도록 이끌어 주십시오."

"지금까지 내가 이 말을 너희에게 하지 않은 것은 내가 너희와 함께 있었기 때문이다. 나는 지금 나를 보내신 분에게 돌아간다. 그런데도 너희는 어디로 가느냐고 묻기는커녕 오히려 내가 한 말 때문에 모두 슬픔에 잠겨 있다. 그러나 사실은 내가 떠나가는 것이 너희에게는 더 유익하다. 내가 떠나가지 않으면 그 협조자가 너희에게 오시지 않을 것이다. 그러나 내가 가면 그분을 보내겠다. 그분이 오시면 죄와 정의와 심판에 관한 세상의 그릇된 생각을 꾸짖어 바로 잡아 주실 것이다. 그분은 나를 믿지 않은 것이 바로 죄라고 지적하실 것이며, 내가 아버지께 돌아가고 너희가 나를 보지 못하게 되는 것이 하느님의 정의를 나타내는 것이라고 가르치실 것이고, 이 세상의 권력자가 이미 심판을 받았다는 사실로 정말 심판을 받을 자가 누구인지를 보여 주실 것이다."

요한 16 : 5 ~ 11

나만 옳다고 고집하지 않기

틀림없이 한 사람이 한 말이고 모두 똑같이 들었는데도 그 말을 정리하려고 하면 해석이 제각각이라 들었다는 내용이 너무나 달라서 놀란 경험이 여러 번 있다. 그럴 때 나는 내 기억이 모두 맞고 다른 사람의 기억은 모두 틀렸다고 생각했다.

그러나 지금은 저마다 들은 내용이 다르다는 것을 당연하고 자연스럽게 이해하곤 한다. 같은 말이라도 받아들이고 해석하는 관점에 따라 기억하는 내용이 사람마다 다를 수밖에 없다는 사실을 알았기 때문이다.

저 사람은 저렇게 받아들이고 이 사람은 이렇게 받아들였다는 것을 알고, 그런 해석도 모두 가능하다고 이해하면 사람마다 생각의 차이가 크고 다르다는 것을 새삼 느낄 수 있다.

그런데도 내 마음속에는 아직도 나의 해석, 나의 기억만 정답이라고 우기는 자아가 강하게 자리하고 있음을 알게 된다. 그래서 아주 조금이나마, 특히 마음이 여유로울 때는 다른 사람의 생각을 존중하려는 의지가 작동하기도 한다.

주님 능력과 은총에 힘입어 다른 사람의 의견과 생각에 더 많이 집중하고 경청할 수 있기를 소망한다.

"주님, 저의 생각, 저의 판단, 저의 기억만이 정답이고 진리라고 생각하는 틀에서 벗어날 수 있도록 이끌어 주십시오. 더 넓은 생각, 더 트인 이해, 더 많은 공감을 가질 수 있는 사람으로 성장하려는 노력을 멈추지 않도록 이끌어 주십시오. 폐쇄적 사고와 완강한 자아에 얽매이지 않는 사람이 되려고 애쓰기를 멈추지 않게 지켜주십시오."

"아직도 나는 할 말이 많으나 지금은 너희가 그 말을 알아들을 수 없을 것이다. 그러나 진리의 성령이 오시면 너희를 이끌어 진리를 온전히 깨닫게 하여 주실 것이다. 그분은 자기 생각대로 말씀하시지 않고 들은 대로 일러 주실 것이며 앞으로 다가올 일들도 알려주실 것이다. 또 그분은 나에게서 들은 것을 너희에게 전하여 나를 영광스럽게 하실 것이다. 아버지께서 가지고 계신 것은 모두 나의 것이다. 그래서 성령께서 내게 들은 것을 너희에게 알려 주시리라고 내가 말한 것이다."

요한 16 : 12 ~ 15

어리석은 나, 세상 무서운 줄 몰라

나는 큰 잘못을 저지르고도 아무런 문제의식 없이 지나친 때가 많다. 그것이 큰 잘못인 줄도 몰랐으니 문제의식을 떠올릴 수도 없었고 반성의 과정이 있을 수도 없었다. 정말 철없고 어리석기 짝이 없던 시절이 오래 계속되었다. 한마디로 세상 무서운 줄 전혀 모르고 살았다.

그 어리석은 세월을 참고 견디며 내 곁에 머물러 준 아내 클라라가 있기에 살아갈 수 있었음을 이제는 안다. 내 현재의 삶이 가능한 것은 정녕 클라라의 사랑이 있었기 때문이다.

그런데 곰곰 생각해 보니 큰 잘못을 저지르면 언젠가 반드시 대가를 치르게 된다는 것을 깨닫게 되었다. 그리고 그 대가를 치러 잘못을 만회할 수 있다면 그것 또한 커다란 행운임을 알 것 같았다. 대가를 치르기에는 너무 큰 잘못이기에 그것을 만회할 기회를 찾지 못하고 세상을 떠나는 사람이 더 많은 것이 아닐까 생각되기 때문이다.

관계를 회복하고 이미지를 되돌릴 수 있는 대가를 치러 다시 정상적인 궤도에 진입할 수 있다면 아주 큰 축복이고 은총일 것이다. 성찰과 회개를 통해 그런 대가를 치를 수 있다면 그것이 바로 부활이고 거듭남이 아닐까 생각된다.

주님 능력과 은총에 힘입어 내 잘못을 깨달아 거듭남으로 연결할 수 있는 삶을 살기를 소망한다.

"스스로 잘못을 깨달아 반성하고 회개하지 못하면 결국 주님 심판을 받게 됨을 알게 하시니 주님 축복입니다. 달걀이 스스로 깨고 나오면 새 생명의 탄생이지만 강제로 깨어진다면 먹거리일 뿐임을 알게 하시니 주님 은총입니다. 늘 스스로 경계하고 성찰하여 잘못을 저지르지 않게 하시고, 잘못을 범할 때마다 저 자신이 먼저 깨닫고 회개하여 발전의 계기로 삼을 수 있도록 이끌어 주십시오."

모세는 두 쪽 증거 판을 손에 들고 돌아서서 산에서 내려왔다. 두 판의 양면에는 글이 새겨져 있었다. 이쪽에도 저쪽에도 새겨져 있었는데, 그 판은 하느님께서 손수 만드신 것이었다. 그 판에 새겨진 글자도 하느님께서 손수 새기신 것이었다.

백성들이 떠드는 소리를 듣고 여호수아가 모세에게 말하였다.

"진지에서 들려 오는 저 소리를 들으니 전쟁이 터졌나 봅니다."

모세가 말을 받았다.

"그것은 승리의 노래도 아니요, 패전의 곡성도 아니다. 나 듣기에 저것은 화답하는 노랫소리다."

모세가 진지에 가까이 이르러보니, 무리가 수송아지를 둘러싸고 춤을 추고 있었다. 모세는 격분한 나머지 손에 들었던 두 판을 산 밑에 내던져 깨뜨렸다. 그는 그들이 만든 수송아지를 끌어다가 불에 태우고 빻아서 가루를 만들어 물에 타 이스라엘 백성에게 마시게 하였다.

모세가 아론을 나무랐다.

"이 백성이 당신을 어떻게 했기에, 당신은 그들이 이토록 큰 잘못을 저지르게 하였소?"

아론이 변명하였다.

"우리 영도자여, 노여워 마시게. 이 백성이 얼마나 악에 젖어 있는지 당신도 잘 알지 않는가? 그들이 나에게 와서 우리를 이집트 땅에서 데려내온 그 어른 모세가 어떻게 되었는지 모르겠다고 하면서 우리를 앞장서 인도할 신을 만들어 달라고 조르더군. 그래서 내가 금을 가진 사람이 없느냐고 했더니, 금을 가진 자들이 몸에서 금을 떼어다 주기에 그것을 불에 넣었지. 그랬더니 이 수송아지란 놈이 나오더군."

이튿날 모세가 백성에게 일렀다.

"너희가 이토록 잘못을 저질렀는데, 그 잘못을 용서받을 수 있을지 나 이제 야훼께 올라가 보아야겠다."

모세가 야훼께 되돌아가서 아뢰었다.

"이 백성이 금으로 신상을 만들어 큰 잘못을 저질렀습니다. 하지만 이제 그들의 죄를 용서해 주셔야 하겠습니다. 만일 용서해 주지 않으시려거든 당신께서 손수 쓰신 기록에서 제 이름을 지워 주십시오."

야훼께서 모세에게 대답하셨다.

"나에게 잘못을 저지른 자는 누구든지 그의 이름을 나의 기록에서 지워버린다. 너는 이제 곧 내가 말한 곳으로 백성을 데리고 가거라. 내 천사가 앞장서 갈 것이다. 내가 그들을 찾아가 그들의 잘못을 따질 날이 반드시 오리라."

그 뒤에 야훼께서는 백성이 아론을 시켜 수송아지를 만든 데 대한 벌을 내리셨다.

출애 32 : 15 ~ 24, 30 : 35

백두산 정상 바로 아래 고산 초원지대에 무리 지어 피어난
산용담이 비를 맞고 있다. 용담목 용담과의 여러해살이풀.
북한에서는 천연기념물로 지정하고, 우리나라와 일본, 시베
리아, 북아메리카 등지에 분포한다.

같은 일에도 서로 다른 깨우침

"너희는 나를 누구라고 생각하느냐?"

이 물음은 이런 물음과 같은 것이 아닐까 생각된다.

"너는 이 상황을 어떻게 생각하느냐?"

많은 사람이 제각기 예수님을 누구와 빗대어 생각했듯이 그 사람들 또한 자신들이 처한 상황을 제각기 다른 어느 상황에 빗대어 평가하고 판단한 것이다. 똑같은 예수님을 보면서도 떠올리고 연상하는 것이 저마다 다르듯이 똑같은 상황과 조건에서도 연상하고 해석하여 수용하는 것이 저마다 다르고, 그 상황으로부터 배우고 깨우치는 범위와 내용도 천차만별일 것이다.

주님 능력과 은총에 힘입어 어떤 상황에서도 긍정적인 사고를 통해 성장하고 발전할 수 있기를 소망한다.

......

"주님, 똑같은 대상을 보고도 연상과 판단과 해석이 제각각임을 다시 한번 깨닫게 하시니 감사합니다. 똑같은 상황에서도 보는 것, 듣는 것은 제각각일 것이며 그에 따라 배우고 깨우치는 것도 각자 모두 다를 것임을 새삼 알게 됩니다. 어떠한 상황과 대상에서도 배울 것이 있으니 늘 긍정적인 자세를 갖되 겸손한 마음으로 깨인 정신을 잃지 않도록 이끌어 주십시오. 그리하여 생각과 인격이 날로 깊어지는 삶을 살도록 지켜주십시오."

......

예수께서 제자들과 함께 필립보의 가이사리아 지방에 있는 마을들을 향하여 길을 떠나셨다.

가시는 도중에 제자들에게 물으셨다.

"사람들이 나를 누구라고 하더냐?"

"세례자 요한이라고들 합니다. 그러나 엘리야라고 하는 사람도 있고 예언자 중의 한 분이라고 하는 사람도 있습니다."

제자들이 대답하였다.

"그러면 너희는 나를 누구라고 생각하느냐?"

예수께서 다시 물으시자 베드로가 나서서 대답하였다.

"선생님은 그리스도이십니다."

그러자 예수께서는 자기 이야기를 아무에게도 하지 말라고 단단히 당부하셨다. 그때 비로소 예수께서는 사람의 아들이 반드시 많은 고난을 받고 원로들과 대사제들과 율법학자들에게 버림을 받아 그들 손에 죽었다가 사흘 만에 다시 살아나시게 될 것을 제자들에게 가르쳐 주셨다.

예수께서는 이 말씀을 명백하게 하셨다. 이 말씀을 듣고 베드로는 예수를 붙들고 그래서는 안 된다고 펄쩍 뛰었다. 그러자 예수께서는 돌아서서 제자들을 보신 다음 베드로를 꾸짖으셨다.

"사탄아, 물러가라. 하느님의 일은 생각하지 않고 사람의 일만 생각하는구나!"

마르 8 : 27 ~ 33

자존감은 사람마다 모두 똑같다

정도의 차이는 있을지 모르나 누구든지 일정한 예외적 특권을 누리고 싶어 하며 또 각자 자신이 그런 특권을 누릴 자격이 있다고 생각하는 경향이 있는 것 같다. 나도 예외가 아니어서 이런 특권 의식에 젖어 살아가는 시간이 꽤 많다. 특히 내가 내 안에 주님을 모시지 않았을 때는 이런 특권 의식이 팽창하여 부풀어 오르는 것을 알 수 있다.

사실 누구나 자긍심과 자존감을 가질 필요가 있고 그래야 마땅하지만 진정한 자긍심이나 자존감은 다른 모든 사람도 똑같이 느끼고 있음을 깨달을 때 비로소 그것이 올바른 자긍심과 자존감이 되지 않을까 하는 생각을 해본 다. 자신만이 예외적인 특권을 누리고 싶어 한다면 그것은 단순한 이기심이 나 지나친 욕심에 지나지 않을 것이다.

주님 능력과 은총에 힘입어 결과보다는 과정에 충실한 삶을 살 수 있기를 소망한다.

"주님, 제가 겉으로 드러나는 결과에만 집착하면서 조바심 속에서 살지 않도록 이 끌어 주십시오. 제가 마땅히 해야 할 일이라면 다른 사람을 의식하지 않고 묵묵히 할 일을 하는 사람이 되도록 인도하여 주십시오. 작은 일로 생색내기를 좋아하고 알리기 를 즐겨 하는 얕은 삶에서 벗어날 수 있도록 지켜주십시오."

제베대오의 두 아들 야고보와 요한이 예수께 가까이 와서 말씀드렸다.

"선생님, 소원이 있습니다. 꼭 들어 주십시오."

"나에게 바라는 것이 무엇이냐?"

예수께서 물으시자 그들이 부탁하였다.

"선생님께서 영광의 자리에 앉으실 때 저희를 하나는 선생님 오른편에 하나는 왼편에 앉게 해 주십시오."

그러자 예수께서 물으셨다.

"너희가 청하는 것이 무엇인지 알고나 있느냐? 내가 마시게 될 잔을 마실 수 있으며 내가 받을 고난의 세례를 받을 수 있단 말이냐?"

"예, 할 수 있습니다."

그들이 대답하자 예수께서 다시 말씀하셨다.

"너희도 내가 마실 잔을 마시고 내가 받을 고난의 세례를 받기는 할 것이다. 그러나 내 오른

비가 그치자 활짝 핀 백두산 산용담 꽃. 연한 노란색이 섞인
흰색 바탕에 청록색 점이 있는 꽃잎이 초롱꽃 비슷하다.

편이나 왼편 자리에 앉는 특권은 내가 주는 것이 아니다. 그 자리에 앉을 사람들은 하느님께서 미리 정해 놓으셨다."

마르 10 : 35 ~ 40

자신을 알 때 변화가 시작된다

나이가 들면서 삶에 대해 이것저것 생각도 많이 하게 되고, 가까운 사람의 죽음을 보고 들으며 나 자신의 삶이 끝나는 과정에 대해서도 많은 생각이 든다.

내 삶이 마감될 때 최고의 바람은 평온히 눈을 감는 것이다. 살아 숨 쉬는 동안 평온한 마음을 유지할 수 있어야 눈을 감을 때도 평온한 마음이 가능할 것 같다는 생각이 든다.

신앙을 갖고 어느 시점부터는 아내에게 충실한 삶으로 변화할 수 있었던 것이 참으로 고마운 일이다. 나 혼자 편한 대로, 나 혼자 마음먹은 대로 살아오던 패턴에서 아주 조금이나마 아내에게로 중심을 이동할 수 있었던 것은 전적으로 신앙을 통한 성찰과 묵상 덕택인 것 같다.

물론 그렇다 하더라도 아내가 전적으로 나만을 위해 살아온 것과 비교하면 아직도 아내에게 빚이 점점 늘어가기만 한다. 자녀를 비롯한 가정사에도 이해와 관용, 사랑이 티끌만큼이나마 자랄 수 있었음도 신앙 덕분이다.

정말 자기 자신을 제대로 볼 줄 알아야, 자신의 속사람을 분명히 볼 줄 알아야 변화가 시작되는 것 같다.

주님 능력과 은총에 힘입어 좀 더 평온한 마음으로 살아갈 수 있고, 평온히 눈 감을 수 있기를 소망한다.

"주님, 제 안에 저 하나만 가득했던 때는 스스로 만든 감옥에서 살면서도 그것을 조금도 몰랐습니다. 이제 제 안에 타인의 자리가 아주 티끌만큼이나마 넓어지니 도리어 제 마음이 평온해집니다. 모두 주님께서 주시는 사랑과 가르침 덕분이니 주님 은총이 참으로 큽니다. 제 안에 아직도 크게 자리하고 있는 많은 탐욕을 극복하고 다스릴 수 있도록 이끌어 주십시오. 평온한 삶을 살다가 평온하게 눈을 감을 수 있도록 지켜주십시오."

여드레째 되는 날은 아기에게 할례를 베푸는 날이었다. 그 날이 되자 아기가 잉태되기 전에 천사가 일러준 대로 그 이름을 예수라고 하였다.

그리고 모세가 정한 법대로 정결 예식을 치르는 날이 되자 부모는 아기를 데리고 예루살렘으로 올라갔다. 그것은 '누구든지 첫아들을 주님께 바쳐야 한다'는 주님 율법에 따라 아기를 주님께 봉헌하려는 것이었고 또 주님 율법대로 산비둘기 한 쌍이나 집비둘기 새끼 두 마리를 정결례의 제물로 바치려는 것이었다.

그때 예루살렘에는 시므온이라는 사람이 살고 있었다. 이 사람은 의롭고 경건하게 살면서 이스라엘의 구원을 기다리고 있었다. 그에게는 성령이 머물러 계셨는데 성령은 그에게 주님께서 약속하신 그리스도를 죽기 전에 꼭 보게 되리라고 알려주셨다.

마침내 시므온이 성령의 인도를 받아 성전에 들어갔더니 마침 예수의 부모가 첫아들에 대한 율법의 규정을 지키려고 어린 아기 예수를 성전에 데리고 왔다. 그래서 시므온은 아기를 두 팔에 받아 안고 하느님을 찬양하였다.

"주여, 이제는 말씀하신 대로 이 종은 평안히 눈감게 되었습니다. 주님의 구원을 제 눈으로 보았습니다. 만민에게 베푸신 구원을 보았습니다. 그 구원은 이방인들에게는 주의 길을 밝히는 빛이 되고 주의 백성 이스라엘에는 영광이 됩니다."

아기 부모는 아기를 두고 하는 이 말을 듣고 감격하였다.

시므온은 그들을 축복하고 나서 아기 어머니 마리아에게 이렇게 말하였다.

"이 아기는 수많은 이스라엘 백성을 넘어뜨리기도 하고 일으키기도 할 분이십니다. 이 아기는 많은 사람의 반대를 받는 표적이 되어 당신 마음이 예리한 칼에 찔리듯 아플 것입니다. 그러나 그는 반대자들의 숨은 생각을 드러나게 할 것입니다."

또 파누엘의 딸로서 아셀 지파의 혈통을 이어받은 안나라는 나이 많은 여자 예언자가 있었다. 그는 결혼하여 남편과 일곱 해를 같이 살다가 과부가 되어 여든네 살이 되도록 성전을 떠나지 않고 밤낮없이 단식과 기도로써 하느님을 섬겨 왔다.

이 여자는 예식이 진행되고 있을 때 바로 그 자리에 왔다가 하느님께 감사를 드리고 예루살렘이 구원될 날을 기다리던 모든 사람에게 이 아기의 이야기를 하였다.

아기의 부모는 주님의 율법을 따라 모든 일을 다 마치고 자기 고향 갈릴리 지방 나사렛으로 돌아갔다. 아기는 날로 튼튼하게 자라면서 지혜가 풍부해지고 하느님의 은총을 받았다.

루가 2 : 21 ~ 40

나는 어떤 예수님을 모시고 있을까?

마리아는 '뒤를 돌아보고' 주님을 볼 수 있었다. 뒤를 돌아본다는 것은 자신을 성찰한다는 뜻이 아닐까 하고 나는 해석한다.

기독교인들은 저마다 자신이 설정하고 해석하는 예수님을 모시고 있을 것으로 생각된다. 어떤 사람은 폐쇄적이고 배타적인 예수님을, 어떤 사람은 개방적이고 포용적인 예수님을, 또 어떤 사람은 잘못을 엄하게 꾸짖고 벌을 주는 무서운 예수님을, 어떤 사람은 사랑과 배려의 예수님을, 그리고 어떤 사람은 혁신적이고 모순과 불의를 타파하는 예수님을, 어떤 사람은 설교하는 예수님을, 어떤 사람은 몸소 행동에 나서시어 실천하시는 예수님을 모시

남한에서 멸종위기 야생식물 1급으로 지정되어 보호하고 있
는 털복주머니란이 백두산 고산평원에서 호젓하게 털을 뒤
집어쓰고 피어 있다. 난초목 난초과의 여러해살이풀.

고 있을 것이다.

나는 어떤 예수님을 모시고 있는지 생각해 본다.

주님 능력과 은총에 힘입어 개방적이고 포용적이며 정의와 사랑과 배려, 관용과 용서의 예수님을 모시고 살아갈 수 있기를 소망한다.

"주님을 제가 상상한 좁은 이미지의 예수님으로 한정하는 어리석음에서 탈피할 수 있도록 이끌어 주십시오. 제 나름대로 설정한 잘못된 예수님이 아닌 정의와 관용과 사랑, 희생과 용서와 공정의 예수님을 모시고 바른 삶을 살도록 이끌어 주십시오."

한편 무덤 밖에 서서 울고 있던 마리아가 몸을 굽혀 무덤 속을 들여다보니 흰옷을 입은 두 천사가 앉아 있었다. 한 천사는 예수의 시신을 모셨던 자리 머리맡에 있었고 또 한 천사는 발치에 있었다.

천사들이 마리아에게 물었다.

"왜 울고 있느냐?"

"누군가가 제 주님을 꺼내 갔습니다. 어디에다 모셨는지 모르겠습니다."

마리아가 대답하고 나서 뒤를 돌아다보니 예수께서 거기에 서 계셨다. 그러나 그분이 예수인 줄은 미처 몰랐다.

예수께서 마리아에게 물으셨다.

"왜 울고 있느냐? 누구를 찾고 있느냐?"

마리아는 그분이 동산지기인 줄 알고 말하였다.

"여보세요. 당신이 그분을 옮겨갔거든 어디에다 모셨는지 알려주세요. 제가 모셔 가겠습니다."

"마리아야!"

예수께서 부르시자 마리아는 예수께 돌아서서 히브리말로 '라뽀니!' 하고 불렀다.

(이 말은 '선생님이여'라는 뜻이다.)

예수께서는 마리아에게 이르셨다.

"내가 아직 아버지께 올라가지 않았으니 나를 붙잡지 말고 어서 내 형제들을 찾아가거라. 그리고 '나는 내 아버지이며 너희의 아버지, 곧 내 하느님이며 너희의 하느님이신 분께 올라간다' 하고 전하여라."

막달라 여자 마리아는 제자들에게 가서 자기가 주님을 만나 뵌 일과 주님께서 일러 주신 말씀을 전하였다.

요한 20 : 11 ~ 18

잘 안다는 것에 의문을 가질 때

의심하지 않고 믿어야 할 것과 믿지 않고 합리적 의문을 가져야 할 것을 분별하기란 쉽지 않을 것이다. 특히 인간의 뇌는 이미 자기 머리에 입력된 지식이나 경험과 다른 지식, 다른 주장은 단번에 배척하는 속성이 있다는 말을 듣고는 더욱 그 중요성을 알 것 같다.

내가 알고 있다고 굳게 믿는 것에 대해 합리적인 의문을 가질 수 있어야 비로소 새로운 것에 눈을 뜰 수 있을 것이다. 그러고 보면 새로움에 눈을 뜬다는 것은 여간 어렵고 힘든 일이 아닌 것 같다.

주님 능력과 은총에 힘입어 새로운 이론, 나와 다른 의견도 경청하고 생각할 수 있는 자세로 살아가기를 소망한다.

"주님, 제가 알고 있는 것만을 진실로 믿으며 그와 다른 의견이나 이론은 한사코 외면하는 경향이 있음을 고백합니다. 제가 진실이라고 믿는 것에도 합리적 의문을 던질

수 있는 사람이 될 수 있도록 이끌어 주십시오. 좁은 문으로 기꺼이 들어가기를 원하
되 어떤 것이 진정 좁은 문인지 헤아릴 줄 아는 지혜를 가지도록 이끌어 주십시오."

열두 제자 중 하나로 쌍둥이라 불리던 토마는 예수께서 오셨을 때 그들과 함께 있지 않았다.

"우리는 주님을 뵈었소."

다른 제자들이 그에게 말하자 토마는 그들에게 말하였다.

"나는 내 눈으로 그분의 손에 있는 못 자국을 보고, 내 손가락을 그 못 자국에 넣어 보고, 또 내 손을 그분의 옆구리에 넣어 보지 않고는 결코 믿지 못하겠소."

여드레 뒤에 제자들이 다시 집 안에 모여 있는데 그 자리에 토마도 같이 있었다. 문이 다 잠겨 있었는데도 예수께서 들어오셔서 그들 한가운데 서시며 인사하셨다.

"너희에게 평화가 있기를!"

그리고 토마에게 말씀하셨다.

"네 손가락으로 내 손을 만져 보아라. 또 네 손을 내 옆구리에 넣어 보아라. 그리고 의심을 버리고 믿어라."

"나의 주님, 나의 하느님!"

토마가 예수께 대답하자 예수께서 말씀하셨다.

"너는 나를 보고야 믿느냐? 나를 보지 않고도 믿는 사람은 행복하다."

요한 20 : 24 ～ 29

병아리풀. 병아리들이 어딜 가려는지 나란히 나란히 줄지어
섰다. 쌍떡잎식물 이판화군 무환자나무목 원지과의 한해살
이풀. 한해살이라 올해 풍성했다고 내년에도 그러리라는 보
장은 없다. 몇 년 전 무성하게 피었다가 한동안 겨우 명맥만
유지하는 수준이더니 2018년에는 지독한 더위 속에서 많은
꽃을 피워 참 고맙고 반갑다.

나는 어떤 사람으로 삶을 마칠까?

내가 삶을 마칠 때는 어떤 인격의 소유자로 자리하고 있을까, 내가 살아온 삶의 궤적은 어떠한 것이었을까 생각해 본다. 내가 다른 사람을 얼마나 배려하고 공감할 줄 아는 사람으로 삶을 마감할 수 있을까, 또한 내 삶의 민낯은 주님 보시기에 과연 좋았을까, 내가 머릿속에 갖고 있던 것들을 얼마나 실천하는 삶을 살았을까를 그려 본다.

이런 것들을 그리다 보면 내 존재가 아주 티끌만큼이나마 성숙해질 수 있을 것 같기 때문이다. 그런 성숙을 위한 수고와 훈련을 꾸준히 지속할 수 있어야 할 것 같다.

주님 능력과 은총에 힘입어 좀 더 풍성한 영혼과 인격의 존재로 날마다 거듭날 수 있기를 소망한다.

"주님, 어둠 속을 걸어가는 사람이 되지 않도록 이끌어 주십시오. 주님의 빛을 받고 그 빛 속에서 살아가는 사람이 되도록 인도하여 주십시오. 사랑을 키워 배려와 공감과 포용과 나눔을 실천하는 삶이 되도록 지켜주십시오."

예수께서 말씀하셨다.

"지금은 이 세상이 심판을 받을 때이다. 이제는 이 세상의 통치자가 쫓겨나게 되었다. 내가 이 세상을 떠나 높이 들리게 될 때는 모든 사람을 이끌어 나에게 오게 할 것이다."

예수께서 당신이 어떻게 돌아가시리라는 것을 암시하신 말씀이었다.

그때 군중이 물었다.

"우리는 율법서에서 그리스도가 영원히 사시리라는 말을 들었습니다. 그런데 선생님은 사람의 아들이 높이 들려야 한다고 하시니 도대체 무슨 뜻입니까? 그 사람의 아들이란 누구를 가리키는 것입니까?"

예수께서 대답하셨다.

"빛이 너희와 같이 있는 것도 잠시뿐이니 빛이 있는 동안에 걸어가라. 그리하면 어둠이 너희를 덮치지 못할 것이다. 어둠 속을 걸어가는 사람은 자기가 어디로 가는지 모른다. 그러니 빛이 있는 동안에 빛을 믿고 빛의 자녀가 되어라."

요한 12 : 31 ~ 36

죄를 모르는데 어떻게 벗어나나?

죄와 죄인의 개념에 관해 생각해 본다. 사치와 허영, 낭비와 지나친 물욕을 죄로 생각하는 사람이라면 약하고 가난한 사람을 도우려는 마음이 있을 것 같다. 쾌락과 이기심, 승부욕, 독점욕 등을 경계하며 죄라고 인정하는 사람이라면 선한 삶을 지향하는 사람일 것 같다.

어려운 일이 닥칠 때마다 남 탓을 하고 상대방을 원망하는 모습을 죄라고 인식하는 사람이라면 인격이 중후하고 마음이 온유할 것이며, 상황이 꼬이면 짜증과 화를 버럭버럭 내는 것을 죄라고 여기는 사람이라면 감정을 다스리려고 힘써서 점차 자신의 감정을 제어할 수 있을 것이다.

가진 것을 당연시하고 자기가 소유하는 모든 것을 저 혼자 힘으로 얻은 것이라는 생각을 죄라고 아는 사람이라면 작은 일에도 감사하려고 애쓸 것 같다. 이런 모든 잘못된 행동과 생각을 할 때마다 자신이 죄인이라고 생각할 수 있는 사람은 그 모습을 바꾸려고 노력할 것이며 조금씩이나마 모습을 변화해갈 수 있을 것 같다.

이런 모든 면에서 나는 분명한 죄인이고 그것을 바꾸려는 노력이 충분치 않은 것 또한 죄인임이 확실하다.

주님 능력과 은총에 힘입어 자잘한 죄를 인정하고 죄인임을 깨달아 그런 잘못에서 벗어날 수 있기를 소망한다.

"주님, 저는 날마다 너무나 많은 죄를 지으며 살고 있음을 고백합니다. 스스로 저의 추하고 못난 모습을 보게 하시니 주님 은총이고 축복입니다. 저는 노력이 부족하고 열정이 모자라 아직도 심성을 충분히 바꾸지 못하고 있음을 고백하오니 저의 어리석음과 게으름을 용서하여 주십시오. 제가 더욱 힘써 주님의 사랑과 온유하심을 조금이나마 닮아갈 수 있도록 이끌어 주십시오."

예수께서 그곳을 떠나 길을 가시다가 마태오라는 사람이 세관에 앉아 있는 것을 보고 부르셨다.

"나를 따라오너라."

그러자 그는 일어나서 예수를 따라나섰다.

예수께서 마태오의 집에서 음식을 잡수실 때 세리와 죄인들도 많이 와서 예수와 그 제자들과 함께 음식을 먹게 되었다.

이것을 본 바리사이파 사람들은 예수의 제자들에게 물었다.

"어찌하여 당신네 선생은 세리와 죄인들과 어울려 음식을 나누는 것이오?"

예수께서 이 말을 들으시고 말씀하셨다.

"성한 사람에게는 의사가 필요하지 않으나 병자에게는 필요하다. 너희는 가서 '내가 바라는 것은 동물을 잡아 나에게 바치는 제사가 아니라 이웃에게 베푸는 자선이다' 하신 말씀이 무슨 뜻인가 배워라. 나는 선한 사람을 부르러 온 것이 아니라 죄인을 부르러 왔다."

마태 9 : 9 ∼ 13

7~8월에 지름 7~8mm의 노란색 꽃이 윗부분의 잎겨드랑
이에 우산 모양으로 달리는 덩굴박주가리. 쌍떡잎식물 용담
목 박주가리과의 여러해살이 덩굴식물.

전대와 식량 자루, 지팡이 못 버려

주님께서는 나에게도 주님의 제자 중 하나라고 말씀하시는 것이 아닌가 생각된다. 온갖 유혹에 빠지려고 할 때마다, 또는 유혹에 빠져 허우적거릴 때마다 그 유혹을 경계하고 물리치려는 마음과 유혹에서 빠져나오려는 힘과 용기를 주시기 때문이다.

그리고 무엇보다 나의 병을 스스로 진단하고 그 병을 다스리고 제어하기 위해 힘쓰도록 인도하시기 때문이다. 또 병에 걸려 신음하는 친구를 외면하지 않고 나름대로 애써서 그 친구를 도우려는 마음을 주시기 때문이다.

그러나 내가 아직 전대나 식량 자루, 지팡이 같은 것들을 과감히 버릴 엄두를 내지는 못하고 있으니 주님께서 선택하실 제자의 수준에는 한참 못 미친다는 사실을 겸허히 수긍할 수밖에 없다.

주님 능력과 은총에 힘입어 좀 더 비우고 내려놓는 삶에 도전할 수 있기를 소망한다.

"주님, 아직 버리고 내려놓는 삶을 살지 못함을 고백합니다. 이웃과 나눔을 좀 더 확장할 수 있도록 이끌어 주십시오. 제 한계를 넓힐 수 있도록 힘과 용기를 주십시오. 날이 갈수록 주님께서 바라시는 예쁜 삶을 살도록 지켜주십시오."

예수께서는 열두 제자를 한자리에 불러 모든 마귀를 제어하는 권세와 병을 고치는 능력을 주셨다. 그리고 하느님의 나라를 선포하며 병자를 고쳐 주라고 보내시면서 이렇게 분부하셨다.

"길을 떠날 때 아무것도 지니지 마라. 지팡이나 식량 자루나 빵이나 돈은 물론, 여벌 내의도

가지고 다니지 마라. 어느 집에 들어가든지 그곳을 떠날 때까지 그 집에 머물러 있어라. 그러나 누구든지 너희를 환영하지 않거든 그 동네를 떠나라. 떠날 때는 그들에게 경고하는 표시로 발에 묻은 먼지를 털어버려라."

열두 제자는 길을 떠나 여러 마을을 두루 다니며 이르는 곳마다 복음을 선포하고 병자를 고쳐 주었다.

루가 9 : 1 ~ 6

큰사람은 자신을 낮추고 겸손하다

요 며칠 사이 '성숙과 지혜'에 대해 많이 생각하게 된다. 큰사람이란 아주 성숙해 지혜가 무한하고 사랑을 극대화한 사람을 말하지 않을까 생각한다. 그런 사람은 자신을 작은 존재라고 인식해 절대적 존재 앞에서 가난하고 겸손한 마음을 지켜나갈 수 있는 사람이 아닐까 생각한다. 제대로 분별하여 비워야 할 것을 바르게 비우고 채워야 할 것을 옳게 채우기 위해 노력하는 사람이 큰사람이 되는 것이 아닐까 생각한다.

주님 능력과 은총에 힘입어 보다 큰사람으로 자랄 수 있기를 소망한다.

"주님, 제가 아주 큰사람인 줄, 잘난 사람인 줄 알고 지냈음을 고백합니다. 그만큼 작은 사람이었고 어리석고 못난 사람이었지요. 비울 것을 잘 비우고 채울 것을 충실히 채워 큰사람으로 자랄 수 있도록 이끌어 주십시오. 사람들이 원하는 것을 따라가지 않고 주님께서 바라는 것을 채워 속이 든든한 사람이 되도록 지켜주십시오."

군중이 계속 모여들고 있었다. 예수께서 탄식하며 말씀하셨다.

"이 세대가 왜 이렇게도 악할까! 이 세대가 기적을 구하나 요나의 기적밖에는 따로 보여 줄 것이 없다. 니느웨 사람들에게 요나의 사건이 기적이 된 것처럼 이 세대 사람들에게 사람의 아들도 기적의 표가 될 것이다. 심판 날이 오면 남쪽 나라 여왕이 이 세대 사람들과 함께 일어나 그들을 단죄할 것이다. 그는 솔로몬의 지혜를 배우려고 땅끝에서 왔다. 그러나 여기에는 솔로몬보다 더 큰 사람이 있다. 심판 날이 오면 니느웨 사람들이 이 세대와 함께 일어나 이 세대를 단죄할 것이다. 그들은 요나의 설교를 듣고 회개했다. 그러나 여기에는 요나보다 더 큰 사람이 있다."

루가 11 : 29 ~ 32

눈이 열려야 참세상이 보인다

눈이 열려 예수님을 본다는 것은 여태껏 깨닫지 못하던 새로운 인식을 하는 것, 지금까지와는 다른 새로운 눈으로 세상을 본다는 것과 같은 뜻이 아닐까 생각된다. 어느 시인의 글처럼 올라갈 때 보지 못하던 그 꽃을 내려올 때 비로소 보았다는 것과 비슷하지 않을까 생각한다. 오를 때는 보지 못했다는 자각과 인식이 있어야 참으로 아름답고 예쁘다는 감동이 생길 수 있을 것이다.

자신의 문제에 집중할 때 비로소 자신의 정확한 모습을 볼 수 있고 그 후에라야 자신을 변화시켜야 할 이유를 발견할 수 있으며, 그 이유를 깊이 가슴에 새겨 변화를 향한 실천 과정을 거치며 도전을 이어갈 때 비로소 아주 조금씩 변화가 실현된다는 것을 느낀다.

주님 능력과 은총에 힘입어 묵상과 성찰, 꾸준한 독서와 변화를 향한 도전을 이어갈 수 있기를, 그리하여 삶을 마감할 때 주님 보시기에 좀 더 선한 모습일 수 있기를 소망한다.

"주님, 아직도 눈이 열리지 않아 예수님 참모습을 보지 못함을 고백합니다. 점점 눈을 크게 뜨기 위해 부족하지만 나름의 수고를 하고 있음을 주님께서는 아시리라 믿습니다. 참다운 생각과 질문을 통해 어제보다 나은 오늘, 오늘보다 나은 내일을 가꾸어 가도록 이끌어 주십시오."

바로 그날 거기 모였던 사람 중에 두 사람이 예루살렘에서 삼십 리쯤 떨어진 엠마오라는 동네로 걸어가면서 이즈음 일어난 모든 사건에 대하여 말을 주고받았다.

그들이 이야기를 나누며 토론하고 있을 때 예수께서 그들에게 다가가 나란히 걸어가셨다. 그러나 그들은 눈이 가려져 그분이 누구신지 알아보지 못하였다.

예수께서 그들에게 물으셨다.

"길을 걸으면서 무슨 이야기를 그렇게 하고 있느냐?"

그러자 그들은 침통한 표정으로 걸음을 멈추었다. 글레오파라는 사람이 말하였다.

"예루살렘에 머무르던 사람으로서 요새 며칠 동안 거기서 일어난 일을 모르다니, 그런 사람이 당신 말고 또 어디 있겠습니까?"

"무슨 일이냐?"

예수께서 물으시자 그들이 설명하였다.

"나사렛 사람 예수에 관한 일이오. 그분은 하느님과 모든 백성 앞에서 하신 일과 말씀에 큰 능력을 보인 예언자이셨습니다. 그런데 대사제들과 우리 백성의 지도자들이 그분을 관헌에게 넘겨 사형선고를 받아 십자가형을 당하게 하였습니다. 우리는 그분이야말로 이스라엘을 구원해 주실 분이라고 희망을 걸고 있었습니다. 그러나 그분은 이미 처형을 당하셨고, 더구나 그 일이 있은 지도 벌써 사흘째나 됩니다. 그런데 우리 가운데 몇몇 여인이 우리를 깜짝 놀라게 하였습니다. 그들이 새벽에 무덤을 찾아가 보았더니 그분의 시체가 없어졌더랍니다. 그뿐만 아니라 천사들이 나타나 그분은 살아 계시다고 일러 주더라는 것입니다. 그래서 우리 동료 몇 사람이 무덤에 가 보았더니 과연 여자들 말대로였고 그분은 보지 못했습니다."

"너희는 어리석기도 하다! 예언자들이 말한 것을 그렇게도 믿기가 어려우냐? 그리스도는 영광을 차지하기 전에 그런 고난을 겪어야 하는 것이 아니냐?"

그때 예수께서 말씀하시며 모세의 율법서와 모든 예언서를 비롯하여 성서 전체에서 당신에 관한 기사를 들어 설명해 주셨다.

그들이 찾아가던 동네에 거의 다다랐을 때 예수께서 더 멀리 가시려는 듯이 하자 그들이 붙들었다.

"이제 날도 저물어 저녁이 다 되었으니 여기서 우리와 함께 묵어가십시오."

그래서 예수께서 그들과 함께 묵으시려고 집으로 들어가셨다. 예수께서 함께 식탁에 앉아 빵을 들어 감사의 기도를 드리신 다음 그것을 떼어 나누어 주셨다. 그제야 그들은 눈이 열려 예수를 알아보았는데 예수의 모습은 이미 사라져 보이지 않았다.

그들은 서로 말하였다.

"길에서 그분이 우리에게 말씀하실 때나 성서를 설명해 주실 때 우리가 얼마나 뜨겁게 감동했던가!"

그들은 곧 그곳을 떠나 예루살렘으로 돌아갔다. 거기에 열한 제자가 다른 사람들과 함께 모여 주께서 확실히 다시 살아나셔서 시몬에게 나타나셨다는 말을 하고 있었다. 그 두 사람도 길에서 당한 일과 빵을 떼어 주실 때야 비로소 그분이 예수시라는 것을 알아보게 되었다는 이야기를 들려주었다.

루가 24 : 13 ～ 35

눈 내리듯 바람꽃이 산정을 덮은 설악산 대청의 매력은 이러했다. 금방 내려와서도 다시 가고 싶은 산, 설악에서 만난 바람꽃. 쌍떡잎식물 미나리아재비목. 우리나라 높은 산지에서 자라는 여러해살이풀. 여름에 흰색 꽃을 피운다.

나는 문을 통하지 않고 넘으려 했다

나는 어떤 문을 거쳐 왔는지, 지금 어떤 문 앞에 서 있는지 생각해 본다. 열기 어려운 문을 한사코 열려고 애쓰며 살아온 것은 아님이 분명하다. 열기 편하고 쉽게 열리는 문을 찾으려고 헛되이 수고하며 삶의 많은 부분에서 정말 열어야 할 문을 찾으려고 힘을 쓰지 않았고, 도리어 문을 통하지 않고 딴 데로 넘어 들어가려고 애를 써왔다는 것을 깨닫게 된다.

생각해 보면 열기 편한 문과 열기 어려운 문이 따로 있을 것 같지는 않다. 어떤 문을 열어도 가는 방향이 맞고 목표가 뚜렷하다면 늘 다른 문을 발견할 수 있는 것이 삶이라는 생각이 들기 때문이다.

주님 능력과 은총에 힘입어 내가 다른 사람을 바른길로 안내할 수 있는 문이 되기를 바라고 많은 사람에게 열린 문이 될 수 있기를 소망한다.

"주님, 주님은 양이 드나드는 문이라고 말씀하셨습니다. 제가 그 문을 찾을 수 있기를 바랍니다. 제가 감히 그러한 문이 될 수 있으면 더 바랄 나위가 없겠지만 그 문이 되려면 어떤 사랑과 희생이 따라야 하는지 이제는 티끌만큼은 알 수 있을 것 같기에 삼가야 함도 알겠습니다. 다만 그러한 문에 좀 더 가까이 갈 수 있기만을 간절히 바랍니다. 제가 이웃에게 열린 문, 아늑한 문이 될 수 있도록 이끌어 주십시오."

예수께서 또 말씀하셨다.

"정말 잘 들어두어라. 양우리에 들어갈 때 문으로 들어가지 않고 딴 데로 넘어 들어가는 사람은 도둑이며 강도다. 양치는 목자는 문으로 버젓이 들어간다. 문지기는 목자에게 문을 열어 주고 양들은 목자의 음성을 알아듣는다. 목자는 자기 양들을 하나하나 불러내 밖으로 데리고 나간다. 이렇게 양 떼를 불러낸 다음에 목자는 앞장서 간다. 양 떼는 그의 음성을 알고 있어서 그를 뒤따라 간다. 양들은 낯선 사람을 따라가지 않는다. 그 사람의 음성이 귀에 익지 않기 때문에 오히려 그를 피하며 달아난다."

예수께서 그들에게 이 비유를 말씀해 주셨으나 그들은 무슨 뜻인지 깨닫지 못하였다.

예수께서 또 말씀하셨다.

"정말 잘 들어두어라. 나는 양이 드나드는 문이다. 나보다 먼저 온 사람은 모두 도둑이며 강도다. 그래서 양들은 그들의 말을 듣지 않았다. 나는 문이다. 누구든지 나를 거쳐서 들어오면 안전할뿐더러 마음대로 드나들며 좋은 풀을 먹을 수 있다. 도둑은 다만 양을 훔쳐 죽여서 없애려고 오지만 나는 양들이 생명을 얻고 더 얻어 풍성하게 하려고 왔다."

요한 10 : 1 ~ 10

내 안의 분노를 사라지게 하소서

"정신을 바짝 차려라."

이 말씀이 내 마음을 붙든다.

내 개인적 경험으로는 정신을 바짝 차린다는 것은 먼저 자신의 성찰로부터 시작되는 것이 아닐까 생각한다. 그렇게 하여 분명한 내면을 들여다보면서 무엇을 조심하고 경계하며 무엇을 확장하고 키워야 하는지 깨달아 자신을 더 나은 존재로 변화시키는 훈련을 거듭하면 다시 태어나는 기쁨을 누릴 수 있다고 생각한다.

내 경우는 때때로 나를 괴롭히는 이유 모를 분노를 경계하고 너무도 자기중심적인 자세를 바꾸어야 하며 사랑과 배려를 넓히는 것이 무엇보다 중요하게 생각된다. 정신을 차리지 않으면 어김없이 이런 부정적 감정에 휩싸여 주위에 상처와 아픔을 주는 것을 깨닫게 된다.

주님 능력과 은총에 힘입어 늘 정신을 바짝 차리고 살아가기를 소망한다.

"주님, 제 분노로 인해 주위에 아픔과 고통을 많이 주었음을 고백하며 주님과 상처 받은 사람에게 용서를 빕니다. 제가 정신을 바짝 차려 스스로 더 좋은 성품으로 변화 시켜 향기와 희망을 전파할 수 있도록 이끌어 주십시오. 저의 못난 모습이 더는 나타 나지 않게 끊임없이 경계하도록 지켜주십시오.."

예수께서 말씀하셨다.

"아무에게도 속지 않도록 조심하여라. 장차 많은 사람이 내 이름을 내세우며 나타나 '내가 그리스도다!' 하고 떠들어대면서 많은 사람을 속일 것이다. 또 여러 번 난리도 겪고 전쟁 소문 도 듣게 될 것이다. 그러나 당황하지 말아라. 그런 일은 반드시 일어날 터이지만 그것으로 끝 나는 것은 아니다. 한 민족이 일어나 다른 민족을 치고 한 나라가 일어나 다른 나라를 칠 것이 며 또 곳곳에서 지진이 일어나고 흉년이 들 터인데 이런 일들은 다만 고통의 시작일뿐이다. 정 신을 바짝 차려라. 너희는 법정에 끌려갈 것이며 회당에서 매 맞고 또 나 때문에 총독들과 임 금들 앞에 서서 나를 증언하게 될 것이다. 우선 복음이 모든 민족에게 전파되어야 한다. 그리 고 사람들이 너희를 붙잡아 법정에 끌고 갈 때 무슨 말을 할까 미리 걱정하지 말아라. 너희가 해야 할 말을 그 시간에 일러 주실 것이니 그대로 말하여라. 말하는 이는 너희가 아니라 성령 이시다. 형제끼리 서로 잡아 넘겨 죽게 할 것이며 아비도 제 자식을 또한 그렇게 하고 자식들 도 제 부모를 고발하여 죽게 할 것이다. 그리고 너희는 나 때문에 모든 사람에게 미움을 받을 것이다. 그러나 끝까지 참는 사람은 구원을 받을 것이다."

마르 13 : 5 ~ 13

말을 알아듣는 사람은 지혜롭다.

말을 알아들을 수 있는 사람과 그렇지 않은 사람이란 지혜로운 사람과 어리석은 사람이라는 의미가 아닐까 생각된다. 알아듣는 능력은 지식에 기반을 둔다고 하겠지만 실제로는 지식을 뛰어넘는 것이라는 생각이 든다. 지식이 풍부하다는 사람일수록 자아가 강해 완고한 생각에 사로잡히고 지식의 틀에 갇히는 경우가 의외로 많은 것 같다.

알아들을 수 있는 사람은 열린 생각, 열린 마음을 가진 사람일 것이다. 자신의 경험과 지식만을 절대적인 것으로 고집하지 않고 자신이 모르는 것, 경험하지 못한 것을 겸허하게 수용할 수 있는 사람이 말을 알아들을 수 있는 사람일 것이다.

배우지 못한 사람과 배우지 않는 사람이 다르듯이 그가 갖는 자세와 생각에 따라 정체된 존재가 될 수도 있고 발전하고 확장하는 존재가 될 수도 있을 것이다.

주님 능력과 은총에 힘입어 말을 알아들을 수 있는 사람으로 거듭나기를 소망한다.

"주님, 늘 배우고 깨우치는 자세를 잃지 않도록 이끌어 주십시오. 항상 성찰하고 반성하며 어제보다 나은 사람이 될 수 있도록 인도하여 주십시오. 주님의 진정한 뜻을 알아들을 수 있는 지혜로운 사람으로 거듭날 수 있도록 지켜주십시오."

"아직도 나는 할 말이 많으나 지금은 너희가 그 말을 알아들을 수 없을 것이다. 그러나 진리의 성령이 오시면 너희를 이끌어 진리를 온전히 깨닫게 하여 주실 것이다. 그분은 자기 생각대로 말씀하시지 않고 들은 대로 일러 주실 것이며 앞으로 다가올 일들도 알려 주실 것이다. 또 그분은 나에게서 들은 것을 너희에게 전하여 나를 영광스럽게 하실 것이다. 아버지께서 가지고 계신 것은 모두 다 나의 것이다. 그래서 성령께서 내게 들은 것을 너희에게 알려 주시리라고 내가 말하였다."

요한 16 : 12 ~ 15

빌린 것을 내 것으로 착각한 나

조언이나 충고는 대개 잘 들으려 하지 않는데 특히 그런 말을 가장 필요로 하는 사람일수록 가장 듣기 싫어한다는 글을 읽고 공감한 적이 있다. 사실 내가 전형적으로 그런 사람인데 아직도 조언과 충고를 듣고 감사하며 깊이 새기는 일에는 서툴고 인색하다. 비유이든 직설이든 나의 본모습을 분명히 알아야 한다는 충고는 마주하기가 불편한 심정이다.

그러나 충고와 조언은 상대에 대한 애정과 관심, 사랑이 없이는 하기 어려운 말이다. 진솔한 관계, 사심 없는 관계에 있는 사람일수록 쓴소리를 많이 한다는 사실을 새삼 깨닫게 된다.

나를 돌아보게 하려고 애쓰는 사람의 쓴소리를 외면하다 커다란 낭패와 실패를 경험할 수 있다는 것은 사실인 것 같다. 자신을 정확히 알지 못하면 남에게 빌려 쓰는 것과 자신의 것을 분별할 줄 모르고, 자신의 능력과 분수를 알지 못해 감당하기 어려운 상황과 조건에 부딪혀 쓰디쓴 결과를 맛보게 되는 것 같다.

주님 능력과 은총에 힘입어 저의 본모습을 분명히 볼 수 있고, 제가 감당할 수 있는 일에 충실한 삶을 살기를 소망한다.

소리 없이 피었다가 고요히 가는 병아리난초. 쓸데없이 소란
스럽기만 한 우리를 부끄럽게 하는 가녀린 이 꽃을 빛 좋은
날 만나 '만세'를 불렀다. 외떡잎식물 난초목 난초과의 여러
해살이풀. 산지 숲속 바위에 붙어 자란다. 높이 8~20cm.

예수께서 비유를 들어 말씀하셨다.

"어떤 사람이 포도원을 하나 만들어 울타리를 둘러치고는 포도즙을 짜는 돌확을 파고 망대를 세웠다. 그리고 소작인들에게 그것을 도지로 주고 멀리 떠나갔다. 포도 철이 되자 그는 포도원의 도조를 받아 오라고 종을 하나 소작인들에게 보냈다. 그런데 소작인들은 그 종을 붙잡아 때리고는 빈손으로 돌려보냈다. 주인이 다른 종을 또 보냈더니 그들은 그 종도 머리를 쳐서 상처를 입히며 모욕을 주었다. 주인이 또 다른 종을 보냈더니 이번에는 그 종을 죽여 버렸다. 그래서 더 많은 종을 보냈으나 그들은 이번에도 종들을 때리고 더러는 죽였다. 주인이 보낼 사람이 아직 하나 더 있었는데 그것은 그의 사랑하는 아들이었다. 마지막으로 주인은 '내 아들이야 알아주겠지' 하며 아들을 보냈다. 그러나 소작인들은 '저게 상속자다. 자, 죽여 버리자. 그러면 이 포도원은 우리 차지가 될 것이다' 하며 서로 짜고는 그를 죽이고 포도원 밖으로 내던졌다. 이렇게 되면 포도원 주인은 어떻게 하겠느냐? 그는 돌아와서 그 소작인들을 죽여 버리고 포도원을 다른 사람에게 맡길 것이다. 너희는 성서에서 '집 짓는 사람들이 버린 돌이 모퉁이의 머릿돌이 되었다. 주께서 하시는 일이라 우리에게는 놀랍게만 보인다'고 한 말을 들어 본 일이 없느냐?"

이 비유를 들은 사람들은 그것이 자기들을 두고 하신 말씀인 것을 알고 예수를 잡으려 하였으나 군중이 무서워 예수를 그대로 두고 떠나갔다.

마르 12 : 1 ∼ 12

본받지 말아야 할 것을 본받은 나

본받아야 할 것과 본받지 말아야 할 것을 분별할 줄 알면 성숙하고 지혜로운 사람이라고 할 수 있을 것이다. 미숙하고 어리석은 사람일수록 본받지 말아야 할 것을 본받고 따르기 위해 쓸데없는 수고를 하는 경향이 있는듯하다.

내가 이 말을 소신 있게 할 수 있는 것은 내가 어리석고 미숙할 때 본받지 말아야 할 것을 나도 모르는 사이에 받아들이고 익혀 날마다 어리석고 모자란 행동을 습관적으로 되풀이했기 때문이다.

힘과 폭력으로 사람을 굴복시키는 것을 즐기면서 내 판단이 모두 옳다고 생각했다. 내가 제일 잘난 사람이라는 착각 속에서 이의를 제기하는 사람에게는 짜증과 분노를 표시하며 모욕을 일삼고, 충고와 조언에는 미움과 폭언으로 반응하기 일쑤였다. 내게 가장 소중한 사람들에게 거리낌 없이 상처와 아픔을 주며 무절제와 방종을 이어갔다.

나를 가장 아끼고 사랑하는 사람들은 무시하고 마구 대하면서 나와 관계없는 사람들에게는 가면과 위선으로 본모습을 감춘 채 세상에 둘도 없는 신사와 천사 같은 모습으로 다가가는 어리석은 삶을 살았다.

뒤늦게나마 이런 내 본모습을 제대로 깨닫고, 온통 자만으로 가득 찬 나를 조금이라도 줄이고 내 안에서 상대방과 주님의 크기를 늘리려는 삶을 살게 되었으니 얼마나 다행인지 모른다.

주님 능력과 은총에 힘입어 어리석은 내 속사람을 뜯어고치고, 가까운 사람부터 소중히 대하고 사랑하기를 소망한다.

"주님, 아직도 많은 잘못과 어리석은 삶을 이어가지만 새로운 의미를 찾으려고 애쓰게 하시니 주님 측복입니다. 성찰과 회개를 통해 좀 더 성숙한 존재로 거듭날 수 있게 이끌어 주십시오. 본받아야 할 것을 본받게 하시어 주님 보시기에 좋은 삶을 살도록 지켜주십시오."

너희는 기도할 때 이방인들처럼 빈말을 되풀이하지 말아라. 그들은 말을 많이 해야만 하느님께서 들어 주시는 줄 안다. 그러니 그들을 본받지 말아라. 아버지께서는 너희가 구하기도 전에 벌써 너희에게 필요한 것을 알고 계신다. 그러므로 이렇게 기도하여라.

'하늘에 계신 우리 아버지, 온 세상이 아버지를 하느님으로 받들게 하시며 아버지 나라가 오게 하시며 아버지 뜻이 하늘에서 같이 땅에서도 이루어지게 하소서. 오늘 우리에게 필요한 양식을 주시고 우리가 우리에게 잘못한 이를 용서하듯이 우리 잘못을 용서하시고 우리를 유혹에 빠지지 않게 하시고 악에서 구하소서. (나라와 권세와 영광이 영원토록 아버지 것입니다.)'

너희가 남의 잘못을 용서하면 하늘에 계신 아버지께서도 너희를 용서하실 것이다. 그러나 너희가 남의 잘못을 용서하지 않으면 아버지께서도 너희 잘못을 용서하지 않으실 것이다.

마태 6 : 7 ~ 15

믿음이 자라기가 이토록 어려운가?

나의 가장 부족함이 사랑이라는 것을 요즈음 더욱 분명히 느낀다. 나의 이기심은 정말 깊고 넓고 높기만 하다. 나의 공감 능력이나 화해와 관용의 정도는 너무나 옅고 얕다. 형편이 조금 나을 때는 이 세상에서 가장 정의롭고 공정하며 기꺼이 나누려고 하는 사람인 양 행세하다가 조금만 어려워지면 언제 그랬느냐는 듯 인색하고 폐쇄적이고 독선적으로 변하는 자신을 발견하게 된다.

내 성찰과 묵상은 한결같지 못하고 마음도 요동치기 일쑤이며 내 결심과

하늘과 땅이 맞닿은 곳. 그 경계에 폭포가 쏟아지고, 그 곁
의 절묘한 바위 절벽에 붙어서 자주꿩의다리가 물을 뒤집어
쓴 채 늠름하게 꽃을 피웠다. 쌍떡잎식물 미나리아재비목 미
나리아재비과의 여러해살이풀. 높이 60cm 내외로 산지에서
자라는데 흔하지 않다. 6~7월에 흰빛이 도는 자주색으로 피
고 뿌리가 산꿩의 다리처럼 생겼다.

결단은 그리 오래도록 가지 못함을 고백한다.

주님 능력과 은총에 힘입어 지금보다 더 나은 믿음과 인격을 갖추어가는 노력을 멈추지 않기를 소망한다.

"주님, 저는 믿음이 약하고 지키지 못할 고백을 일삼는 자임을 또 고백합니다. 주님, 믿음이 자라기가 이토록 어렵고 힘든 일인가요? 그저 맹목적인 믿음이 아닌 합당하고 건강한 믿음이 자라도록 끝까지 이끌어 주십시오. 무엇보다 제 안에 사랑이 듬뿍 자랄 수 있도록 이끌어 주십시오."

"내가 너희를 사랑한 것처럼 너희도 서로 사랑하여라. 이것이 나의 계명이다. 벗을 위하여 제 목숨을 바치는 것보다 더 큰 사랑은 없다. 내가 명하는 것을 지키면 너희는 나의 벗이 된다. 이제 나는 너희를 종이라고 부르지 않고 벗이라고 부르겠다. 종은 주인이 하는 일을 모른다. 그러나 나는 너희에게 내 아버지에게서 들은 것을 모두 다 알려 주었다. 너희가 나를 택한 것이 아니라 내가 너희를 택하여 세운 것이다. 그러니 너희는 세상에 나가 언제까지나 썩지 않을 열매를 맺어라. 그러면 아버지께서는 너희가 내 이름으로 구하는 것을 다 들어 주실 것이다. 서로 사랑하여라. 이것이 너희에게 주는 나의 계명이다."

요한 15 : 12 ~ 17

이제야 아내의 힘든 소리가 들린다

무엇을 보고 듣는지는 그 사람의 관심사에 따라서 많이 다를 것이다. 그 사람이 지닌 철학에 따라서 흥미와 관점이 다를 것이고 보고 듣는 것도 자연히 달라질 것이다. 그러므로 더욱 많은 사람의 말을 경청할 필요가 있다고 생각한다. 그들이 보고 듣고 생각한 것을 다양하게 접할 수 있을 것이기 때문이다.

그러나 실제로 나 자신은 생각과 관점이 나와 다른 사람의 말을 그다지 잘 수용하지 못하는 편이다. 근본 가치에서 확연히 다른 견해를 가진 사람과는 대화하는 것조차 불편하며 아예 만나려 하지 않는 경우도 많다.

나는 성품에 많은 모순을 가지고 있으며 특히 '나'와 '우리' 사이에서 방황하는 때가 많다. 많은 경우에 '우리'라는 공동체의 유익을 더 선호하면서도 간혹 자신의 본능에 빠져드는 경우도 많다.

아내와의 사이에서 특히 이런 경향이 많은 것을 깨닫게 된다. 양보하고 희생하는 쪽은 거의 아내이고, 나는 내 주장과 기분, 기호를 포기하지 않는 경우가 대부분이다.

여태껏 잘 보이지 않고 들리지 않던 이 현상에 눈을 뜨게 되면서 아내의 힘들어하는 소리가 조금씩 들리기 시작했으니 이제부터는 아내의 주장이나 기호를 수용할 수 있는 공간이 넓어지리라 생각한다.

주님 능력과 은총에 힘입어 배려와 공감의 수준을 더 높이고 늘릴 수 있기를 소망한다.

"주님, 양보와 희생은 모든 사람에게 베풀어야 하지만 특히 가까운 사람에게 더 필요함을 깨닫게 하시니 주님 은총입니다. 아내의 충고와 바람에 더 귀를 기울일 수 있게 하시고 아내의 쓴소리를 귀하게 들을 수 있도록 이끌어 주십시오. 제 고집, 제 주장, 제 기분을 자제할 수 있는 훈련에 더욱 집중할 수 있게 해주십시오. 지극히 자기중심적인 제 성품으로 인해 많은 사람이 고통과 괴로움을 겪었음을 깨닫게 하시어 좀 더 부드럽고 폭넓은 성품으로 거듭나게 해주십시오."

"새로 나야 한다는 내 말을 이상하게 생각하지 마라. 바람은 제가 불고 싶은 대로 분다. 너는 그 소리를 듣고도 어디서 불어와서 어디로 가는지 모른다. 성령으로 난 사람은 누구든지 이와 마찬가지다."

예수께서 대답하시자 니고데모가 다시 물었다.

"어떻게 그런 일이 있을 수 있겠습니까?"

예수께서 다시 말씀하셨다.

"너는 이스라엘의 이름난 선생이면서 이런 것들을 모르느냐? 정말 잘 들어두어라. 우리는 우리가 알고 있는 것을 말하고, 우리의 눈으로 본 것을 증언하는 것이다. 그런데도 너희는 우리의 증언을 받아들이지 않는다. 너희는 내가 이 세상일을 말하는데도 믿지 않으면서 어떻게 하늘의 일을 두고 하는 말을 믿겠느냐? 하늘에서 내려온 사람의 아들 외에는 아무도 하늘에 올라간 일이 없다. 구리 뱀이 광야에서 모세의 손에 높이 들렸던 것처럼 사람의 아들도 높이 들려야 한다. 그것은 그를 믿는 사람은 누구나 영원한 생명을 누리게 하려는 것이다."

요한 3 : 7 ～ 15

듣고 싶은 것만 들으려는 나

사람의 생각은 한번 굳어지면 여간해서는 바꾸기 어렵다는 것이 학계의 정설이다. 사람의 뇌는 회로가 바뀌지 않고 이미 형성된 회로로만 생각이 이루어지는 관성적인 성질이 있고, 뇌에 이미 각인된 정보만 수용하고 다른 정보는 수용을 거부하고 내보내는 성질이 있어서 그렇다는 것이다.

정말이지 인간이란 존재는 믿고 싶은 것만 믿고, 보고 싶은 것만 보며, 듣고 싶은 것만 듣는 경향이 너무나 분명한 것 같다. 객관적 사실로 수집되고 증명된 것들조차 가짜니 조작이니 하며 터무니없는 주장을 하는 경우가 참으로 많다. 이것도 관성의 법칙에 속하는 것이 아닐까 하는 의문을 가져 본다. 변화를 거부하고 생각의 틀과 삶의 패턴을 바꾸려 하지 않는 모든 것이 관성, 타성, 관습화된 틀을 고집하려는 완고함에서 비롯되는 것으로 생각된다.

권위주의, 부정과 불법, 부패에 깊이 젖어 살며, 모순을 타파하고 잘못된 관행을 고치려는 시도조차 왜곡시켜 음해성 공격을 자행하는 악의적인 관행이 좀처럼 사라지지 않는 것 같다.

희망은 긍정적 목표를 향한 복합적인 노력이 합해져 만들어지는 것이며 단순한 긍정적 사고만으로는 가능하지 않다는 사실을 새삼 깨닫게 하시는 주님께 감사와 찬양을 드린다.

주님 능력과 은총에 힘입어 이런 잘못된 관행에 빠지지 않고 깨인 정신으로 살아갈 수 있기를 소망한다.

"주님, 새로운 시대가 올 수 있도록 이끌어 주십시오. 정의와 공정한 규칙 대신 힘과 권력이 난무하며, 물질이 신을 대체하는 병든 세상이 사라지고 살기 좋은 세상의 희망이 돌아오도록 이끌어 주십시오. 인간의 잘못으로 인한 모순된 제도가 자리 잡고, 그 잘못된 제도가 모순을 더욱 깊어지게 만드는 악순환이 되풀이되지 않도록 진정한 변화가 절실합니다. 어쩌면 이토록 모순이 짙어지는 것은 엄청난 변화의 출발점이 가까워지고 있음을 말해 주는 것이 아닐는지요. 약자, 소외된 자, 억압받고 고통받는 자에 대한 주님의 공감과 함께 모순된 제도에 대한 저항, 자신을 희생하여 전체를 살리려 하신 주님의 숭고한 정신이 되살아나도록 역사하여 주십시오."

예루살렘에서 내려온 율법학자들도 예수가 베엘제불에게 사로잡혔다느니 또는 마귀 두목의 힘을 빌려 마귀를 쫓아낸다느니 하고 떠들었다.

그래서 예수께서는 그들을 불러다 놓고 비유로 말씀하셨다.

"사탄이 어떻게 사탄을 쫓아낼 수 있겠느냐? 한 나라가 갈라져 서로 싸우면 그 나라는 제대로 설 수 없다. 또 한 가정이 갈라져 서로 싸우면 그 가정도 버티어 나갈 수 없다. 만일 사탄의 나라가 내분으로 갈라진다면 그 나라는 지탱하지 못하고 망하게 될 것이다. 또 누가 힘센 사람의 집에 들어가서 그 세간을 털어 가려면 그는 먼저 그 힘센 사람을 묶어 놓아야 하지 않겠느냐? 그래야 그 집을 털 수 있을 것이다. 나는 분명히 말한다. 사람들이 어떤 죄를 짓든, 입으로 어떤 욕설을 하든, 그것은 다 용서받을 수 있으나 성령을 모독하는 사람은 영원히 용서받지 못할 것이며 그 죄는 영원히 벗어날 길이 없을 것이다."

이 말씀을 하신 것은 사람들이 예수를 더러운 악령에 사로잡혔다고 비방했기 때문이다.

마르 3 : 22 ～ 30

제 **2** 장

사랑은 말이 아닌 발로 하는 것

사랑은 말로도 전달될 수 있지만 역시 행동
으로 전달될 때, 실제로 삶에서 적용되고 실
천될 때 진정한 가치가 발휘되는 것이 아닌
가 생각한다. 말로 표현하는 사랑은 마음을
나타내기에 모자라거나 넘칠 수도 있으나
행동으로 표현하고 발로 실천하는 사랑은
있는 그대로 다 나타내기에 모자람이나 지
나침이 없는 것 같다.

나눌수록 더 커지는 신비

나의 경우는 언제나 주려는 마음보다 받으려는 마음이 몇 갑절, 몇십 갑절, 아니 몇천, 몇만 갑절 더 크다. 받으려는 마음이 워낙 커서 주려는 마음이 어디에 자리하고 있는지 가늠조차 하기 어려운 것이 사실이다. 주려는 마음이 아예 없다고 해도 과언이 아닐 것이다.

정말 주님 은총으로 내 마음에 주려는 마음은 없고 받으려는 마음만 크다는 것을 알고 난 후에야 비로소 티끌만큼이나마 주려는 마음을 키우려고 애쓰고 있다.

예수께서는 많이 가진 사람들이 그 중 극히 일부를 헌금하는 것보다 가진 것이 없는 과부가 동전 몇 닢을 헌금하는 것이 훨씬 귀하고 소중하며 또 크다고 말씀하셨다. 마음이 문제라는 말씀일 것이다. 가진 것이 적어 줄 수 없다고 항변하려는 내 마음을 미리 아시고 나를 타이르시는 말씀이다.

주님 능력과 은총에 힘입어 받으려는 마음을 줄이고 주려는 마음을 키워가기를 소망한다.

"주님, 가진 것이 많다고 생각하는 사람, 그래서 주려는 마음이 큰 사람이 행복한 사람이라고 가르쳐 주시니 주님 은총이고 축복입니다. 제 인색한 마음을 용서하여 주십시오. 나누면 나눌수록 더 커지는 신비를 잊지 않고 살아가도록 이끌어 주십시오."

예수께서 이 말을 들으시고 거기를 떠나 배를 타고 따로 한적한 곳으로 가셨다. 그러나 여러 동네에서 사람들이 이 소문을 듣고 육로로 따라왔다. 예수께서 배에서 내려 거기 모여든 많은 군중을 보시자 측은한 마음이 들어 그들이 데리고 온 병자들을 고쳐 주셨다.

저녁때가 되자 제자들이 예수께 와서 말하였다.

물매화 피는 평창의 한 계곡에서 만난 자주쓴풀. 아직 활짝
피기 전이고 햇빛이 들기 전이라 꽃 빛이 좀 약하다. 쌍떡잎
식물 용담목 용담과의 두해살이풀.

"여기는 외딴곳이고 시간도 이미 늦었습니다. 그러니 군중들을 헤쳐 제각기 음식을 사 먹도록 마을로 보내시는 것이 좋겠습니다."

그러자 예수께서 이르셨다.

"그들을 보낼 것 없이 너희가 먹을 것을 주어라."

"우리에게 지금 있는 것이라고는 빵 다섯 개와 물고기 두 마리뿐입니다."

제자들이 말하자 예수께서 말씀하셨다.

"그것을 이리 가져오너라."

그리고는 군중을 풀 위에 앉게 하시고 빵 다섯 개와 물고기 두 마리를 손에 들고 하늘을 우러러 감사 기도를 드리신 다음 빵을 떼어 제자들에게 주셨다. 제자들은 그것을 사람들에게 나누어 주었다. 사람들은 모두 배불리 먹었다. 그리고 남은 조각을 주워 모으니 열두 광주리에 가득 찼다. 먹은 사람은 여자와 어린이들 외에 남자만도 오천 명가량 되었다.

마태 14 : 13 ~ 21

가난한 마음이 행복지수 높여

내가 세상에 어떤 도움이 되는 일을 한 적이 있는지 생각해 본다.

신앙을 갖기 전에도 형편이 좋고 물질이 풍부한 사람보다는 평범하거나 어렵고 힘든 처지에 있는 사람과 어울리기를 더 좋아했던 것으로 기억한다. 신앙을 가지고 믿음이 조금 성장한 후에는 더욱 고통받고 괴로운 상황에 놓인 사람에게 티끌만큼이나마 희망과 위안이 되려고 충분하지는 않지만 나름대로 노력했던 것 같다.

그러나 내 삶의 대부분에서 이기적 본능과 경쟁에서의 승리를 추구하며 다른 사람들에게 상처와 아픔을 많이 주었던 것도 잘 알고 있다. 앞에서 말

청송 주왕산 깊은 골짜기 바위벽에 붙어 혼자서도 환하게
꽃을 피운 둥근잎꿩의비름. 어린 순은 식용하고 풀 전체는
약용. 쌍떡잎식물 장미목 돌나물과의 여러해살이풀.

한 예를 주로 들면서 나를 정당화하고 미화시키려는 허영심도 알아챌 수 있게 되었고 이런 자만과 허영심도 경계하고 자제하려고 노력할 줄 알게 되었으니 정말이지 주님 은총이고 축복이다. 내 영혼이 풍요로워지고 주님 앞에서 가난한 마음만큼 행복지수도 높아지는 것 같다.

주님 능력과 은총에 힘입어 더욱 풍성한 삶을 살 수 있기를 소망한다.

"주님, 자꾸 세상일에만 쏠리려고 하는 저의 마음을 경계하도록 이끌어 주시니 주님 은총입니다. 어차피 세상에 속해 있어서 세상일에 신경을 쓸 수밖에 없으나 주님 가르침도 때때로 돌아볼 수 있도록 지켜주십시오. 제가 흔들리고 넘어질 때 저의 손을 잡아 주시고 주님의 넉넉한 품으로 인도하여 주십시오. 제가 세상에 티끌만큼이라도 소용이 될 수 있는 삶을 살도록 지켜주십시오."

그 뒤 예수께서는 갈릴리 호수, 곧 티베리아 호수 건너편으로 가셨는데 많은 사람이 떼를 지어 예수를 따라갔다. 그들은 예수께서 병자들을 고쳐 주신 기적을 본 것이다. 예수께서는 산등성이에 오르셔서 제자들과 함께 자리 잡고 앉으셨다. 유대인의 명절인 과월절이 얼마 남지 않은 때였다.

예수께서는 큰 군중이 자기에게 몰려오는 것을 보시고 필립보에게 물으셨다.

"이 사람들을 다 먹일 만한 빵을 우리가 어디서 사 올 수 있겠느냐?"

이것은 다만 필립보의 속을 떠보려고 하신 말씀이었고 예수께서는 하실 일을 이미 마음속에 작정하신 것이다.

"이 사람들에게 빵을 조금씩이라도 먹이자면 이백 데나리온 어치를 사 온다 해도 모자라겠습니다."

필립보가 대답하였다.

제자 중 하나인 시몬 베드로의 동생 안드레아가 말하였다.

"여기 웬 아이가 보리빵 다섯 개와 작은 물고기 두 마리를 가지고 있습니다마는 이렇게 많은 사람에게 무슨 소용이 되겠습니까?"

예수께서 그들에게 분부하셨다.

"사람들을 모두 앉혀라."

마침 그곳에는 풀이 많았는데 거기에 앉은 사람은 남자만 해도 오천여 명이나 되었다.

그때 예수께서는 손에 빵을 드시고 감사의 기도를 올리신 다음 거기에 앉은 사람들에게 달라는 대로 나누어 주시고 다시 물고기도 그와 같이 나누어 주셨다.

사람들이 모두 배불리 먹고 난 뒤에 예수께서는 제자들에게 이르셨다.

"조금도 버리지 말고 남은 조각을 다 모아들여라."

그래서 보리빵 다섯 개를 먹고 남은 부스러기를 제자들이 모았더니 열두 광주리에 가득 찼다.

예수께서 베푸신 기적을 보고 사람들은 저마다 말하였다.

"이분이야말로 세상에 오시기로 된 예언자이시다."

예수께서는 그들이 달려들어 억지로라도 왕으로 모시려는 낌새를 알아채고 혼자서 다시 산으로 피해 가셨다.

요한 6 : 1 ~ 15

사랑은 이상이 아니라 생활이다

사랑은 말로도 전달될 수 있지만 역시 행동으로 전달될 때, 실제로 삶에서 적용되고 실천될 때 진정한 가치가 발휘되는 것이 아닌가 생각한다. 말로 표현하는 사랑은 마음을 나타내기에 모자라거나 넘칠 수도 있으나 행동으로 표현하고 발로 실천하는 사랑은 있는 그대로 다 나타내기에 모자람이나 지나침이 없는 것 같다.

나는 표현이 서툴고 어휘가 부족해 말로 사랑을 표현하는 것이 아직도 몹시 낯설기만 하다. 그래서 가까운 사람들일수록 내 사랑을 전하려면 말보다 행동으로 실천하는 것이 더 바람직하다는 생각을 한다.

주님 능력과 은총에 힘입어 내가 입술로 하는 사랑이 아닌 가슴으로 느껴 발로 행동하는 사랑을 실천할 수 있기를 소망한다.

"주님, 입술로만 고백하는 거짓 사랑에서 벗어날 수 있도록 이끌어 주십시오. 가슴과 발로 실천하는 사랑을 할 수 있도록 이끌어 주십시오. 제 안의 속사람 가운데 사랑의 자리가 점점 커지고 자랄 수 있도록 지켜주십시오."

여러분은 그분이 의로운 분이시라는 것을 알고 있습니다. 그리고 옳은 일을 하는 사람은 다 하느님에게서 난 사람이라는 것을 알아야 합니다. 아버지께서 우리에게 베푸신 사랑이 얼마나 큰지 생각해 보십시오. 하느님의 그 큰 사랑으로 우리는 하느님의 자녀라고 불리게 되었습니다. 우리는 과연 하느님의 자녀입니다. 세상 사람들이 우리를 알지 못하는 것은 그들이 하느님을 알지 못하기 때문입니다.

사랑하는 여러분, 이제 우리는 하느님의 자녀입니다.

우리가 장차 어떻게 될지는 분명하지 않으나 그리스도께서 나타나시면 우리도 그리스도와 같은 사람이 되리라는 것을 우리는 알고 있습니다. 그때는 우리가 그리스도의 참모습을 뵐 것이기 때문입니다.

그리스도께 이런 희망을 지닌 사람은 누구나 그리스도께서 순결하신 것처럼 자기 자신을 순결하게 합니다.

죄를 짓는 자는 누구나 하느님의 법을 어기는 자입니다. 하느님의 법을 어기는 것이 곧 죄입니다. 여러분도 아시다시피 그리스도께서는 죄를 없애려고 이 세상에 나타나신 것입니다.

그리스도는 죄가 없는 분이십니다. 언제나 그리스도와 함께 사는 사람은 죄를 짓지 않습니

높고 험준한 산 석회암 바위 절벽에 붙어서 길이 20～30cm 까지 자라 6월부터 8월 사이에 보랏빛 꽃을 층층이 피우는 벌깨풀. 남한에는 자생지가 몇 안 되는 희귀 북방계 식물인 데 수직으로 치솟은 삼척 덕항산 절벽에서 꽃을 피웠다. 쌍 떡잎식물 통화식물목 꿀풀과의 여러해살이풀.

다. 언제나 죄를 짓는 사람은 그리스도를 보지도 못한 사람이고 알지도 못하는 사람입니다.

요한 1 : 2장 29 ~ 3장 6

사랑이 있는 곳에 희망이 있어

사랑은 구체적으로 무엇일까 생각해 본다. 참사랑은 내면의 순수하고 따뜻한 마음과 기운이 외부로 표출되는 것이 아닐까 생각된다. 참사랑은 깊이와 품위가 있으며 관조와 절제, 인내와 신뢰를 바탕으로 한다고 생각된다.

사랑이 있는 곳에는 화목과 평안, 기쁨과 감사가 가득할 것 같다. 나눔과 양보, 솔선과 헌신도 충만할 것 같다. 물론 이해와 관용, 용서와 공생의 기운 또한 가득할 것 같다.

주님 능력과 은총에 힘입어 사랑을 키우고 실천하는 삶을 살 수 있기를 소망한다.

"주님, 제 안에 안녕과 평화와 사랑이 가득할 수 있도록 이끌어 주십시오. 힘없고 고통받는 이웃을 외면하지 않는 적극적인 삶을 살도록 이끌어 주십시오. 늘 풍요로운 영혼으로 주위에 위로와 희망과 기쁨을 전파할 수 있도록 지켜주십시오."

율법학자 한 사람이 와서 그들이 토론하는 것을 듣고 있다가 예수께서 대답을 잘 하시는 것을 보고 물었다.

"모든 계명 중에 어느 것이 첫째가는 계명입니까?"

예수께서 대답하셨다.

"첫째가는 계명은 이것이다. '이스라엘아, 들으라. 우리 하느님은 유일한 주님이시다. 네 마음을 다하고, 목숨을 다하고, 생각을 다하고, 힘을 다하여 주님이신 너의 하느님을 사랑하라.' 또 둘째가는 계명은 이것이다. '네 이웃을 네 몸같이 사랑하라.' 이 두 계명보다 더 큰 계명은 없다."

이 말씀을 듣고 율법학자는 대답하였다.

"그렇습니다, 선생님. '하느님은 한 분이시며 그밖에 다른 이가 없다' 하신 말씀은 과연 옳습니다. 또 '마음을 다하고 지혜를 다하고 힘을 다하여 하느님을 사랑하는 것'과 '이웃을 제 몸같이 사랑하는 것'이 모든 번제물과 희생제물을 바치는 것보다 훨씬 더 낫습니다."

예수께서는 그가 슬기롭게 대답하는 것을 보시고 말씀하셨다.

"너는 하느님 나라에 가까이 와 있다."

그런 일이 있고는 감히 예수께 질문하는 사람이 없었다.

마르 12 : 28 ～ 34

함께 비를 맞아주는 사랑

병환으로 고생하는 사람들이 많다. 육체적인 병과 정신적인 병이 모두 증가하는 것 같다. 경쟁을 부추기고 승자만이 살아남는 사회 구조가 그런 현상을 더욱 키우는 것으로 생각된다.

이럴 때일수록 종교의 필요성이 절실해지는데 현재의 종교가 과연 그런 역할을 제대로 수행하고 있는지 회의가 드는 것이 사실이다. 권위는 실종되고 권위주의만 뚜렷해지는 종교, 세속의 풍토를 닮아 배타성과 패거리 문화가 자리를 넓혀가는 종교, 실천은 사라지고 관념적 사유와 깨달음만 가득한 종교가 사람들로부터 인정받지 못하는 원인이 아닌가 생각된다.

주님 능력과 은총에 힘입어 주님 가르침을 온전히 수용하여, 부정과 불의에 저항하고 약자들의 고통에 공감하며 나 개인의 이익을 희생할 수 있는 삶을 살기를 소망한다.

"주님, 고통받는 사람들의 삶을 외면하지 않도록 이끌어 주십시오. 비가 올 때 우산을 받쳐 주는 사랑이 아니라 비가 올 때 함께 비를 맞는 사랑을 마음에 품도록 이끌어 주십시오."

예수께서 제자들과 함께 호숫가로 물러가시자 갈릴리에서 많은 사람이 따라왔다. 유다와 시돈 근방에 사는 사람들까지도 예수께서 하시는 일을 전해 듣고 많이 몰려왔다.

예수께서는 밀어닥치는 군중을 피하시려고 제자들에게 거룻배 한 척을 준비하라고 이르셨다. 예수께서 많은 군중을 고쳐 주셨으므로 병으로 고생하는 사람들이 앞을 다투어 예수를 만지려고 밀려든 것이다.

더러운 악령들은 예수를 보기만 하면 그 앞에 엎드려 소리 질렀다.

"당신은 하느님의 아들이십니다!"

그러나 예수께서는 그들에게 당신을 남에게 알리지 말라고 엄하게 명하셨다.

마르 3 : 7 ~ 12

믿음과 사랑을 주는 사람

누가 나를 자기 곁에 있게 한다면 그것보다 더 큰 신뢰와 사랑이 있을 수 있을까 생각해 본다. 또 내가 내 곁에 있게 하는 사람은 내가 무한한 신뢰와 믿음, 그리고 깊은 애정을 가진 사람일 것이다. 그야말로 서로 동지이자 동반자일 수 있는 관계라고 표현해도 좋을 것 같다.

백두 평원의 금혼초. 강원도 이북에서 자생한다고 되어있는
데 만주 연길공항에서 백두산으로 가는 길에 처음 만났다.
제주도의 서양금혼초와 이름은 비슷하나 생김새는 많이 달
라 보인다. 쌍떡잎식물 초롱꽃목 국화과의 여러해살이풀.

누군가 나에게 그런 사람이 있기를 바라기보다 내가 누군가에게 그런 사람이 되기 위해, 힘써야 하겠다는 생각이 든다. 찾고, 구하고, 두드리는 것도 무엇을 위해, 무엇을 찾고, 구하고, 두드리는지에 따라 그 결과와 수확이 전혀 달라질 것 같다.

주님 능력과 은총으로 내가 누군가의 곁에 있을 수 있는 인격의 소유자로 성장하기를 소망한다.

"주님, 저는 주님 곁에 있을 자격조차 없는 존재이지만 사랑이신 주님은 저를 주님 곁에 머물 수 있도록 허락하셨으니 주님 은총이 차고 넘칩니다. 자주 주님 곁에서 멀어지고 주님을 슬프게 하지만 다시 주님께 다가갈 때 다시 곁을 허락하시니 주님 사랑 끝이 없습니다. 제가 주님 곁을 떠나지 않고 어떤 처지에서든지 항상 주님 곁에 머무르며 주님을 믿고 살아갈 수 있도록 지켜주십시오."

예수께서 산에 올라가 마음에 두셨던 사람들을 부르셨다. 그들이 예수께 가까이 왔을 때 예수께서는 열둘을 뽑아 사도로 삼으시고 당신 곁에 있게 하셨다. 그들을 보내어 말씀을 전하게 하시고, 마귀를 쫓아내는 권한을 주시려는 것이었다.

이렇게 뽑으신 열두 사도는 베드로라는 이름을 붙여 주신 시몬과 천둥의 아들이라는 뜻으로 둘 다 보아네르게스라고 이름을 붙여 주신 제베대오의 아들 야고보와 그의 동생 요한, 그리고 안드레아, 필립보, 바르톨로메오, 마태오, 토마, 알패오의 아들 야고보, 타대오, 혁명당원 시몬, 그리고 예수를 팔아넘긴 가리옷 사람 유다이다.

마르 3 : 13 ~ 19

네가 있기에 내가 있다

이 세상에서 정의의 필요성을 더욱 크게 느낄 수 있을 때는 불의가 대세를 이루어 그 폐해가 극심할 때가 아닐까? 자유의 소중함을 가장 크게 느낄 수 있을 때는 구속과 억압이 최고조에 달하였을 때나 구속과 억압에서 벗어난 직후가 아닐까? 만일 날마다 평온의 연속이라면, 여간 깬 정신의 소유자가 아니라면 평온의 소중함을 절감하기 어려울 것이다.

정말이지 우리 속담의 표현은 어쩌면 그리도 오묘한지? 바로 '든 자리는 몰라도 난 자리는 안다' 하는 말이다. 어느 상황에 익숙할 때는 잘 몰랐으나 그것이 갑자기 낯설고 힘든 상황으로 바뀌면 그때가 얼마나 즐겁고 소중했는지 절감하게 된다는 것이다. 그것이 현재를 가장 감사한 마음으로, 지극히 겸손한 마음으로 살아야 하는 이유일 것이다.

이리가 없으면 양은 무모하리만큼 만용에 빠질 수도 있으며, 양이 없으면 이리는 마침내 굶주림에 허덕이게 될 것이라는 생각도 든다. 서로가 필요한 존재란 것을 평소에는 그리 절실히 느끼지 못하다가 둘 중 하나가 사라지면 상대의 존재가 자신에게 얼마나 중요했는지를 알게 되지 않을까? 좌(左)는 우(右)가 있어야 더욱 섬세하고 정교한 논리를 가다듬을 수 있으며, 우는 좌가 있어야 그런 노력과 수고를 계속할 수 있을 것으로도 생각된다.

주님 능력과 은총에 힘입어 생각이 다른 사람의 의견에도 귀를 기울일 수 있는 마음을 가지기 위해 애쓰는 사람이 되기를 소망한다.

"주님, 상대가 있을 때 비로소 진정한 삶이 가능함을 잊지 않도록 이끌어 주십시오. 상대는 넘어뜨리고 무너뜨려야 하는 대상이 아니라 도리어 함께 공존하는 대상임을 깨닫도록 이끌어 주십시오. 더욱 정진하기 위한 좋은 자극제가 바로 상대임을 가슴에 새기고 살아갈 수 있도록 지켜주십시오."

이제 내가 너희를 보내는 것은 마치 양을 이리떼 가운데 보내는 것과 같다. 그러므로 너희는 뱀같이 슬기롭고 비둘기같이 양순해야 한다. 너희를 법정에 넘겨 주고 회당에서 매질할 사람들이 있을 터인데 그들을 조심하여라. 또 너희는 나 때문에 총독들과 왕들에게 끌려가 재판을 받으며 그들과 이방인들 앞에서 나를 증언하게 될 것이다.

그러나 잡혀갔을 때 '무슨 말을 어떻게 할까?' 하고 미리 걱정하지 마라. 때가 오면 너희가 해야 할 말을 일러 주실 것이다. 말하는 이는 너희가 아니라 너희 안에서 말씀하시는 아버지의 성령이시다.

형제끼리 서로 잡아 넘겨 죽게 할 것이며, 아비도 또한 제 자식을 그렇게 하고 자식도 부모를 고발하여 죽게 할 것이다. 그리고 너희는 나 때문에 모든 사람에게 미움을 받을 것이다.

그러나 끝까지 참는 사람은 구원을 받을 것이다.

마태 10 : 16 ～ 22

사랑을 부르는 마음의 눈

눈에는 세 가지가 있다고 한다. 육안(肉眼), 심안(心眼), 영안(靈眼)이다. '눈이 밝다'고 하면 육안의 시력이 좋다는 뜻이 되기도 하고, 겉으로는 잘 보이지 않고 드러나지 않는 것을 꿰뚫어 볼 줄 아는 마음의 눈이 밝다는 뜻이 되기도 하며, 지금껏 보지 못한 새로운 것을 보게 하는 영혼의 눈을 가졌다는 뜻이 되기도 한다. 사랑을 키우기 위한 공감 능력 배양에는 심안과 영안이 가장 중요하다는 사실을 새삼 깨닫는다.

이름처럼 식물체도 꽃도 작아서 눈여겨보지 않으면 잘 띄지
않는 야생화 애기풀. 여럿이 뭉쳐 커다란 꽃바구니를 만들어
'나를 봐달라'고 애교를 부리는 무더기를 운 좋게 만났다. 쌍
떡잎식물 무환자나무목 원지과의 초본성 반관목.

주님 능력과 은총에 힘입어 심안과 영안을 가진 사람으로 성장하기를 소망한다.

"주님, 저는 육안의 시력도 좋지 않고, 남의 말을 경청하면서 공감으로 연결하는 심안도 턱없이 부족하며, 하느님을 볼 수 있는 영안도 갖지 못했음을 고백합니다. 심안과 영안의 중요성은 전혀 생각조차 하지 못했습니다. 이제 마음의 눈과 믿음의 눈이 밝아져야 함을 알게 하시니 주님 은총입니다. 제가 자기중심적 사고에서 벗어나 사랑을 키우기 위해서는 심안과 영안이 열려야 함을 알게 하셨으니 이 둘이 밝아질 수 있도록 저를 이끌어 주십시오."

예수 일행이 베싸이다에 이르자 사람들이 시각 장애인 한 사람을 데리고 와서 손을 대 고쳐 주시기를 청하였다. 예수께서는 시각 장애인의 손을 잡고 마을 밖으로 데리고 나가 그의 두 눈에 침을 바르고 손을 얹으신 다음 물으셨다.

"무엇이 좀 보이느냐?"

그러자 시각 장애인이 눈을 뜨면서 대답하였다.

"나무 같은 것이 보이는데 걸어 다니는 걸 보니 사람들인가 봅니다."

예수께서 다시 그의 눈에 손을 대시자 눈이 밝아지고 완전히 성해져서 모든 것을 똑똑히 보게 되었다.

"저 마을로는 돌아가지 말아라."

예수께서는 그를 집으로 보내셨다.

마르 8 : 22 ~ 26

상대방을 깨끗이 씻어 주는 삶

오늘 말씀을 통해 매우 친밀하고 가까운 관계는 상대방을 씻어 주는 관계라는 것을 깨닫게 된다. 사람을 씻어 준다는 것은 모든 것을 드러내고, 모든 것을 이해하고, 모든 것을 품어 안으며, 마음 깊이 간직한 존중을 포함해 상대의 존재 그 자체를 사랑한다는 것을 의미하는 것이 아닐까 생각한다.

상대의 상처와 아픔과 고통을 씻어 줄 수 있는 공감과 배려가 바로 사랑인데, 이런 사랑은 상대가 힘들고 어려울 때일수록 더욱 필요할 것이다. 그 어떤 신념이나 믿음이라도 사랑이 결핍되었다면 도리어 해가 되고 위험할 수 있음은 역사를 통해 수없이 입증된 것이 아닌가.

주님 능력과 은총에 힘입어 상대방을 씻어 주는 삶을 살 수 있기를 소망한다.

- -

"주님, '내가 너를 씻어 주지 않으면 너는 이제 나와 아무 상관도 없게 된다'고 말씀하셨습니다. 상관이 있는 관계란 어떤 것인지 깨닫게 하시니 주님 은총입니다. 제가 그 누군가를 씻어 줄 수 있는 사람이 되도록 이끌어 주십시오. 그의 영혼을 씻어 줄 수 있고, 상처와 아픔도 씻어 줄 수 있는 사람으로 살아가도록 인도해 주십시오."

- -

이스라엘의 조상이 이집트에서 탈출한 것을 기념하는 유대인의 축제일인 과월절을 하루 앞두고 예수께서는 이제 이 세상을 떠나 아버지께로 가실 때가 된 것을 아시고 이 세상에서 사랑하시던 제자들을 더욱 극진히 사랑해 주셨다.

예수께서 제자들과 같이 저녁을 잡수실 때 악마는 이미 가리옷 사람 시몬의 아들 유다의 마음속에 예수를 팔아넘길 생각을 불어넣었다.

한편 예수께서는 아버지께서 모든 것을 당신 손에 맡겨 주신 것과 당신이 하느님에게서 왔다가 다시 하느님께 돌아가게 되었다는 것을 아시고 식탁에서 일어나 겉옷을 벗고 수건을 허리에 두르신 뒤 대야에 물을 떠서 제자들의 발을 차례로 씻고 허리에 두르신 수건으로 닦아 주셨다.

시몬 베드로의 차례가 되자 그가 말하였다.

"주께서 제 발을 씻으시렵니까?"

"너는 내가 왜 이렇게 하는지 지금은 모르나 나중에는 알게 될 것이다."

예수께서 대답하셨다.

"안 됩니다. 제 발만은 결코 씻지 못하십니다."

베드로가 사양하자 예수께서 말씀하셨다.

"내가 너를 씻어 주지 않으면 너는 나와 아무 상관도 없게 된다."

그러자 시몬 베드로가 간청하였다.

"주님, 그러면 발뿐 아니라 손과 머리까지도 씻어 주십시오."

요한 13 : 1 ~ 9

믿음과 사랑이 기적을 부른다

오늘 말씀을 묵상하며 잔치 분위기를 가라앉히지 않으려는 어머니의 선한 마음과 아들이 반드시 무엇인가를 만들어 내리라고 믿는 모정(母情)의 신뢰, 그리고 항아리에 물을 가득 부어 사람들을 위해 도움을 주려고 하시는 예수님 마음이 눈앞에 떠오른다. 이런 덕성들이 모여 가나의 혼인 잔치에서 기적을 만들어 낸 것이 아닐까 생각한다.

좋은 결과를 얻으려면 반드시 모두에게 이롭고 선한 목표를 설정하고 많

백두산 가는 길 드넓은 벌판에 작은 새처럼 앙증맞은 보랏
빛 꽃이 피었다. 원지(遠志)가 꽃을 피울 때면 숲속에 파랑새
가 날아다닌다는 표현을 쓰기도 한다. 이 작은 꽃에도 먹을
꿀이 있는지 꽃만큼 큰 날것들이 달려들어 정신없이 빨아댄
다. 쌍떡잎식물 무환자나무목 원지과의 여러해살이풀. 뿌리
를 한약재로 쓴다.

은 이에게 도움을 주겠다는 신념에서 출발해야 한다고 나는 믿는다. 개인과 소수 집단을 위한 편협한 이익이나 불순한 동기가 개입되어 있다면 어떤 뛰어난 행동도 강한 추진력을 발휘할 수 없으며 갖가지 난관에 봉착하면서 동력을 상실해 실패로 끝나고 만다고 나는 굳게 믿는다.

주님 능력과 은총에 힘입어 나 혼자만의 이익을 추구하기보다 약한 힘이라도 다수의 유익을 위해 쏟을 수 있기를 소망한다.

"주님, 사랑을 바탕으로 한 믿음은 언제나 큰 힘을 발휘한다는 것을 알게 하시니 주님 은총입니다. 의심과 회의가 생길 때마다 저를 꾸짖어 주십시오. 제가 약한 믿음으로 흔들릴 때마다 다시 일으켜 세워 주십시오."

이런 일이 있고 사흘째 되던 날 갈릴리 지방에 혼인 잔치가 있었다. 그 자리에는 예수의 어머니도 계셨고 예수도 제자들과 함께 초대를 받고 와 계셨다.

그런데 잔치 도중에 포도주가 떨어지자 예수의 어머니는 예수께 그 사실을 알렸다. 예수께서는 어머니를 보고 말씀하셨다.

"어머니, 그것이 저와 무슨 상관이 있다고 그러십니까? 아직 저의 때가 오지 않았습니다."

그러자 예수의 어머니는 일하는 사람들에게 일렀다.

"무엇이든지 그가 시키는 대로 하여라."

유대인들에게는 정결 예식을 행하는 관습이 있었는데, 거기에는 그 예식에 쓰이는 두세 동이들이 돌 항아리 여섯 개가 놓여 있었다. 예수께서 일하는 사람들에게 이르셨다.

"항아리마다 모두 물을 가득히 부어라."

그들이 여섯 항아리에 물을 가득 채우자 예수께서 말씀하셨다.

"이제는 퍼서 잔치 맡은 이에게 갖다 주어라."

사람들이 잔치 맡은 이에게 갖다 주었더니 물은 어느새 포도주로 변해 있었다. 물을 가져간 사람들은 그 술이 어디에서 났는지 알고 있었으나 잔치를 맡은 이는 아무것도 모른 채 술맛을 보고 나서 신랑을 불러 감탄하였다.

"누구든지 좋은 포도주는 먼저 내놓고 손님들이 취한 다음에 덜 좋은 것을 내놓는 법인데 이 좋은 포도주가 지금까지 있으니 웬일이오!"

이렇게 예수께서는 첫 번째 기적을 갈릴리 지방 가나에서 행하시어 당신 영광을 드러내셨다. 그리하여 제자들은 예수를 믿게 되었다.

요한 2 : 1 ~ 11

사랑 안에 머물러야 사랑을 배운다

본능적이고 감정적인 흥분 상태의 사랑과 초인적이고 이성적인 절제 속의 사랑은 분명 다를 것이다. 본능적인 경우도 사랑이 아니라고 할 수는 없겠지만 이런 사랑은 일시적이고 폭발적이어서 오래 가지 못하는 것 같다. 이성적인 사랑은 일상적이고 정제되어서 그 기간도 무한한 것 같다.

주님 사랑을 닮으려면 엄청난 노력과 수고에 더해 본질적인 질문을 수없이 던져야 할 것 같다. 그렇게 하더라도 주님 사랑에는 근처에도 갈 수 없으리라는 것이 솔직한 심정이다. 주님 사랑은 그만큼 크고 깊어서 헤아리기 어렵기 때문일 것이다.

주님 사랑이 공감과 배려, 나눔과 용서, 관용과 이해, 이런 모든 좋은 요소를 다 포함해도 부족한 것이라면 과연 나의 부족하고 연약한 믿음과 게으른 노력으로 어찌 따라갈 수 있겠는가?

그래도 무한정 노력해 볼 수밖에 없다. 주님 사랑 안에 머물러 있어야 조금씩이라도 그 사랑을 배워 언젠가는 내 안에서도 싹틀 것을 믿기 때문이다.

주님 능력과 은총에 힘입어 주님의 큰사랑을 배워 제 안에서 그 싹을 틔울 수 있기를 소망한다.

· ·

"주님 사랑 안에 머물러 있기만 하면 되는데도 이 철부지는 마다하는 경우가 많음을 고백합니다. 주님 사랑을 받는 것에도 인색하니 어찌 이웃을 사랑할 수 있을는지요. 그래도 잘못을 꾸짖지 마시고 바른길로 인도하여 주십시오. 저를 내치지 마시고 언제나 제 손을 잡아 주십시오. 주님 사랑 안에 머물러 있을 수 있도록 지켜주십시오. 언젠가는 제 안에 티끌만 한 사랑이라도 움트겠지요."

· ·

아버지께서 나를 사랑하신 것처럼 나도 너희를 사랑해 왔다. 그러니 너희는 언제나 내 사랑 안에 머물러라. 내가 내 아버지의 계명을 지켜 그 사랑 안에 머무르듯이 너희도 내 계명을 지키면 내 사랑 안에 머무르게 될 것이다. 내가 이 말을 한 것은 내 기쁨을 같이 나누어 너희 마음에 기쁨이 넘치게 하려는 것이다.

요한 15 : 9 ~ 11

바른 관계가 바른 삶을 이끈다

어떤 괴로운 상황에서 온전히 풀려나오려면 마지막 한 푼까지 다 갚아야 한다는 것을 오늘 말씀을 통해 깨닫게 된다. 불화나 다툼 같은 '관계의 균열' 또는 '잘못 설정된 관계'일수록 정상화하기 위해서는 마지막 한 푼까지 다 갚아야 분명히 풀려나올 수 있을 것 같다.

삶과 나의 관계가 올바르고 균형 잡힌 것이 되어야 비로소 그 삶 속에서 내 행동이 바르고 참되게 될 것이라는 생각이 든다. 가식적인

백두산 자락 선봉령 습지에서 만난 참기생꽃. 쌍떡잎식물 앵초과의 여러해살이풀.

삶, 누군가에게 보여 주기 위한 삶이 아니라 실제로 내가 살아가는 삶이 평화롭고 행복하려면 나의 내면이 온유하고 평화로워야 할 것이라는 생각도 든다.

이런 관계의 정립은 결코 하루아침에, 단시간에 이루어지지는 않을 것이며 끊임없이 묻고 찾고 구할 때 비로소 실체가 조금씩 뚜렷해질 것이다. 성찰의 꾸준한 노력이 수반될 때 삶과 나는 바른 관계로 정립될 수 있을 것이다.

주님 능력과 은총에 힘입어 삶과 내가 올바른 관계를 맺게 되기를 소망한다.

"주님, 제 삶과 관계를 맺은 사람들을 깊이 생각할 수 있도록 이끌어 주시니 주님 은총이 차고 넘칩니다. 삶의 자세는 결국 그 관계의 정립에서 결정되며 제 영혼과 내면에 따라 규정됨을 깨닫기 시작했으니 주님 축복입니다."

잘 들어라.

너희가 율법학자들이나 바리사이파 사람들보다 더 옳게 살지 못한다면 결코 하늘나라에 들어가지 못할 것이다. '살인하지 말라. 살인하는 자는 누구든지 재판을 받아야 한다'고 옛사람들에게 하신 말씀을 너희는 들었다. 그러나 나는 이렇게 말한다. 자기 형제에게 성을 내는 사람은 누구나 재판을 받아야 하며, 자기 형제를 가리켜 바보라고 욕하는 사람은 중앙법정에 넘겨질 것이다. 또 자기 형제더러 미친놈이라고 하는 사람은 불붙는 지옥에 던져질 것이다. 그러므로 제단에 예물을 드리려 할 때 너에게 원한을 품은 형제가 생각나거든 그 예물을 제단 앞에 두고 먼저 그를 찾아가 화해하고 나서 돌아와 예물을 드려라. 누가 너를 고소하여 그와 함께 법정으로 갈 때는 도중에서 얼른 화해하여라. 그렇지 않으면 고소하는 사람이 너를 재판관에게 넘기고 재판관은 형리에게 내주어 감옥에 가둘 것이다. 분명히 말해 둔다. 네가 마지막 한 푼까지 다 갚기 전에는 결코 거기서 풀려나오지 못할 것이다.

마태 5 : 20 ~ 26

이웃에 축복을 전하는 사람

축복은 사람을 사랑하는 큰마음이라고 할 수 있지 않을까 생각된다. 선하고 넉넉하며 열린 마음이고 주는 마음이라고 할 수 있을 것 같다. 아무리 탐욕스럽고 악한 사람이라도 자기 가족에게 향하는 마음은 바로 축복이 아닐까 생각된다.

그러나 진정으로 축복하는 마음은 이런 본능적인 감성과는 구분되어야 하지 않을까 하는 생각도 든다. 값진 꿈과 목표를 향해 꺾이지 않는 희망과 정당한 방법으로 끊임없이 나아가는 사람들을 기리고 북돋우는 것이 진정한 축복이 아닐까 생각되기 때문이다.

주님 능력과 은총에 힘입어 주위에 축복을 선물하는 삶을 살기를 소망한다.

"주님, 가족과 주위에 축복을 전하는 사람이 되도록 이끌어 주십시오. 탐욕을 멀리하며 일상을 선하고 정의롭게 살아갈 수 있는 삶을 살도록 이끌어 주십시오. 사랑을 키워 따뜻한 마음을 전파하도록 이끌어 주십시오."

"내가 전에 너희와 함께 있을 때도 말했거니와 모세의 율법과 예언서와 시편에 나를 두고 한 말씀은 반드시 다 이루어져야 한다."

그들에게 말씀하시고 성서를 깨닫게 하시려고 그들의 마음을 열어주시며 또 말씀하셨다.

"성서 기록을 보면 그리스도는 고난을 받고 죽었다가 사흘 만에 다시 살아난다고 하였다. 그리고 그리스도의 이름으로 회개하면 죄를 용서받는다는 기쁜 소식이 예루살렘에서 비롯하여 모든 민족에게 전파된다고 하였다. 너희는 이 모든 일의 증인이다. 나는 내 아버지께서 약속하신 것을 너희에게 보내 주겠다. 그러니 너희는 위에서 오는 능력을 받을 때까지 예루살렘에 머물러 있어라."

예수께서 그들을 베다니아 근처로 데리고 나가셔서 두 손을 들어 축복해 주셨다. 이렇게 축복하시면서 그들을 떠나 하늘로 올라가셨다.

그들은 엎드려 예수께 경배하고 기쁨에 넘쳐 예루살렘으로 돌아가서 날마다 성전에서 하느님을 찬미하며 지냈다.

루가 24 : 44 ~ 53

내 안에서 상대가 나보다 클 때

자신이 누구를 진심으로 사랑하는지 헤아릴 수 있는 잣대가 있는 것 같다. 그 사람으로 인해 자신이 실질적인 변화를 이룰 수 있다면 그를 진심으로 사랑한다고 말할 수 있을 것이다. 그를 진심으로 사랑할 때, 자신의 머리와 가슴 안에 자신보다 그가 더 크게 자리하고 있을 것이기 때문이다. 그리하여 자신이 원하고 바라는 것보다 그가 원하고 바라는 것을 더 중요시하는 의지가 작용할 것이다.

자신 안에 존재하는 자신과 그의 크기가 비슷하다고 해도 그를 사랑하고 존중한다고 말할 수 있을 것이고, 자신의 크기보다 그의 크기가 더 크다면 그를 진정으로 사랑하고 있다고 보아도 될 것이다. 이런 정도라면 자신이 하고 싶거나 익숙한 행동을 자제하고 그가 원하거나 익숙한 행동을 하게 될 것이다.

주님 능력과 은총에 힘입어 제 안에 저의 크기와 그의 크기가 비슷한 정도라도 그에게 마음을 쓸 수 있기를 바란다. 정녕 바라건대 제 안에 저보다 그의 크기가 더 클 수 있기를 소망한다.

"주님, 제 안에는 온통 저 혼자만 있었고 지금도 그런 상태임을 고백합니다. 저는 지독히도 자기중심적임을 고백합니다. 제 생각이 다 옳고 바르다고 믿으며 저와 다른 의견을 이해하고 받아들이는 데에 너무나 인색함을 고백합니다. 완강한 자아를 내려놓지 못하는 저를 용서하여 주십시오. 제 안에 사랑을 더욱 키워 저와 상대의 크기가 비슷할 수 있도록, 저보다 상대의 크기가 더 클 수 있도록 이끌어 주십시오."

모두 조반을 끝내자 예수께서 시몬 베드로에게 물으셨다.

"요한의 아들 시몬아, 네가 이 사람들이 나를 사랑하는 것보다 더 나를 사랑하느냐?"

"예, 주님, 아시는 바와 같이 저는 주님을 사랑합니다."

베드로가 대답하자 예수께서 이르셨다.

"내 어린 양들을 잘 돌보아라."

예수께서 두 번째 물으셨다.

"요한의 아들 시몬아, 네가 나를 정말 사랑하느냐?"

"예, 주님, 아시는 바와 같이 저는 주님을 사랑합니다."

베드로가 대답하자 예수께서 이르셨다.

"내 양들을 잘 돌보아라."

예수께서 세 번째로 물으셨다.

"요한의 아들 시몬아, 네가 나를 사랑하느냐?"

베드로는 세 번이나 예수께서 '나를 사랑하느냐?' 물으시자 마음이 슬퍼져 대답하였다.

"주님, 주님께서는 모든 일을 다 알고 계십니다. 그러니 제가 주님을 사랑한다는 것을 모르실 리가 없습니다."

그러자 예수께서 분부하셨다.

"내 양들을 잘 돌보아라."

이어서 말씀하셨다.

"정말 잘 들어두어라. 네가 젊었을 때는 제 손으로 띠를 띠고 마음대로 돌아다닐 수 있었다. 그러나 이제 나이를 먹으면 그때는 팔을 벌리고 남이 와서 허리를 묶어 네가 원하지 않는 곳으로 끌고 갈 것이다."

베드로가 장차 어떻게 죽어서 하느님의 영광을 드러내게 될 것인지 암시하신 말씀이었다. 그런 뒤 예수께서는 베드로에게 말씀하셨다.

"나를 따라라."

요한 21 : 15 ~ 19

타인을 사랑해야 하느님을 사랑해

'하느님을 사랑하고 이웃을 사랑하는 것'이 계명 중 가장 중요하다는 말씀을 곰곰 생각해 본다. 나는 이 계명을 충실히 지키고 있는가? 아주 드물게 그런 계명을 지키려고 애쓰는 모습을 보이다가도 환경과 여건이 변하면 금세 이런 모습에서 멀어지는 나 자신을 바라본다.

일이 잘 풀리고 마음이 여유로울 때는 그 계명을 지키려는 마음이 조금이나마 자리하고 있다가 일이 꼬이고 마음이 힘들 때는 언제 그랬느냐는 듯 완고하고 완악한 마음으로 표변하는 자신을 보게 된다.

하느님을 진정 사랑하는 사람은 선한 마음을 품은 사람이며 자신을 사랑하듯 타인도 사랑하는 마음을 가진 사람일 것이다. 잘못된 행동에는 진심으로 사과할 수 있는 용기가 있는 사람, 자신의 인격과 소양을 넓히기 위해 꾸준히 성찰하고 변화를 위해 노력하는 사람일 것이다. 주님 앞에 늘 겸손하고 가난한 마음으로 근면하고 검소한 삶을 사는 사람일 것이다.

나도제비난. 한라산과 지리산 등의 깊은 숲속 나무 밑 흙더

미 위에서 새끼 제비들이 먹이를 달라고 짹짹 아우성친다.

외떡잎식물 난초목 난초과의 여러해살이풀.

주님 능력과 은총에 힘입어 주님과 이웃을 사랑하는 삶을 살아가기를 소망한다.

"주님, 하느님을 사랑하고 이웃을 사랑하는 것이 으뜸가는 계명이라고 말씀하셨습니다. 저의 약한 믿음은 이것을 실천하기가 참으로 어렵습니다. 저의 잘못을 용서하여 주십시오. 원하옵건대 저의 열고 약한 믿음을 깨달아 저를 늘 단련하고 수양하여 강한 믿음의 소유자로 거듭날 수 있도록 이끌어 주십시오."

율법학자 한 사람이 와서 그들이 토론하는 것을 듣고 있다가 예수께서 대답을 잘 하시는 것을 보고 물었다.

"모든 계명 중에 어느 것이 첫째가는 계명입니까?"

예수께서 이렇게 대답하셨다.

"첫째가는 계명은 이것이다. '이스라엘아, 들으라. 우리 하느님은 유일한 주님이시다. 네 마음을 다하고 목숨을 다하고 생각을 다하고 힘을 다하여 주님이신 너의 하느님을 사랑하라.' 또 둘째가는 계명은 '네 이웃을 네 몸같이 사랑하라' 하는 것이다. 이 두 계명보다 더 큰 계명은 없다."

이 말씀을 듣고 율법학자가 대답하였다.

"그렇습니다, 선생님. '하느님은 한 분이시며 다른 이는 없다' 하신 말씀은 과연 옳습니다. 또 '마음을 다하고 지혜를 다하고 힘을 다하여 하느님을 사랑하는 것'과 '이웃을 제 몸같이 사랑하는 것'이 모든 번제물과 희생제물을 바치는 것보다 훨씬 더 낫습니다."

예수께서는 그가 슬기롭게 대답하는 것을 보고 말씀하셨다.

"너는 하느님 나라에 가까이 와 있다."

그런 일이 있고는 감히 예수께 질문하는 사람이 없었다.

마르 12 : 28 ~ 34

참다운 자선은 그와 동행하는 것

이웃에 베푸는 자선이란 무엇을 뜻할까. 당장 굶주리고 며칠을 먹지 못해 사경을 헤매는 사람에게 희망을 잃지 말라고, 끈기로 참고 견디면 마침내 복된 날이 온다고 아무리 이야기해 보아도 무슨 소용이 있겠는가? 반대로 슬픔과 좌절에 빠진 사람에게 잘 먹고 기운을 차리라면서 빵을 권한다면 이 또한 무슨 소용이 있겠는가?

나눔과 공의(公義, 공평하고 의로움)란 때와 상황에 맞는 것일 때 비로소 효력이 발휘될 수 있을 것이라는 생각이 든다. 모든 경우에 다 합당할 수 있는 자선이란 바로 진심으로 사랑하고 배려하는 마음이 바탕이 되어야 하지 않을까 생각한다. 그런 마음을 가지고 있다면 어느 경우, 어느 상황이든 합당한 나눔과 위로, 동행이 가능할 것 같다는 생각이 든다.

주님 능력과 은총에 힘입어 사랑을 키우고 배려를 늘리는 노력을 지속할 수 있기를 소망한다.

"주님께서는 '내가 원하는 것은 동물을 잡아 바치는 제사가 아니라 이웃에게 베푸는 자선이다' 라고 말씀하셨습니다. 저 자신의 속사람을 갈고 닦아 비가 올 때 우산을 씌워주기보다는 비를 함께 맞으면서 상황과 조건을 공유하는 사람이 될 수 있도록 이끌어주십시오. 진심 어린 사랑과 배려를 실천하는 그런 신앙인이 되도록 지켜주십시오."

그 무렵, 어느 안식일에 예수께서 밀밭 사이를 지나가시게 되었는데 제자들이 배가 고파 밀이삭을 잘라 먹었다. 이것을 본 바리사이파 사람들이 예수께 말하였다.

"저것 보십시오. 당신 제자들이 안식일에 해서는 안 될 일을 하고 있습니다."

예수께서 이렇게 대답하셨다.

"너희는 다윗 일행이 굶주렸을 때 다윗이 한 일을 읽어 보지 못하였느냐? 그는 하느님의 집에 들어가서 그 일행과 함께 제단에 차려 놓은 빵을 먹지 않았느냐? 그것은 사제들밖에는 다윗도 그 일행도 먹을 수 없는 빵이었다. 또 안식일에 성전 안에서는 사제들이 안식일 규정을 어겨도 그것이 죄가 되지 않는다는 것을 율법 책에서 읽어 보지 못하였느냐? 잘 들어라. 성전보다 더 큰 이가 여기에 있다. '내가 원하는 것은 나에게 동물을 잡아 바치는 제사가 아니라 이웃에게 베푸는 자선이다'라는 말씀이 무슨 뜻인지 알았더라면 너희는 무죄한 사람들을 죄인으로 단정하지는 않았을 것이다. 사람의 아들이 바로 안식일의 주인이다."

마태 12 : 1 ～ 8

잘못을 타이를 때도 사랑으로

오늘 말씀에서 내 마음을 사로잡는 대목은 이것이다.

'어떤 형제가 너에게 잘못한 일이 있거든 단둘이 만나서 그의 잘못을 타일러 주어라.'

누군가 나에게 잘못하거나 업무상 실수하는 일이 있으면 나는 애정을 가지고 교육을 목적으로 타이르기보다는 짜증과 화를 내며 꾸중하고 비난을 퍼부었던 것으로 생각된다. 그러므로 상대는 잘못을 인정하고 고치려 하기보다는 감정이 실린 비난과 꾸중에 상처를 받고 아파하면서 나를 향한 미움을 키웠을 것이다. 교육 효과는 하나도 없으면서 관계만 틀어지는 잘못된 처신이었다.

이제 이 말씀을 가슴에 깊이 새기도록 하겠다.

'누가 너에게 잘못한 일이 있거든 단둘이 만나 그의 잘못을 타일러 주어라.'

5월 초, 멀리 진도에서 맑고 투명한 외계인 같은 나도수정초
가 피어나 숲을 신비롭게 만들고 있다. 쌍떡잎식물 진달래
목 노루발과의 여러해살이풀.

주님 능력과 은총에 힘입어 이 말씀을 가슴에 새겨 잘못한 사람을 사랑으로 타이르는 사람이 되기를 소망한다.

"주님, 저는 잘못한 사람은 어떤 욕을 들어도, 어떤 비난을 받아도 마땅하다고 생각했습니다. 그러면서도 저한테 욕과 비난을 퍼붓는 사람에게는 증오와 원망을 품었습니다. 잘못을 저지른 사람이 일부러 잘못을 저지른 것이 아닌데도 저는 짜증과 화냄으로 상대방을 아프게만 하였음을 고백합니다. 상대방을 배려하고 잘못을 타이를 줄을 알지 못해 상처와 아픔만을 주었습니다. 이제 주님 은총으로 잘못은 사랑으로 타이르는 것임을 알게 되었으니 이 깨달음을 가슴에 간직하고 실천하는 삶을 살도록 이끌어 주십시오."

"어떤 형제가 너에게 잘못한 일이 있거든 단둘이 만나서 그의 잘못을 타일러 주어라. 그가 말을 들으면 너는 형제 하나를 얻는 셈이다. 그러나 듣지 않거든 한 사람이나 두 사람을 더 데리고 가라. 그리하여 '두 사람이나 세 사람의 증언을 들어 확정하라' 하시는 말씀대로 모든 사실을 밝혀라. 그래도 그들의 말을 듣지 않거든 교회에 알리고 교회의 말조차 듣지 않거든 그를 이방인이나 세리처럼 여겨라. 나는 분명히 말한다. 너희가 무엇이든지 땅에서 매면 하늘에도 매여 있을 것이며 땅에서 풀면 하늘에도 풀려 있을 것이다."

마태 18 : 15 ～ 20

줄 것이 많은 사람은 행복하다

받을 것이 많다고 생각하는 사람은 불행한 사람이고, 줄 것이 많다고 생각하는 사람은 행복한 사람이라는 생각이 든다. 대개 남에게 별로 주어 본적이 없는 사람일수록 별것 아닌 것을 주고도 아주 크게 생각하고 되받기를 바라는 경향이 강하고, 주는 것이 일상화된 사람은 많은 것을 주고도 그것을 당연시하고 되받기를 바라지 않기 때문이다.

되받기를 바라는 사람은 결국 불만이 생기게 되지 않을까 생각된다. 받은 사람은 그것을 진정 고맙게 생각하는 경우가 많지 않아서 꼭 갚아야 한다는 마음을 가지지 않기 때문이다.

그래서 되받기를 바라지 않고 그냥 주는 사람일수록 더 큰 보람과 만족, 행복을 느낄 가능성이 크다고 생각된다.

주님 능력과 은총에 힘입어 되받기를 바라지 않는 기쁜 마음으로 주는 사람의 삶을 살기를 소망한다.

. . . .

"주님, 무언가를 줄 수 있다는 사실에 큰 기쁨과 보람을 느낄 줄 아는 사람이 되도록 이끌어 주십시오. 줄 수 있음이 얼마나 행복하고 복된 삶인지를 깨달을 수 있도록 인도해 주십시오. 되받기를 바라지 않고 그냥 줄 수 있음을 큰 감사함으로 생각하는 사람으로 살아갈 수 있도록 지켜주십시오."

. . . .

그때 베드로가 예수께 와서 물었다.

"주님, 제 형제가 저에게 잘못을 저지르면 몇 번이나 용서해 주어야 합니까? 일곱 번이면 되겠습니까?"

예수께서 대답하셨다.

"일곱 번뿐 아니라 일곱 번씩 일흔 번이라도 용서하여라. 하늘나라는 이렇게 비유할 수 있다. 어떤 왕이 자기 종들과 셈을 밝히려 하였다. 셈을 시작하자 일만 달란트나 되는 돈을 빚진 사람이 왕 앞에 끌려 왔다. 그에게 빚을 갚을 길이 없었으므로 왕은 '네 몸과 네 처자와 너에게 있는 것을 다 팔아서 빚을 갚으라'고 하였다. 이 말을 듣고 종이 엎드려 왕에게 절하며 '조금만 참아 주십시오. 곧 다 갚아 드리겠습니다' 하고 애걸하였다. 왕은 그를 가엾게 여겨 빚을 탕감해 주고 놓아 보냈다. 그런데 그 종은 나가서 자기에게 백 데나리온밖에 안 되는 빚을 진 동료를 만나자 달려들어 멱살을 잡으며 '내 빚을 갚으라' 하고 호통쳤다. 그 동료는 엎드려 '꼭 갚을 터이니 조금만 참아 주게' 하고 애원하였다. 그러나 그는 들어 주기는커녕 오히려 그 동료를 끌고 가서 빚진 돈을 다 갚을 때까지 감옥에 가두어 두었다. 다른 종들이 이것을 보고 매우 분개하여 왕에게 가서 이 일을 낱낱이 일러바쳤다. 그러자 왕은 그 종을 불러들여 '이 몹쓸 종아, 네가 애걸하기에 나는 그 많은 빚을 탕감해 주지 않았느냐? 그렇다면 내가 너에게 자비를 베푼 것처럼 너도 네 동료에게 자비를 베풀었어야 할 것이 아니냐?' 하며 몹시 노하여 그 빚을 다 갚을 때까지 그를 형리에게 넘겼다. 너희가 진심으로 형제들을 서로 용서하지 않으면 하늘에 계신 내 아버지께서도 너희에게 이처럼 하실 것이다."

예수께서는 이 말씀을 마치시고 갈릴리를 떠나 요르단강 건너편 유다 지방으로 가셨다.

마태 18 : 21 ～ 19 : 1

모으는 기쁨보다 나누는 기쁨

너무나 많은 고기가 잡힌 것을 보고 겁을 집어먹는 순수하고 선한 베드로의 모습이 떠오른다. 제 마음에도 그런 선하고 순수하고 예쁜 부분이 자리하고 있을 것이며 또한 이기적이고 불순하며 계산적인 미운 부분도 자리하고 있을 것이다.

선하고 순수하고 공동체를 지향하는 부분이 제 안에 커질수록 저의 삶이 윤택하고 풍요로워지리라는 사실을 이제는 조금 알 것 같다. 엄청난 고기를 잡았으니 다음에는 더 많은 고기를 잡겠다는 욕심을 자제할 줄 아는 지혜가 나이와 더불어, 성찰과 더불어 조금씩 자라나고 있기 때문이 아닐까 생각해 본다.

주님 능력과 은총에 힘입어 내 마음을 깊이 들여다보면서 내 안의 미운 부분을 깨뜨릴 역량을 키워갈 수 있기를 소망한다.

"주님, 얻고 모으고 쌓는 것에서 오는 만족과 기쁨은 순간적인 것이고 나누면서 함께하는 것에서 오는 기쁨은 오래도록 가는 것임을 알게 하시니 주님 은총이요 축복입니다. 스스로 저를 더욱 잘 다스릴 수 있게 이끌어 주시고 특히 유혹과 탐욕에서 벗어날 수 있도록 지켜주십시오. 가진 것에 만족하며 보다 많은 사람과 공유할 수 있도록 이끌어 주십시오."

하루는 많은 사람이 게네사렛 호숫가에 서 계시는 예수를 에워싸고 하느님의 말씀을 듣고 있었다.

그때 예수께서는 호숫가에 대어둔 배 두 척을 보셨다. 어부들은 배에서 나와 그물을 씻고 있었다. 그중 하나는 시몬의 배였는데 예수께서는 그 배에 올라 시몬에게 배를 땅에서 조금 떼어 놓게 하신 다음 배에 앉아 군중을 가르치셨다.

예수께서는 말씀을 마치시고 시몬에게 말씀하셨다.

"깊은 데로 가서 그물을 쳐 고기를 잡아라."

"선생님, 저희가 밤새도록 애썼지만 한 마리도 못 잡았습니다. 그러나 선생님께서 말씀하시니 그물을 치겠습니다."

시몬이 대답하고 그대로 하였더니 과연 엄청나게 많은 고기가 걸려들어 그물이 찢어질 지경이 되었다. 그들은 다른 배에 있는 동료들에게 손짓하여 와서 도와 달라고 하였다. 동료들이 와서 같이 고기를 끌어 올려 배가 가라앉을 정도로 두 배에 가득히 채웠다.

이것을 본 시몬 베드로는 예수의 발 앞에 엎드려 말하였다.

"주님, 저는 죄인입니다. 저에게서 떠나 주십시오."

베드로는 너무나 많은 고기가 잡힌 것을 보고 겁을 집어먹은 것이다. 그의 동료들과 제베대오의 두 아들 야고보와 요한도 똑같이 놀랐는데 그들은 다 시몬의 동업자였다.

"두려워하지 말라. 너는 이제부터 사람을 낚을 것이다."

예수께서 시몬에게 말씀하시자 그들은 배를 끌어다 호숫가에 대어 놓은 다음 모든 것을 버리고 예수를 따라갔다.

루가 5:1~11

거두는 기쁨보다 뿌리는 기쁨

많이 거두어들이려면 그만큼 수확이 있도록 많은 수고의 씨를 뿌려야 할 것이다. 이런 수고의 씨를 뿌리는 과정에서 나는 가슴에 새길 말씀으로 성서의 다음 구절이 가장 먼저 떠오른다.

'네가 남에게 바라는 대로 남에게 해주어라.'

얼마 전 유럽 출장에서 돌아와 얼마 되지 않았을 때 수년 만에 지인의 연락이 왔다. 자신의 어려운 일을 해결해달라는 전화였다. 그 방법이 크게 힘든 일은 아니었고 내가 아는 어떤 사람에게 소개를 해주고 부탁을 해달라는 것이었다.

그때 나는 출장에서 갓 돌아와 피로가 채 풀리지 않았고, 나 또한 오랫동안 꼬인 일을 해결하지 못하고 꽉 막혀 있어서 그야말로 몸과 마음이 무겁고 피곤한 상태였다. 더구나 그는 수년 동안 아무 소식이 없던 소원한 관계였고 나에게 부탁을 요청한 사람과도 1년여 동안 연락이 없어서 모처럼 불쑥 전화해서 부탁하기가 거북한 상태였다. 그래서 나는 그 부탁을 무시하고 내가 당면한 일에 집중하려고 마음을 굳혔다.

그런데 어느 순간 이 말씀이 나를 깨우는 것이었다.

'네가 남에게 바라는 대로 남에게 해 주어라.'

나에게 꼭 막힌 일을 풀려면 한사코 그 일을 거부하면서 방해할 명분만 찾는 상대방들을 설득하여 일을 풀어야 하는 상황이었는데, 나는 그들이 내 요청과 부탁을 들어주기를 간절히 바라면서 막상 나 자신은 누군가의 간절한 부탁을 거부하고 외면하려는 이기적이고 모순된 모습을 깨닫게 되었고, 곧 그 사람의 요청을 받아들여 문제를 해결해 주었다. 그리고 내 일도 마침내 풀리게 되었다.

포기하지 않고 끈질기게 설득하고 길을 찾은 결과 주님 도우심으로 일이 풀리게 된 것이다.

그러므로 많은 추수를 하려면 남을 적극적으로 도우며 더불어 살아가는 방향으로 삶의 자세를 바꾸어야 하는 것이 아닐까 생각해 본다.

주님 능력과 은총에 힘입어 내 당대뿐 아니라 후세에도 추수할 것이 많도록 수고의 씨를 열심히 뿌리는 삶을 살기를 소망한다.

"주님, 제가 많이 추수하기보다 열심히 씨를 뿌리는 삶을 살도록 이끌어 주십시오. 씨를 뿌리면 언젠가는 추수하고 수확할 날이 올 것을 믿으며 성실하고 긍정적인 삶을 살도록 이끌어 주십시오. 씨를 뿌리는 기쁨과 희망이 추수하는 기쁨에 못지않음을 가슴에 새기며 살도록 지켜주십시오."

예수께서는 모든 도시와 마을을 두루 다니시며 가는 곳마다 회당에서 가르치고 하늘나라의 복음을 선포하셨다. 그리고 병자와 허약한 사람들을 모두 고쳐주셨다. 또 목자 없는 양과 같이 시달리며 허덕이는 군중을 보시고 불쌍한 마음이 들어 제자들에게 말씀하셨다.

"추수할 것은 많은데 일꾼이 적으니 그 주인에게 추수할 일꾼들을 보내달라고 청하여라."

마태 9 : 35 ~ 38

인간 마지막 가치 – 자유, 평등, 박애

인간이 귀하다는 개념은 인본주의 혁명에서 비롯되었다고 한다. 예수께서 활동하시던 '종교와 신의 시대'에는 종교 귀족인 성직자가 훨씬 귀하고 중요한 존재로 인식되었으나 예수께서는 그런 주류 종교 귀족들의 위선과 잘못된 권위주의에 도전하시면서 힘없고 소외되고 병들고 지친 사람들도 삶의 권리를 부여받고 똑같이 보호받아야 할 소중한 존재라는 혁명적 개념을 선포하신 것이다.

어느 학자의 주장에 따르면 인간이 마지막으로 창조한 가치는 바로 '자유, 평등, 박애'라는 개념이라고 한다. 이 개념을 창조한 18세기 이후 인간은 다른 어떤 새로운 가치도 창조하지 못했다고 그 학자는 말하는데 나는 그 주장에 크게 공감한다.

과학의 시대인 현대는 생물학과 컴퓨터공학이 대세를 이루게 되었다. 이렇게 생물학과 컴퓨터공학이 모든 것을 바꾸게 되는 미래, 즉 4차 산업혁명 시대에는 '데이터'가 세상을 장악하고 종교가 되는 시대가 온다고 그 학자는 주장하며 이미 그런 현상이 나타나고 있다고 한다.

지금까지의 핵심적 개념, 즉 인간이 가장 가치 있고 소중한 존재라는 인본주의 개념은 이제 '데이터'가 최고로 가치 있고 소중하다는 개념으로 대치되고 있고, 로봇과 기계가 인간을 지배하는 시대가 될 수 있다는 주장이 점점 설득력을 얻고 있는 것 같다. 인간이 어떤 선택을 하는지에 따라 귀한 존재가 누가 되는지가 바뀔 수도 있음이 분명해 보인다.

주님 능력과 은총에 힘입어 사람의 가치를 중히 여기고 스스로 영혼을 풍성하게 가꾸어 사람의 향기가 사라지지 않는 삶이 되기를 소망한다.

노란별수선. 1935년 일본학자가 채집해 일본 교토대학에 보관되어 있다는 사실이 알려졌으나 실제 모습을 드러내지 않다가 2008년 제주도 서귀포에서 발견되어 한국자원식물학회지에 공식 발표되었다. 이 사진은 2018년 5월 전남 진도의 숲 가장자리에 피어난 것을 찍었다. 외떡잎식물 아스파라거스목 노란별수선과의 여러해살이풀로 5월부터 9월까지 긴 기간 꽃을 피운다.

"주님, 인간의 가치를 중시하고 극단으로 달려가는 쏠림 현상을 바로잡을 수 있는 윤리의식이 실종되지 않도록 이끌어 주십시오. 자유, 평등, 박애의 정신이 사라지지 않도록 역사의 흐름을 바로잡아 주십시오. 인간의 옳은 선택을 통하여 인간적인 세상이 흔들리지 않도록 지켜주십시오."

그러는 동안 사람들이 수없이 몰려들어 서로 짓밟힐 지경이 되었다. 이때 예수께서는 먼저 제자들에게 말씀하셨다.

"바리사이파 사람들의 누룩을 조심하여라. 그들의 위선을 조심해야 한다. 감추어진 것은 드러나게 마련이고 비밀은 알려지게 마련이다. 그러므로 너희가 어두운 곳에서 말한 것은 모두 밝은 데서 들릴 것이며 골방에서 귀에 대고 속삭인 것은 지붕 위에서 선포될 것이다. 나의 친구들아, 잘 들어라. 육신은 죽여도 그 이상은 더 어떻게 하지 못하는 자들을 두려워하지 말라. 너희가 두려워해야 할 분이 누구인가를 알려주겠다. 그분은 육신을 죽인 뒤에 지옥에 떨어뜨릴 권한까지 가지신 하느님이다. 그렇다. 이분이야말로 참으로 두려워해야 할 분이다. 참새 다섯 마리가 단돈 두 푼에 팔리지 않느냐? 그런데 그런 참새 한 마리까지도 하느님께서는 잊지 않고 계신다. 더구나 하느님께서는 너희 머리카락까지도 낱낱이 다 세어두셨다. 그러므로 두려워하지 말라. 너희는 그 흔한 참새보다 훨씬 더 귀하지 않으냐?"

루가 12:1~7

서로 기대어 함께 성장하는 세상

겨자씨와 누룩에 비유되는 하느님 나라는 무엇을 의미하는 것일까. 누군가에게 기댈 수 있는 공간과 역할, 그리고 변화를 이끌고 함께 성장하는 삶이 대세를 이루는 세상을 상징하지 않을까 하는 생각이 든다. 한마디로 함께 이루고 함께 나누는 삶을 지향하는 것이 아닐까 생각된다.

좀 더 넓게 생각하고, 좀 더 세심하게 듣고, 좀 더 높은 곳을 바라보고, 좀 더 깊은 곳을 들여다보는 삶을 추구하는 세상이 바로 하느님 나라의 삶이 아닐까?

주님 능력과 은총에 힘입어 그런 삶을 살 수 있기를 소망한다.

"주님, 자신만을 위한 삶에서 조금씩이라도 벗어날 수 있게 하시니 주님 은총이 크십니다. 이웃의 아픔을 좀 더 공감할 수 있도록 성숙하게 해주시고 좀 더 깊은 곳을 들여다볼 수 있도록 인도하시니 주님 축복입니다. 아픔이 있는 곳에 위로를, 다툼이 있는 곳에 화해를, 굶주림이 있는 곳에 나눔을 실천하며 살 수 있는 정신과 지혜를 키울 수 있도록 지켜주십시오."

예수께서 또 말씀하셨다.

"하느님 나라는 무엇과 같으며 또 무엇에 비길 수 있을까? 어떤 사람이 겨자씨 한 알을 밭에 뿌렸다. 겨자씨는 싹이 돋고 자라서 큰 나무가 되어 공중의 새들이 그 가지에 깃들였다. 하느님 나라는 이 겨자씨와 같다."

예수께서 또 말씀하셨다.

"하느님 나라를 무엇에 비길 수 있을까? 어떤 여자가 누룩을 밀가루 세 말 속에 집어넣었더니 마침내 온 덩이가 부풀어 올랐다. 하느님 나라는 이런 누룩과 같다."

루가 13 : 18 ~ 21

'나'가 작아져야 '우리'가 커진다

행복해질 방법 하나를 알려주는 대목에 내 마음이 간다. 준 것을 되받으려 하거나 바라지 말고, 그렇게 하고 싶어도 그럴 수 없는 처지의 가난한 사람이나 장애인 또는 불우하고 소외된 계층의 사람들을 도우면 행복해질 수 있다는 말씀이다.

사회역학자 김승섭 교수의 《아픔이 길이 되려면》을 읽었다. 상처받고 아파하는 사람들과 가난, 굶주림이 왜 개인적 문제가 아니고 사회적 문제인지, 공동체적 삶, 호혜적 공생의 삶을 사는 것이 왜 건강에 좋은지, 약자들의 불안과 근심, 불안정한 삶이 어떤 병을 유발하는지 등에 관해 정밀한 통계와 분석으로 현상을 진단하고 좀 더 나은 사회를 지향하는 길을 제시하는 책이다.

서로 돕고 신뢰하며 믿는 사회가 건강한 사회인 것은 두말할 필요가 없을 것이다. 언제나 문제는 '나'에서 시작되고 문제의 해결도 '나'에서 비롯되는 것 같다. '나'의 크기가 커질 때 문제가 생기고 '나'의 크기가 작아질 때 해결책이 나타나는 것으로 생각된다. 모두가 '나'의 크기를 키우면 한정된 공간에서 모두 부딪힐 수밖에 없기 때문이다.

'나'만 존재하는 사회에 신뢰와 믿음이 존재할 수 없고, 거짓과 꼼수가 만연한 사회에 화해와 질서, 정의와 균형이 자리할 수 없음은 분명한 일이다.

주님 능력과 은총에 힘입어 '나'의 크기를 점차 줄여 가는 삶을 살 수 있기를 소망한다.

"주님, 주님을 만날 때는 언제나 '저'의 크기가 한없이 작아졌을 때임을 알게 하시니 감사합니다. 모두 '나'만 소중하게 여기는 사회는 성숙할 수 없고, '나'의 소중함에

못지않게 '너'의 소중함도 인정되는 사회에 발전과 신뢰가 있음을 깨우쳐 주시니 주
님 은총입니다. 거짓과 참을 분별할 줄 하는 성숙한 사회가 되어 서로 섬기고 돕는 나
라로 발전할 수 있도록 지켜주십시오."

예수께서 당신을 초대한 사람에게 말씀하셨다.

"너는 점심이나 저녁을 차리고 사람들을 초대할 때 친구나 형제나 친척이나 잘사는 이웃을
부르지 마라. 그렇게 하면 너도 그들의 초대를 받아 네가 베풀어준 것을 도로 받게 될 것이다.
그러므로 너는 잔치를 베풀 때 오히려 가난한 사람, 장애인, 절름발이, 시각 장애인 같은 사람
들을 불러라. 그러면 너는 행복하다. 그들은 갚지 못할 터이지만 의인들이 부활할 때 하느님께
서 대신 갚아주실 것이다."

루가 14 : 12 ~ 14

사랑은 무엇으로 하는가?

'말로나 혀끝으로 사랑하지 말고 행동으로 진실하게 사랑합시다.'

자신의 온 존재를 다 바쳐 사랑을 느끼고 실천하라는 말이 아닐까 생각한
다. 나는 매우 다행스럽게도 어려운 처지에 놓인 사람에 대해 측은함을 느
끼는 성향이 비교적 강한 것 같다. 어려운 사람을 위해 사랑을 실천하려는
욕구도 약하지 않아 스스로 여간 다행스럽게 여기지 않는다.

반면에 마음 씀씀이가 가난하고 인색한 사람, 물질적으로 풍요로우면서
도 이기적인 사람에 대한 혐오감은 너무 강한 것 같다. 이런 사람과는 얼굴
을 마주하는 것조차 싫어하고 그런 마음이 표정에 고스란히 드러난다. 감정
을 감추지 못하는 것이다.

그래서 손해를 볼 때도 많았던 것 같은데 이제 와 생각해 보면 그리 큰 손해를 본 것 같지도 않다.

주님 능력과 은총에 힘입어 혀끝으로 사랑하지 않고 행동으로 실천하는 사랑을 이어갈 수 있기를 소망한다.

"주님, 제가 입바른 말이나 혀끝으로 사랑하지 않고 행동으로 사랑하려고 애쓰는 성품을 주심에 감사합니다. 불의와 타협하지 않고 권력에 아첨하지 않는 성품을 주심에 감사합니다. 올바른 가치관을 지니게 해주시고 자신의 못난 점도 보게 하시어 점차 나은 인격으로 성장할 수 있게 해주심도 감사합니다. 제 영혼이 날로 풍성해질 수 있게 이끌어 주십시오."

"여러분이 처음부터 들어온 계명은 우리가 서로 사랑해야 한다는 것입니다. 카인처럼 되어서는 안 된다는 것입니다. 카인은 악마의 자식으로 자기 동생을 죽인 자입니다. 그가 동생을 죽인 이유가 무엇이었습니까? 동생이 한 일은 옳은 일이었는데 자기가 한 일은 악한 일이었기 때문입니다. 형제 여러분, 세상이 여러분을 미워하더라도 이상히 여길 것 없습니다. 우리는 우리 형제들을 사랑하기 때문에 이미 죽음을 벗어나 생명의 나라에 들어와 있는 것이 분명합니다. 사랑하지 않는 사람은 죽음 속에 그대로 머물러 있는 것입니다. 자기 형제를 미워하는 자는 누구나 다 살인자입니다. 여러분이 아시다시피 살인자는 결코 영원한 생명을 누릴 수 없습니다. 그리스도께서는 우리를 위해 당신 목숨을 내놓으셨습니다. 이것으로 우리가 사랑이 무엇인지 알게 되었습니다. 그러므로 우리도 형제들을 위해 우리 목숨을 내놓아야 합니다. 누구든지 세상의 재물을 가지고 있으면서 자기 형제가 궁핍한 것을 보고도 마음의 문을 닫고 그를 동정하지 않는다면 어떻게 그에게 하느님을 사랑하는 마음이 있다고 하겠습니까? 사랑하는 자녀들이여, 우리는 말로나 혀끝으로 사랑하지 말고 행동으로 진실하게 사랑합시다. 우리는 이렇게 사랑함으로써 우리가 진리에 속해 있다는 것을 알게 되고 또 하느님 앞에서 확신을 가

찬란한 봄만큼이나 화사한 앵초(櫻草)가 늙은 나무 밑둥치에
난 커다란 구멍 앞에 절묘하게 자리 잡았다. 날로 늙어가면
서 커지는 나무의 구멍을 메우려는 듯 갈수록 그 수효가 늘
고 있어서 참으로 보기 좋다. 쌍떡잎식물 앵초목 앵초과의
여러해살이풀.

질 수 있습니다. 우리가 양심의 가책을 받을 때도 그렇습니다. 하느님께서 우리 마음보다 크시고 또 모든 것을 알고 계시기 때문입니다. 사랑하는 여러분, 우리가 양심의 가책을 받지 않을 때는 하느님 앞에서 떳떳합니다."

요한 3 : 11 ~ 21

틀에 갇히지 않은 사랑과 믿음

믿음이란 과연 무엇인가 생각해 본다. 믿고 싶은 것만 믿음이라고 생각하는 사람도 있고 자신이 믿는 것만 믿음이라고 생각하는 사람도 많은 것 같다. 믿음에는 주관적 판단이 개입되어 있음을 부정할 수 없을 것 같고, 믿음을 가지게 된 동기나 그 과정에서 체험한 경험이 모두 달라 다양한 믿음을 인정하는 것이 필요할 수밖에 없을 것 같다.

그러나 어떤 믿음이든 공통적인 핵심은 사랑이어야 하며 폐쇄적인 틀을 벗어나야 하는 것이 아닐까 생각한다. 인생에는 정답이 없다면서도 믿음에는 정답이 있다고 주장하는 교조적인 믿음을 나는 수용하기 어렵다. 강요되고 왜곡된 믿음은 예수께서 강조하시는 믿음과는 거리가 멀다는 생각이 강하기 때문이다.

믿음에는 언제나 사랑과 배려, 포용, 이해, 겸손과 같은 선한 요소들이 가득해야 하며 이러한 요소들이 자신을 변화시킬 수 있어야 비로소 바른 믿음이라고 생각한다.

주님 능력과 은총에 힘입어 바른 믿음을 가지고 제 삶에 선한 요소들이 충만해지기를 소망한다.

"주님, 제가 틀에 갇힌 믿음을 가지지 않고 부드럽고 개방적인 믿음을 가질 수 있도록 이끌어 주십시오. 주님께서 바라시는 바른 믿음으로 약자와 고통받는 사람들을 향한 사랑을 늘려갈 수 있도록 지켜주십시오."

"하느님은 이 세상을 극진히 사랑하셔서 외아들을 보내 주시어 그를 믿는 사람은 누구든지 멸망하지 않고 영원한 생명을 얻게 하여 주셨다. 하느님이 아들을 세상에 보내신 것은 세상을 단죄하시려는 것이 아니라 아들을 시켜 구원하시려는 것이다. 그를 믿는 사람은 죄인으로 판결받지 않으나 믿지 않는 사람은 이미 죄인으로 판결을 받았다. 하느님의 외아들을 믿지 않았기 때문이다. 빛이 세상에 왔으나 사람들은 자기들 행실이 악하여 빛보다 어둠을 더 사랑하였다. 이것이 벌써 죄인으로 판결받았다는 것을 말해 준다. 과연 악한 일을 일삼는 자는 누구나 자기 죄상이 드러날까 봐 빛을 미워하고 멀리한다. 그러나 진리를 따라 사는 사람은 빛이 있는 곳으로 나아간다. 그리하여 그가 한 일은 모두 하느님의 뜻을 따라 한 일이라는 것이 드러나게 된다."

요한 3 : 16 ~ 21

남을 깔보는 사람은 속이 허전해

오늘 나병 환자가 예수께 자신의 간절한 바람을 아뢰는 대목이 내 마음을 붙잡는다. 내가 예수께 내 간절한 바람을 아뢴다면 어떤 것이어야 할까 생각해 본다.

나름의 바람이 여러 가지 있을 수 있겠지만 곰곰 생각해 보니 역시 내 잘못을 성찰하고 잘못과 실수에서 무언가를 깨우치고 배우는 자세, 즉 지혜를 주십사고 간구하는 것이 옳다는 생각이 든다.

그런 것에 생각이 미치다 보니 인격과 지혜는 동일한 것이거나 비례하는 것이라는 사실을 깨닫게 된다. 내 생활과 영혼이 아주 조금이나마 윤택하고 풍요로워진 것은 성찰을 통해 내 모습을 정확히 알고 속사람을 티끌만큼이나마 예쁘게 가꾸려는 자세에서 비롯되었음에 새삼 생각이 닿는다.

주님 능력과 은총에 힘입어 내 잘못과 실수로부터 무언가를 배우고 깨우쳐 더욱 지혜로운 사람이 되기를 소망한다.

"주님, 자신이 잘났다고 생각하는 사람은 실상 못난 사람이고 어리석은 사람임을 알게 하시니 주님 은총입니다. 남을 업신여기는 사람은 속이 허전하고 가벼운 사람일 수 있다는 사실을 뒤늦게나마 알게 되어 참으로 감사합니다. 제가 주님 인도하심으로 속이 알차고 튼실한 사람이 되어 주님 앞에 늘 겸손한 삶을 살 수 있도록 이끌어 주십시오."

예수께서 산에서 내려오시자 많은 군중이 뒤따랐다. 그때 나병 환자 하나가 예수께 와서 절하며 간청하였다.

"주님, 주님은 하고자 하시면 저를 깨끗하게 해주실 수 있습니다."

"그렇게 해 주마. 깨끗하게 되어라."

예수께서 그에게 손을 대며 말씀하시자 대뜸 나병이 깨끗이 나았다. 예수께서 그에게 말씀하셨다.

"아무에게도 말하지 말아라. 다만 사제에게 가서 네 몸을 보이고 모세가 정해 준 대로 예물을 드려 네 몸이 깨끗해진 것을 사람들에게 증명하여라."

마태 8 : 1 ∼ 4

미적미적 늑장을 부린 탓에 바닷가에는 끝물의 타래붓꽃 단

한 송이만 남아 더없이 아쉬웠다. 그러나 새벽 일출에 만난

그 모습은 더없이 청량했다. 외떡잎식물 백합목 붓꽃과의 여

러해살이풀.

사랑과 관심은 가까이에서부터

누구를 위하여 기도하는지는 중요한 문제가 아닐까 생각된다. 나도 그렇지만 많은 사람이 자기가 위하는 대상을 잘못 선택하는 경우가 많은 것 같다. 가까이 있는 사람에게는 소홀하면서 별로 상관이 없는 불특정 다수의 사람에게는 상당한 정성을 쏟는 사람들을 많이 본다.

나의 경우는 가장 가까운 아내와 자녀들에게는 사랑과 관심을 표하지 않으면서 친구나 동료, 업무상 지인들에게는 더 큰 관심과 정성을 기울이는 모순된 행동을 하는 경우가 많았다.

봉사 활동을 핑계로 모시고 있는 시부모님 공양을 소홀히 하는 며느리가 있다면 바로 나와 같은 사람이 아닐까? 교회 예배를 위한 오르간 반주는 거르지 않고 봉사하는데 막상 일 년에 한 번 오실까 말까 하는 시어머니에게는 쌀쌀맞기 그지없다면 바로 나와 같은 부류가 아닐까?

그런 교인의 신앙은 어떤 것이며 그들이 모시는 예수님은 어떤 모습일지 무척 궁금하다. 기분이 언짢을 때 내 모습은 종종 믿음을 전혀 모르는 사람, 믿음은커녕 교육이라고는 받지 못한 사람의 모양새를 보이기도 한다.

주님 능력과 은총에 힘입어 좀 더 고운 마음, 예쁜 마음을 키우고 가까이 있는 사람을 위한 기도를 게을리하지 않는 삶을 살기를 소망한다.

"주님, 누구를 위하여 기도해야 하는지 생각해 보게 하시니 주님 은총입니다. 가까이 있는 사람을 소중히 여기고, 아끼고 존중하고 사랑할 수 있도록 이끌어 주십시오."

"나는 이 사람들만을 위하여 간구하는 것이 아니라 이 사람들의 말을 듣고 나를 믿는 사람들을 위하여 간구합니다. 아버지, 이 사람들이 모두 하나가 되게 하여 주십시오. 아버지께서 내 안에 계시고 내가 아버지 안에 있는 것과 같이 이 사람들도 우리 안에 있게 하여 주십시오. 그러면 아버지께서 나를 보내셨다는 것을 세상이 믿게 될 것입니다. 아버지께서 내게 주신 영광을 나도 그들에게 주었습니다. 그것은 아버지와 내가 하나인 것처럼 이 사람들도 하나가 되게 하려는 것입니다. 내가 이 사람들 안에 있고 아버지께서 내 안에 계신 것은 이 사람들을 완전히 하나가 되게 하려는 것입니다. 이것은 아버지께서 나를 보내셨다는 것을 세상이 알게 하려는 것이며 또 아버지께서 나를 사랑하신 것처럼 이 사람들도 사랑하셨다는 것을 알게 하려는 것입니다. 아버지, 아버지께서 나에게 맡기신 사람들을 내가 있는 곳에 함께 있게 하여 주시고 아버지께서 천지 창조 이전부터 나를 사랑하셔서 나에게 주신 그 영광을 그들도 볼 수 있게 하여 주십시오. 의로우신 아버지, 세상은 아버지를 모르지만 나는 아버지를 알고 있습니다. 그리고 이 사람들도 아버지께서 나를 보내셨다는 것을 깨달았습니다. 나는 이 사람들에게 아버지를 알게 하였으며 앞으로도 그렇게 하겠습니다. 그것은 아버지께서 나를 사랑하신 그 사랑이 그들 안에 있고 나도 그들 안에 있게 하려는 것입니다."

요한 17 : 20 ~ 26

진정으로 나를 받아들이는 아내

오늘 비로소 깨닫게 되는 것은 나를 온전히 받아들이는 사람은 내 아내 클라라라는 사실이다. 내 생각에 최대한 맞추어 주려고 노력하며 나의 온갖 허물을 덮어주는 것은 물론 내가 커다란 실수와 잘못을 범하더라도 결국 너그러이 용서하는 사람이 바로 클라라다.

나는 다른 사람보다 훨씬 자기중심적이고 내 의견과 신념에 집착하는 완고한 성품이어서 나와 함께 한 공간에서 사는 사람은 참으로 큰 불편과 답

답함을 느낄 수밖에 없다는 사실조차도 예전에는 전혀 알지 못했다.

그러다 내 모습을 객관적으로 좀 더 분명하게 볼 수 있는 지금은 일생을 나와 함께해 준 아내 클라라에게 정말 깊은 고마움을 느끼게 된다.

내 생각으로는 '받아들인다' 하는 것은 '한 사람을 있는 그대로 존중해 준다' 하는 뜻이 아닐까 생각한다. 그런 측면에서 볼 때 내 아내 클라라는 나를 분명히 받아들인다고 말할 수 있겠다. 나는 아직 수없이 더 깨우치고 성찰해야 함을 느끼게 된다.

주님 능력과 은총에 힘입어 내 아내를 받아들이는 수준까지 수고와 성찰을 멈추지 않기를 소망한다.

"주님, 저의 인품이 한참 부족함을 깨닫게 하시니 감사합니다. 오늘 제가 있을 수 있는 것은 주님께서 저를 자녀로 받아주셨기 때문이고 클라라를 제 아내로 주셨기 때문임을 알게 하시니 주님 은총입니다. 제가 아내를 깊이 존중하여 소중한 존재로 받아들일 수 있기를 진정 원합니다."

"정말 잘 들어두어라. 종이 주인보다 더 나을 수 없고 파견된 사람이 파견한 사람보다 더 나을 수는 없다. 이제 너희는 이것을 알았으니 그대로 실천하면 축복을 받을 것이다. 이것은 너희 모두를 두고 하는 말은 아니다. 나는 내가 뽑은 사람들을 알고 있다. 그러나 '나와 함께 빵을 먹는 자가 나를 배반하였다'라고 한 성경 말씀은 이루어질 것이다. 내가 미리 이 일을 일러주는 것은 그 일이 일어날 때 너희에게 내가 누구라는 것을 믿게 하려는 것이다. 정말 잘 들어두어라. 내가 보내는 사람을 받아들이는 사람은 나를 받아들이고 또 나를 받아들이는 사람은 나를 보내신 분을 받아들인다."

요한 13 : 16 ~ 20

제 3 장

어둠이 깊을수록 빛은 더 밝아

새로운 교훈을 얻을 수 있는 사람은 매우 행
복할 것이다. 그런 사람은 열린 마음과 정신
의 소유자이며, 항상 배우고 깨우치려는 겸
손한 자세를 가진 사람일 것이다. 또 자신의
참된 존재가치를 발견하고 확장하기 위해 힘
을 쏟는 사람이며, 성숙하고 절제된 자신을
이루어가기 위해 큰 노력을 기울이는, 선하
고 아름다운 마음씨를 가진 사람일 것이다.

마음이 빛이 아니라 어둠이라면

빛이 가장 환하고 밝을 때는 언제일까 생각해 본다. 어둠이 한창일 때 그 어둠을 뚫고 한 줄기 빛이 비칠 때, 그리고 어둠이 막 걷히기 시작할 때 빛이 가장 밝고 환할 것 같다.

마음속의 빛, 정신의 빛도 마찬가지가 아닐까 생각된다. 삶의 길고 깊은 어두움 속에 있다가 그것을 뚫고 깨달음의 빛이 비칠 때, 그 빛은 얼마나 환하고 밝을 것인가? 내 마음에 환한 빛이 비칠 때마다 어려움과 고통을 극복하고 그 과정에서 얻은 깨달음이 있었던 것을 기억한다. 그리하여 새로운 눈과 귀에 보이고 들리는 세상은 참으로 환하고 밝은 세상이었던 것을 기억한다.

주님 능력과 은총에 힘입어 더욱 환한 빛을 볼 수 있기를 소망한다.

"주님, 어둠 속에 웅크리고 있을 때는 두렵고 불안하기만 하였습니다. 사실 어둠이 무엇이고 빛이 무엇인지도 몰랐음을 고백합니다. 이제 어렴풋이나마 희미한 빛을 볼 수 있게 되고 그것이 빛임을 알게 되었으니 주님 은총과 축복입니다. 주님을 믿으며 빛 속에서 환한 삶을 살도록 이끌어 주십시오."

"재물을 땅에 쌓아 두지 말아라. 땅에서는 좀먹거나 녹이 슬어 못쓰게 되며 도둑이 뚫고 들어와 훔쳐 간다. 그러므로 재물을 하늘에 쌓아 두어라. 거기서는 좀먹거나 녹슬어 못쓰게 되는 일도 없고 도둑이 뚫고 들어와 훔쳐 가지도 못한다.

너희의 재물이 있는 곳에 너희의 마음도 있다. 눈은 몸의 등불이다. 그러므로 네 눈이 성하면 온몸이 밝을 것이며 네 눈이 성하지 못하면 온몸이 어두울 것이다. 그러니 만일 네 마음이 빛이 아니라 어둠이라면 그 어둠이 얼마나 심하겠느냐?"

마태 6 : 19 ～ 23

어려움은 앞날을 밝히는 디딤돌

빵이 없다고 걱정하는 제자들 모습과 상황이 좋지 않게 변했다고 걱정하는 나의 모습이 겹친다. 얼마 전 얼마 안 되는 빵으로도 많은 사람을 먹이신 기적을 행하신 예수님과 함께하는 제자들이 벌써 그 일을 잊어버리고 현재를 걱정하는 모습은, 불리한 상황을 보다 나은 앞날을 위한 디딤돌로 삼는 용기와 지혜, 통찰력이 결핍된 나 자신의 모습과 똑같다는 생각이 든다.

그나마 다행인 것은 뒤늦게나마 게으르고 어리석었던 내 잘못을 뉘우치고 보다 나은 상황을 만들기 위해 분발하도록 이끌어 주시는 주님의 뜻을 조금이나마 깨달을 수 있었다는 것이다.

주님 능력과 은총에 힘입어 항상 성실하게 노력하고 미래를 준비하는 지혜로운 삶을 살기를 소망한다.

"주님, 더 나쁜 상황으로 내몰리지 않도록 하시니 감사합니다. 좋지 못한 상황을 반전의 계기로 삼을 수 있는 마음과 깨달음을 주시니 주님 은총입니다. 저 자신과 회사의 구성원들에게 좋은 교훈으로 삼을 수 있는 상황을 주시니 주님 축복입니다. 제가 좋고 편한 상황일 때 더욱 분발하고 준비하는 현명한 삶을 살도록 이끌어 주십시오."

제자들이 잊어버리고 빵을 가져오지 못하여 배 안에는 빵이 한 덩어리밖에 없었다.

"바리사이파 사람들의 누룩과 헤로데의 누룩을 조심하여라."

우리나라에만 있는 특산식물 노랑붓꽃. 줄기 하나에 꽃 두
개가 달리는 게 특징이라는데 전국 어디에나 피는 금붓꽃
과 닮았으나 변산반도와 내장산의 나무가 우거진 숲속 그
늘에서만 만날 수 있다. 외떡잎식물 백합목 붓꽃과의 여러
해살이풀.

예수께서 경고하시자 제자들은 서로 걱정하였다.

"빵이 없구나!"

예수께서 눈치를 채고 말씀하셨다.

"빵이 없다고 걱정하다니, 아직도 알지 못하고 깨닫지 못하였느냐? 그렇게도 생각이 둔하냐? 너희는 눈이 있으면서도 알아보지 못하고 귀가 있으면서도 알아듣지 못하느냐? 벌써 다 잊어버렸느냐? 빵 다섯 개를 오천 명에게 나누어 먹였을 때 남아서 거두어들인 빵조각이 몇 광주리나 되었느냐?"

"열두 광주리였습니다."

제자들이 대답하였다.

"또 빵 일곱 개를 사천 명에게 나누어 먹였을 때는 남은 조각을 몇 바구니나 거두어들였느냐?"

"일곱 바구니였습니다."

그들이 대답하자 예수께서 말씀하셨다.

"그래도 아직 깨닫지 못하겠느냐?"

마르 8 : 14 ~ 21

어두울 때 빛이 더 잘 보인다

'다시 살아난다.'

이 말의 뜻을 회복 탄력성으로 받아들인다. 힘들고 어려운 상황에서 당황하고 걱정하여 기운이 빠져 축 처진 상태에서 벗어나 해결책과 대처할 방안을 모색하는 적극적이고 활력있는 모습을 되찾는 태도로 해석하고 싶다. 어둠에서 희미한 빛을 발견하듯 위기에서 기회를 보는 도전적이고 긍정적인 마음 상태를 '다시 살아난다'라고 표현할 수 있을 것이다.

언제나 길은 있는데 그 길을 보지 못하는 어두운 시각과 닫힌 생각이 바로 문제 해결의 장애물일 것이다. 상황이 좋을 때는 적극적인 도전의식과 새로운 변화에 대한 갈망이 옅어질 수밖에 없다.

주님 능력과 은총에 힘입어 위기에서 오히려 희망과 기회를 발견하는 지혜롭고 적극적인 삶을 살 수 있기를 소망한다.

⋯⋯⋯⋯⋯⋯⋯⋯⋯⋯⋯⋯⋯⋯⋯⋯⋯⋯⋯⋯⋯⋯⋯⋯⋯⋯⋯⋯⋯⋯⋯⋯

"주님, '죽었다가 사흘 만에 다시 살아날 것이다'라고 말씀하셨습니다. 어두워야 희미한 빛을 더욱 잘 볼 수 있듯이 절망적인 상황은 여태껏 보지 못하고 듣지 못하던 것을 볼 수 있고 들을 수 있는 절호의 계기가 될 수 있음을 깨닫게 하시니 정녕 주님 은총이고 축복입니다. 어떤 상황이든 감사하고 기뻐할 수 있으면 반드시 해결책을 찾을 수 있을 것입니다. 모든 상황은 반드시 틈이 있기 때문입니다. 제가 힘들고 어려운 상황에서도 한 줄기 빛과 미세한 틈을 발견할 수 있는 적극적이고 지혜로운 사람으로 살아갈 수 있도록 이끌어 주십시오."

⋯⋯⋯⋯⋯⋯⋯⋯⋯⋯⋯⋯⋯⋯⋯⋯⋯⋯⋯⋯⋯⋯⋯⋯⋯⋯⋯⋯⋯⋯⋯⋯

예수 일행이 그곳을 떠나 갈릴리 지방을 지나가게 되었는데 예수께서는 이 일이 사람들에게 알려지는 것을 원치 않으셨다. 예수께서 제자들을 따로 가르치고 계셨기 때문이다.

그는 제자들에게 일러 주셨다.

"사람의 아들이 잡혀 사람들의 손에 넘어가서 그들에게 죽었다가 사흘 만에 다시 살아날 것이다."

그러나 제자들은 그 말씀을 깨닫지 못했고 묻기조차 두려워하였다.

그들은 가파르나움에 이르렀다. 예수께서는 집에 들어가시자 제자들에게 물으셨다.

"길에서 무슨 일로 다투었느냐?"

제자들은 누가 제일 높은 사람이냐 하는 문제로 길에서 서로 다투었기 때문에 아무 대답도 하지 못하였다. 예수께서는 자리에 앉아 열두 제자를 곁으로 부르셨다.

"첫째가 되고자 하는 사람은 꼴찌가 되어 모든 사람을 섬기는 사람이 되어야 한다."

이렇게 말씀하신 다음 어린이 하나를 데려다 그들 앞에 세우시고 그를 안으며 제자들에게 말씀하셨다.

"누구든지 내 이름으로 이런 어린이 하나를 받아들이면 곧 나를 받아들이는 것이고, 또 나를 받아들이는 사람은 나만을 받아들이는 것이 아니라 곧 나를 보내신 이를 받아들이는 것이다."

마르 9 : 30 ∼ 37

이제 무엇이 소중한지 알 것 같다

무엇이 값지고 소중한지는 각자의 철학, 가치관, 목표에 따라 모두 다를 것이다. 재물과 금력을 최고의 가치로 두는 사람에게는 돈과 물질이 값지고 소중할 것이고 지식을 최고의 가치로 여기는 사람은 공부와 책, 정보와 같은 것들이 값지고 소중할 것이다. 사람과의 관계가 가장 중요하다고 생각하는 사람은 자신이 가까이하고자 하는 사람과의 관계 증진과 친밀도를 높이는 데에 노력을 마다하지 않을 것이다.

자신이 중요하게 여기지 않는 대상이나 소재는 그에게 아무런 효용 가치가 없는 것이고 관심과 애정을 끌지 못할 것이다. 어떤 것에 소중한 가치를 부여하는가, 삶에서 어느 방향을 바라보는가에 따라 각자 삶의 형태와 과정, 그에 따른 결과가 크게 달라질 것이라는 사실은 불변의 진리일 것이다.

바람직하기로는 자신이 가치를 부여하고 그 가치를 최대화하기 위해 노력한 바로 그 목표와 비전, 또는 신념의 대상을 다른 많은 사람도 공감하고 함께 공유할 수 있으면 좋을 것 같다는 생각이 든다.

아주 늦지 않은 시점에서나마 무엇이 진정 소중한 것인지, 어떤 것이 진정한

이웃한 강원도 산처럼 화려하지는 않으나 나의 꽃밭에도 봄
이 왔다가 어느새 아찔한 흔적을 남기고 지나가고 있다. 손
타지 않은 때문인지 2~3년 전보다 훨씬 풍성한 모습으로
모데미풀이 꽃으로 피어났다. 쌍떡잎식물 미나리아재비목
미나리아재비과의 여러해살이풀. 우리나라 특산으로 설악산
과 덕유산에서 볼 수 있다.

보물인지 깨달을 수 있었던 것은 나에게 시련과 역경이 있었기에 가능했다는 사실을 알게 되니 그토록 힘들고 고통스러웠던 역경과 시련이 참으로 감사하다.

주님 능력과 은총에 힘입어 제 안에 사랑을 더욱 키우고 배려와 공감을 더욱 늘려갈 수 있기를 소망한다.

"주님, 예전에는 전혀 중요하게 생각지 못했던 것들이 굉장히 소중한 보물임을 알게 하시니 주님 은총입니다. 제 감정, 제 의견, 제 생각만이 옳고 바르다고 착각했던 지난 세월을 돌아보게 하시어 여태껏 보지 못하고 듣지 못했던 소리와 세상을 보고 들을 수 있게 하시니 주님 축복입니다. 주님 인도하심에 따라 지금 지속하고 있는 성찰을 앞으로도 계속할 수 있기를 원합니다. 중요하고 값지게 여길만한 것들을 분별할 줄 아는 지혜도 늘어갈 수 있도록 지켜주십시오."

"하늘나라는 밭에 묻혀 있는 보물에 비길 수 있다. 그 보물을 찾아낸 사람은 그것을 다시 묻어 두고 기뻐하며 돌아가서 있는 것을 다 팔아 그 밭을 산다. 또 하늘나라는 어떤 장사꾼이 좋은 진주를 찾아다니는 것에 비길 수 있다. 그는 값진 진주를 하나 발견하면 돌아가서 있는 것을 다 팔아 그것을 산다."

마태 13 : 44 ~ 46

인생은 선택하고 일관하는 것

인생은 선택과 그에 따른 결과의 총합체라고 생각한다. 모든 순간마다 가능한 여러 선택지 중에 자신이 가장 낫다고 생각하는 사람이나 대상, 방법과 수단을 취하는 것이 삶의 과정이라고 생각된다. 그런 선택을 하는 데에는 자신의 가치관과 철학, 기호나 취미, 목표와 비전이 절대적 영향력을 발휘할 것이다.

어쨌건 삶은 끊임없는 선택을 통하여 이루어지고, 선택을 원안대로 추진하거나 수정하면서 얼마나 집중하고 일관했는가에 따라 그 모습이 많이 달라지는 것 같다. 무엇을 이루고자 하며 목적이 무엇인지에 대한 확신이 있지 않으면 계속 방향을 수정하며 흔들리다 삶을 마칠 가능성이 아주 큰 것 같다.

무엇을 바라며, 목표가 달성되었을 때 그것이 세상에 이바지하는 바가 어떠한지 확신하기에 따라 선택의 폭과 방향, 추진력이 매우 다를 것 같다.

주님 능력과 은총에 힘입어 공공의 선을 위해 조금이나마 이바지할 수 있는 선한 목표를 세울 수 있기를 소망한다.

"주님, 제가 무엇을 바라며 살고 있는지 돌아보게 하시니 주님 은총입니다. 평범 속에도 특별함이 있을 수 있는 목표를 세우게 하시고, 제가 이룬 목표로 많은 사람이 기쁜 삶을 사는 데에 티끌만큼이라도 도움이 되도록 이끌어 주십시오. 제가 보다 크고 높은 비전을 갖게 하시고 그것이 주님 보시기에 좋을 수 있도록 이끌어 주십시오."

그때 베드로가 나서서 물었다.

"보시다시피 저희는 모든 것을 버리고 주님을 따랐습니다. 그러니 저희는 무엇을 받게 되겠습니까?"

예수께서 대답하셨다.

"나는 분명히 말한다. 너희는 나를 따랐으니 새 세상이 와서 사람의 아들이 영광스러운 옥좌에 앉을 때 너희도 열두 옥좌에 앉아 이스라엘 열두 지파를 심판하게 될 것이다. 나를 따르려고 자기 집이나 형제나 자매나 부모나 자식이나 토지를 버린 사람은 백 배의 상을 받을 것이며, 또 영원한 생명을 얻을 것이다. 그러나 첫째였다가 꼴찌가 되고 꼴찌였다가 첫째가 되는 사람들이 많을 것이다."

마태 19 : 27 ~ 30

진지하게 묻고 열정으로 들어

아주 열심히 무언가를 찾는다는 것은 그만큼 목마르다는 것이 아닐까? 내가 무엇에 목말라야 하는지에 집중하고 그것을 찾는 과정은 믿음과 다른 것이 아니라는 생각이 든다.

나의 상위 목표를 제대로 설정하고 그것을 이루어야 하는 당위성을 바르게 찾을 수 있으면, 그것이 예수님 가르침의 참뜻을 이해할 수 있는 길이 아닐까 생각된다.

주님 능력과 은총에 힘입어 내가 부단히 내 삶의 상위 목표를 제대로 설정할 수 있고, 그것을 이루기 위한 당위성을 찾아 끊임없이 추구하는 삶을 살기를 소망한다.

"주님, 제가 무엇을 찾아야 하는지, 왜 그것을 찾아야 하는지 가르쳐 주십시오. 열망으로 집중하면 마침내 그것을 찾을 수 있을 것을 믿습니다. 끈기 있게 노력하면 그것에 가까이 갈 수 있을 것을 믿습니다. 그것이 아무리 고단하고 어렵더라도 일단 그것을 찾기만 하면 고단함과 어려움은 즐거움과 기쁨으로 바뀔 것을 믿습니다. 제가 진지한 물음과 열정적인 집중을 통해 그 목표와 길을 찾을 수 있도록 이끌어 주십시오"

다음 날 요한이 자기 제자 두 사람과 함께 다시 그곳에 서 있다가 마침 예수께서 걸어가시는

어질어질하고 아찔한 봄날의 몽환적 분위기를 쏙 빼닮은 야
생화, 봄이 농익어가는 4~5월에 연보랏빛 꽃을 피우는 깽
깽이풀이다. 민가 가까이 자라는 데다 사람들이 좋아해 남획
과 훼손이 심해 멸종위기로 지정되었다가 몇 해 전에야 해
제되었다. 쌍떡잎식물 미나리아재비목 매자나무과의 여러해
살이풀.

것을 보고 말했다.

"하느님의 어린 양이 저기 가신다."

두 제자는 요한의 말을 듣고 예수를 따라갔다. 예수께서는 뒤돌아서서 그들이 따라오는 것을 보고 물으셨다.

"너희가 바라는 것이 무엇이냐?"

그들이 대답했다.

"라삐, 묵고 계시는 데가 어딘지 알고 싶습니다."

(라삐는 선생님이라는 뜻이다.)

예수께서 와서 보라고 하시자 그들은 따라가 예수께서 계시는 곳을 보고 그 날은 거기에서 예수와 함께 지냈다. 때는 네 시쯤이었다.

요한의 말을 듣고 예수를 따라간 두 사람 중 하나는 시몬 베드로의 동생 안드레아였다. 그는 먼저 자기 형 시몬을 찾아가서 말하였다.

"우리가 찾고 있던 메시아를 만났소."

(메시아는 그리스도라는 뜻이다.)

그리고 시몬을 예수께 데리고 가자 예수께서 시몬을 눈여겨보시며 말씀하셨다.

"너는 요한의 아들 시몬이 아니냐? 앞으로는 너를 게파라 부르겠다."

(게파는 베드로, 곧 바위라는 뜻이다.)

요한 1 : 35 ~ 42

도전과 변화를 구하는 용기

날마다 똑같이 그물을 던지고 손질하는 어부의 모습이 관성과 타성에 젖은 생활을 상징한다면 과감히 그물을 버리고 어떤 위험과 고난이 기다릴지 모르는, 예수와 함께하는 삶으로 떠나는 시몬과 안드레아, 야고보와 요한의 모습은 변화와 힘찬 도전을 상징하는 것이 아닐까 생각된다.

변화와 도전은 익숙한 것, 낯익은 것을 버리고 서툴고 위험할 수도 있는 미지의 세계를 향하는 용기와 결단력을 요구하는 행동일 것이다. 새로운 것을 경험하려는 욕구가 없다면 배움과 발전은 멈추는 것이 아닐까? 배움과 깨달음, 새로운 발전은 타성적 습관에서 벗어날 때만이 가능했음을 새삼 바라보게 된다.

주님 능력과 은총에 힘입어, 힘들고 고통스럽더라도 새로운 도전과 변화에 나서는 삶을 멈추지 않기를 소망한다.

"주님, 자신의 속사람이 어떠한가에 따라 삶의 윤택함이 결정됨을 가르쳐 주시는 주님께 감사와 찬양을 드립니다."

요한이 잡힌 뒤에 예수께서 갈릴리에 오셔서 하느님의 복음을 전파하셨다.

"때가 다 되어 하느님 나라가 다가왔다. 회개하고 이 복음을 믿어라!"

예수께서 갈릴리 호수를 지나가시다가 호수에서 그물을 던지는 어부 시몬과 그의 동생 안드레아를 보시고 말씀하셨다.

"나를 따라오너라. 내가 너희를 사람 낚는 어부가 되게 하겠다."

그들은 곧 그물을 버리고 예수를 따라갔다.

예수께서 조금 더 가시다가 제베대오의 아들 야고보와 그의 동생 요한이 배에서 그물을 손질하는 것을 보시고 부르시자 그들은 아버지와 삯꾼들을 배에 남겨 둔 채 예수를 따라나섰다.

마르코 1 : 14 ~ 20

남이 가지 않은 길을 가리라

다른 길을 찾아 나선다는 것은 참으로 어렵고 힘든 일일 것이다. 자신에게 익숙한 길, 남들이 이미 닦아 놓아 힘들이지 않고 편히 갈 수 있는 길을 마다하고 새롭고 낯선 길을 찾아 나서기란 웬만한 의지와 각오 없이는 안 될 것이다. 타성과 관성에 젖은 생활과 행동 습관을 고치려고 시도해본 사람은 그것이 얼마나 큰 도전이며 얼마나 대단한 인내와 끈기가 요구되는지를 잘 알 것이다.

그러나 새로운 길을 찾아 나서는 것은 진정한 안전지대를 추구하는 삶이고, 좁은 문으로 기꺼이 들어가는 용기 있는 자세라고 생각된다. 진정한 기쁨과 보람을 맛보기 위해서는 도전적 목표를 세우고 새로운 길을 찾는 힘든 수고를 거쳐야 한다는 것을 깊이 명심한다.

주님 능력과 은총에 힘입어 언제나 새로운 길을 찾고 어제보다 나은 오늘을 만드는 수고를 멈추지 않기를 소망한다.

"주님, 남들이 가지 않은 길을 가려고 할 때마다 고통과 좌절 같은 장애물을 만났음을 고백합니다. 그런 장애물들에 굴복하지 않고 여기까지 올 수 있었음은 주님 인도와 축복이 있었기에 가능함을 고백합니다. 앞으로도 무수히 많은 도전과 장애물이 나타나겠지만 이전에 경험한 극복의 성공적 수행으로 조금은 더 담대하게 맞설 수 있게 되었으니 정녕 주님 은총입니다. 쉬운 길을 가려는 유혹에서 벗어나게 하시고 좁은 문을 기꺼이 택할 수 있는 용기를 주십시오."

예수께서 헤로데 왕 때에 유다 베들레헴에서 나셨는데 그때에 동방에서 박사들이 예루살렘

산은 자줏빛으로 곱고 물은 맑은 산자수명(山紫水明)한 곳에

자리 잡은 산자고(山慈高)가 꽃을 피웠다. 야트막한 동산 위에

올라앉은 산자고의 풍성하고 흐드러진 모습이 너무나 환상

적이라 섬이 연이은 서해안 풍경을 그대로 가져다 배경으로

썼다. 외떡잎식물 백합목 백합과의 여러해살이풀.

에 와서 말하였다.

"유대인의 왕으로 나신 분이 어디 계십니까? 우리는 동방에서 그분의 별을 보고 그분에게 경배하러 왔습니다."

이 말을 듣고 헤로데 왕이 당황한 것은 물론, 예루살렘이 온통 술렁거렸다. 왕은 백성의 대사제들과 율법학자들을 다 모아 놓고 그리스도께서 나실 곳이 어디냐고 물었다.

그들은 이렇게 대답하였다.

"유다 베들레헴입니다. 예언서 기록을 보면, '유다 땅 베들레헴아, 너는 결코 유다 땅에서 가장 작은 고을이 아니다. 내 백성 이스라엘의 목자가 될 영도자가 너에게서 나리라'고 하였습니다."

그때 헤로데가 동방에서 온 박사들을 몰래 불러 별이 나타난 때를 정확히 알아보고 그들을 베들레헴으로 보내면서 부탁하였다.

"가서 그 아기를 잘 찾아보시오. 나도 가서 경배할 터이니 찾거든 알려주시오."

왕의 부탁을 듣고 박사들은 길을 떠났다.

그때 동방에서 본 그 별이 그들을 앞서가다가 마침내 그 아기가 있는 곳 위에 이르러 멈추었다. 이를 보고 그들은 대단히 기뻐하면서 그 집에 들어가 어머니 마리아와 함께 있는 아기를 보고 엎드려 경배하였다. 그리고 보물 상자를 열어 황금과 유향과 몰약을 예물로 드렸다.

박사들은 꿈에 헤로데에게 돌아가지 말라는 하느님의 지시를 받고 다른 길로 자기 나라에 돌아갔다.

마태 2 : 1 ~ 12

새 교훈을 얻는 사람은 행복하다

새로운 교훈을 얻을 수 있는 사람은 매우 행복할 것이다. 그런 사람은 열린 마음과 정신의 소유자일 것이며, 항상 배우고 깨우치려는 겸손한 자세를 가진 사람일 것이다. 또 자신의 참된 존재가치를 발견하고 확장하는 데에 힘을 쏟는 사람일 것이며, 성숙하고 절제된 자신을 이루어가는 데에 큰 노력을 기울이면서 선하고 아름다운 마음씨를 가진 사람일 것이다.

주님 능력과 은총에 힘입어 순간마다 새로운 교훈을 얻을 수 있는 지혜로운 사람으로 살아가기를 소망한다.

"주님, 어떤 사람, 어떤 사건에서도 새 교훈을 얻을 수 있음을 깨닫게 하시니 주님 사랑과 은총이 차고 넘칩니다. 바람직스럽지 못한 행동과 말을 하는 사람을 통해 바람직한 말과 행동의 필요성을 느끼고 익히게 하시고, 겸손하고 넉넉하며 지혜로운 사람으로부터는 그 좋은 덕목을 배울 수 있도록 이끌어 주십시오. 무엇보다 주님에게 받은 사랑을 다른 사람에게 나누어 줄 수 있는 사람이 되도록 인도하여 주십시오."

예수 일행은 가파르나움으로 갔다. 안식일에 예수께서 회당에 들어가 가르치셨는데 사람들은 그 가르치심을 듣고 놀랐다. 율법학자들과는 달리 권위가 있었기 때문이다.

그때 더러운 악령 들린 사람 하나가 회당에 있다가 큰소리로 외쳤다.

"나사렛 예수님, 어찌하여 우리를 간섭하시려는 것입니까? 우리를 없애려고 오셨습니까? 나는 당신이 누구신지 압니다. 당신은 하느님께서 보내신 거룩한 분입니다."

"입을 다물고 이 사람에게서 나가거라."

예수께서 꾸짖으시자 더러운 악령은 그 사람에게 발작을 일으켜 놓고 큰소리를 지르며 떠나갔다. 이것을 보고 모두 놀라 서로 수군거렸다.

"이게 어찌 된 일이냐? 이것은 권위 있는 새 교훈이다. 그의 명령에는 더러운 악령들도 굴복하는구나!"

예수의 소문은 삽시간에 온 갈릴리와 근방에 두루 퍼졌다.

마르코 1 : 21 ~ 28

내 노력보다 훨씬 큰 보상

어찌 보면 내 삶은 덤인지도 모른다는 생각을 한다. 보기에 따라 다를 수 있겠으나 나의 노력과 수고에 비하면 내가 이제껏 살아온 삶과 현재 누리고 있는 형편이 월등히 낫다고 인식되기 때문이다.

물론 때때로 내 안에서 주님 자리가 실종될 때, 그리하여 자만이 가득할 때는 나 혼자의 노력과 땀으로 현재를 누리고 있다는 생각, 또는 아예 내 노력과 수고에 비해 결과가 부족하다는 생각이 들 때가 있다는 것도 사실이다.

믿음을 갖지 못했을 때는 내 머리에 온통 이런 잘못된 자만이 가득했다. 참다운 믿음을 가지려고 노력하는 지금도 종종 이런 교만이 어느새 내 마음과 머리에 내려앉아 똬리를 트는 것을 발견한다.

주님 능력과 은총으로 어떤 처지에서든 자만을 물리치고 감사한 마음으로 살아가기를 소망한다.

"주님, 저의 수고와 노력에 비하면 훨씬 좋은 형편과 환경을 허락하시니 주님 은총입니다. 외부 조건에 제 마음이 덜 흔들릴 수 있도록 도우시니 주님 축복입니다. 늘 긍정과 희망, 끈기와 인내를 다시 마음에 담을 수 있도록 이끄시니 너무나 감사합니다. 제 삶이 지금처럼, 아니 지금보다 더욱 은혜로운 것이 되도록 이끌어 주시고 제 안에 사랑이 더 많이 자라도록 지켜주십시오."

예수께서는 또 이렇게 말씀하셨다.

"등불을 가져다가 됫박 아래나 침상 밑에 두는 사람이 어디 있겠느냐? 누구나 등경 위에 얹어 놓지 않겠느냐? 감추어 둔 것은 드러나게 마련이고 비밀은 알려지게 마련이다. 들을 귀가

광양 매화마을. 멀리 앞산에 해가 떠오르자 섬진강 가에 가
득 찬 매화 꽃밭이 한겨울 흰 눈에 뒤덮인 듯 하얀빛으로 변
한다.

있는 사람은 알아들어라."

또 말씀하셨다.

"내 말을 마음에 새겨들어라. 너희가 남에게 달아 주면 달아 주는 만큼 받을 뿐만 아니라 덤까지 얹어 받을 것이다. 누구든지 가진 사람은 더 받을 것이며 가지지 못한 사람은 그 가진 것마저 빼앗길 것이다."

마르 4 : 21 ~ 25

네 믿음이 너를 살린다

오늘 말씀 중에는 나의 모순된 두 가지 성품을 그대로 보여 주는 대목이 나온다. 믿음이 있어 내 안에 성령을 모시고 있을 때의 모습과 믿음이 실종되어 내 안에 주님을 모시지 못할 때의 모습이 극명하게 나타난다.

주님 옷에 손을 대기만 하여도 병이 나으리라고 믿는 여인의 모습이 앞편의 내 모습이라면 예수님 말씀에 의문을 품고 냉소적 코웃음을 치는 사람들 모습이 뒤편의 내 모습이다. 내 믿음은 과연 굳건하지 못하고 약한 상태임을 새삼 깨닫는다.

주님 능력과 은총에 힘입어 마음이 이리저리 흔들리지 않고 중심을 확실히 잡아, 가야 할 길을 쉼 없이 갈 수 있기를 소망한다.

"주님, 때때로 제 믿음이 약해지고 의문과 걱정으로 지내는 시간이 있음을 고백합니다. 그럴 때마다 제 머리는 완전히 새하얘져 버리고 제 마음속에는 근거 없는 근심과 공포가 가득해집니다. 저의 약한 믿음을 꾸짖어 주시고 용서하여 주십시오. 주님 옷에 손을 대기만 하여도 병이 나으리라고 굳게 믿은 여인의 믿음이 저에게도 늘 머물

수 있게 하여 주십시오. 그리하여 어떤 경우에도 당당하게 가야 할 길을 갈 수 있도록 지켜주십시오."

예수께서 배를 타고 건너편으로 다시 가시자 많은 사람이 또 모여들었다. 예수께서 호숫가에 계실 때 야이로라 하는 한 회당장이 와서 예수를 뵙고 그 발 앞에 엎드려 애원하였다.

"저의 어린 딸이 다 죽게 되었습니다. 저의 집에 오셔서 그 아이에게 손을 얹어 병을 고쳐 살려 주십시오."

예수께서는 그를 따라나서셨다. 많은 사람이 예수를 둘러싸고 밀어 대며 따라갔다.

그런데 군중 속에는 열두 해 동안이나 하혈증으로 앓고 있던 여자가 있었다. 그 여자는 여러 의사에게 보이느라고 고생만 하고 가산마저 탕진했는데도 아무 효험이 없이 오히려 병은 점점 더 심해졌다. 그러던 차에 예수의 소문을 듣고 군중 속에 끼어 따라가다가 뒤에서 예수의 옷에 손을 대었다. 그 옷에 손을 대기만 해도 병이 나으리라고 생각한 것이다. 손을 대자마자 그 여자는 과연 출혈이 그치고 병이 나은 것을 스스로 알 수 있었다.

예수께서는 곧 자기에게서 기적의 힘이 나간 것을 아시고 돌아서서 군중을 둘러보며 물으셨다.

"누가 내 옷에 손을 대었느냐?"

"누가 손을 대다니요? 보시다시피 이렇게 군중이 사방에서 밀어 대고 있지 않습니까?"

제자들은 반문하였다.

그러나 예수께서는 둘러보시며 옷에 손을 댄 여자를 찾으셨다. 그 여자는 자기 몸에 일어난 일을 알았기 때문에 두려워 떨며 예수 앞에 엎드려 사실대로 말씀드렸다.

예수께서는 그 여자에게 말씀하셨다.

"여인아, 네 믿음이 너를 살렸다. 병이 완전히 나았으니 안심하고 가거라."

예수의 말씀이 채 끝나기도 전에 회당장의 집에서 사람들이 와서 회당장에게 말하였다.

"따님이 죽었습니다. 그러니 저 선생님께 더 폐를 끼쳐 드릴 필요가 있겠습니까?"

예수께서는 이 말을 들은 체도 아니 하시고 회당장에게 말씀하셨다.

"걱정하지 말고 믿기만 하여라."

그리고 베드로와 야고보와 야고보의 동생 요한 외에는 아무도 따라오지 못하게 하시고 회당장의 집으로 가셨다. 예수께서는 거기서 사람들이 울부짖으며 떠드는 것을 보시고 집 안으로 들어가셔서 그들에게 말씀하셨다.

"왜 떠들며 울고 있느냐? 그 아이는 죽은 것이 아니라 잠을 자고 있다."

그들은 코웃음만 쳤다. 예수께서는 그들을 다 내보내신 다음에 아이의 부모와 세 제자만 데리고 아이가 누워 있는 방에 들어가셨다. 그리고 아이의 손을 잡고 말씀하셨다.

"탈리다 쿰"

이 말은 '소녀야, 어서 일어나거라'라는 뜻이다.

그러자 소녀는 곧 일어나서 걸어 다녔다. 소녀의 나이는 열두 살이었다.

이 광경을 본 사람들은 놀라 마지않았다. 예수께서는 그들에게 이 일을 아무에게도 알리지 말라고 엄하게 이르시고 소녀에게 먹을 것을 주라고 이르셨다.

마르 5 : 21 ~ 43

참으로 지혜란 무엇인가?

내 개인적인 경험에 의하면 지혜는 받는 것이 아니라 각고의 노력 끝에 얻어지는 결과가 아닐까 생각된다. 어려운 상황을 여러 번 경험한 후에야 체득할 수 있는 것이며, 현실에 안주하지 않고 좀 더 나은 상황을 만들기 위해 부단히 노력하면서 많은 문제와 장애를 극복함으로써 깨달을 수 있는 것으로 생각되기 때문이다.

또 지혜는 자신을 있는 그대로 인정하고 자기 모습을 분명히 보기 위해 힘쓰는 노력의 열매가 아닐까 하는 생각도 든다. 자신의 외적 모습만을 보

노루귀. 갑자기 봄이 찾아오자 복수초와 너도바람꽃, 노루귀
등이 여기저기서 와르르 터져 나온다고 한다. 어떤 노루귀는
채 녹지 않은 눈을 헤치고 꽃을 피우는 파설초(破雪草)가 되
고, 다른 노루귀는 화창한 봄볕 속에 별 나비를 유혹한다. 쌍
떡잎식물 미나리아재비목 미나리아재비과의 여러해살이풀.

지 않고, 내적 모습을 깊이 들여다보는 거듭된 성찰을 통해 어렴풋이 나타날 것 같기 때문이다.

또한, 지혜는 자신을 향한 진지하고 깊은 질문을 오래 되풀이한 결과로 얻어지는 것이 아닐까 하는 생각도 든다. 자신의 존재에 대한 진솔하고 폭넓은 의문과 질문에 답하면서 나름대로 분명한 목표를 향해 나아가며 정직하게 땀을 흘린 결과로 찾아질 것이기 때문이다.

그리고 지혜는 실제 삶에서 행동하고 실천하면서 생각과 사유를 구체적으로 표현한 결과로 발견되는 것이 아닐까 하는 생각도 든다. 행동과 실천에는 실수와 잘못도 따르기 마련인데, 그 실수와 잘못을 통해 배움과 깨달음을 거듭하면 마침내 지혜를 발견할 수 있을 것으로 생각되기 때문이다.

주님 능력과 은총에 힘입어 지혜와 성숙을 늘려가는 삶을 살 수 있기를 소망한다.

"주님, 부족한 것이 너무나 많은 저를 측은하게 여기시어 지혜를 향해 나아갈 수 있도록 이끌어 주시니 주님 은총입니다. 묵상과 성찰을 통해 저 자신을 더 잘 알 수 있게 하시고 모자란 것을 채울 수 있는 수고를 계속하도록 도와주시니 주님 축복입니다. 제가 교만과 탐욕의 덫에 걸려 흔들릴 때 저를 그 덫으로부터 꺼내 주시고 바른길로 인도하여 주십시오."

예수께서 그곳을 떠나 제자들과 함께 고향으로 돌아가셨다.

안식일이 되어 회당에서 가르치시자 많은 사람이 그 말씀을 듣고 놀라며 좀처럼 예수를 믿으려 하지 않았다.

"저 사람이 어떤 지혜를 받았기에 저런 기적들을 행하는 것일까? 그런 모든 것이 어디서 생겨났을까? 저 사람은 그 목수가 아닌가? 그 어머니는 마리아요, 그 형제들은 야고보, 요셉, 유다, 시몬이 아닌가? 그의 누이들도 다 우리와 같이 여기 살고 있지 않은가?"

예수께서는 그들에게 이렇게 말씀하셨다.

"어디서나 존경을 받는 예언자라도 자기 고향과 친척과 집안에서만은 존경을 받지 못한다."

예수께서는 거기서 병자 몇 사람에게만 손을 얹어 고쳐 주셨을 뿐, 다른 기적은 행하실 수 없었다.

그리고 그들에게 믿음이 없는 것을 보시고 이상하게 여기셨다.

마르 6:1~6

탐욕이 인간을 지배할 때

마귀는 지나친 욕심을 의미한다고 나는 해석한다. 집념과 집착이 엄연히 다르듯, 욕구와 욕망, 탐욕의 뜻이 조금씩 다른 것 같다. 문제가 되는 것은 과욕과 탐욕일 것이며 이런 마음이 자신을 지배하게 될 때, 이것을 '마귀 들렸다'고 말할 수 있을 것이다.

그런데 겸손한 욕구, 합당한 욕망에 머무를 수 있으려면 그리 쉬운 일이 아닌 것 같다. 자기도 모르는 사이에 과욕의 수준으로 금방 건너뛰기 때문이다. 특히 상황이 조금 개선되고 일이 잘 풀릴 때일수록 자신의 능력을 과신하게 되고 자제심과 경계심의 빗장이 너무나 쉽게 풀리는 것 같다.

주님 능력과 은총에 힘입어 어떤 경우에도 자제심과 경계심을 유지할 수 있기를 소망한다.

"주님, 욕심의 변화는 끝도 없어서 저는 너무나 자주 자제심을 잃어버립니다. 머리로는 탐욕을 멀리해야 한다고 경계하면서도 가슴으로는 실천이 어려움을 고백합니다. 저의 어리석음과 잘못을 용서하여 주십시오. 제가 과욕의 길로 들어설 때마다 스스로 알아차리게 하시고 혼자만의 이익을 좇지 않도록 이끌어 주십시오."

예수께서 그곳을 떠나 띠로 지방으로 가셨다. 거기서 어떤 집에 들어가 아무도 모르게 조용히 계시려 했으나 결국 알려지고 말았다. 그래서 악령이 들린 어린 딸을 둔 어떤 여자가 곧 소문을 듣고 예수를 찾아와 그 앞에 엎드렸다. 그 여자는 시로페니키아 출신 이방인이었는데 자기 딸에게서 마귀를 쫓아내 달라고 간청하였다.

그러자 예수께서 말씀하셨다.

"자녀들을 먼저 배불리 먹여야 한다. 자녀들이 먹는 빵을 강아지들에게 던져 주는 것은 좋지 않다."

그래도 여자는 사정하였다.

"선생님, 그렇긴 합니다만 상 밑에 있는 강아지도 아이들이 먹다 떨어뜨린 부스러기는 얻어먹지 않습니까?"

그제야 예수께서 말씀하셨다.

"옳은 말이다. 어서 돌아가 보아라. 마귀는 이미 네 딸에게서 떠나갔다."

그 여자가 집에 돌아가 보니 아이는 자리에 누워 있었고 과연 마귀는 떠나가고 없었다.

마르 7 : 24 ~ 30

잘 들으려면 포용력을 키워야 한다

오늘 말씀을 읽으며 귀가 열려야 비로소 혀가 풀릴 수 있음을 깨닫는다. 귀가 닫혀 있으면 혀까지 굳어져 자기가 옳다고 믿는 것과 정말로 옳은 것을 분별하지 못하여 완고한 주장만을 일삼는 존재가 된다는 것을 말씀을 통

백두산에서 자생하는 대표적인 고산식물인 두메양귀비가

천지 바로 아래 해발 2600m 둔덕에 한가롭게 피어 있다. 쌍

떡잎식물 양귀비목 양귀비과의 두해살이풀

해 깊이 느끼게 된다. 부드러운 말과 포용력을 키우려면 귀가 열려 있어서 남의 말을 경청할 수 있어야 비로소 가능하다는 것을 깨닫게 된다.

주님 능력과 은총에 힘입어 귀가 열려 있어서, 듣고 싶은 것만을 듣지 말고 들어야 할 것을 제대로 들을 수 있는 사람이 되기를 소망한다.

"주님, 귀가 닫히면 혀까지 굳어짐을 새삼 깨닫게 하시니 정녕 주님 은총이고 축복입니다. 저는 아직도 듣고 싶은 것만을 들으려 하고, 들어야 할 것을 들을 줄 아는 지혜가 부족함을 고백합니다. 저에게도 '에파타'라고 선언해 주십시오. 그리하여 제 귀가 활짝 열려서, 들어야 할 것을 들을 줄 아는 사람이 되도록 이끌어 주십시오."

그 뒤 예수께서는 띠로 지방을 떠나 시돈에 들르셨다가 데카폴리스 지방을 거쳐 갈릴리 호수로 돌아오셨다. 그때 사람들이 귀가 잘 안 들리는 장애인을 예수께 데리고 와서 그에게 손을 얹어 주시기를 청하였다.

예수께서는 그 사람을 군중 사이에서 따로 불러내어 손가락을 그의 귓속에 넣으셨다가 침을 발라 그의 혀에 대시고 하늘을 우러러 한숨을 내쉰 다음 '에파타!' 하고 말씀하셨다. '열려라' 하는 뜻이었다. 그러자 그는 귀가 열리고 혀가 풀려서 말을 제대로 하게 되었다.

예수께서는 이 일을 아무에게도 말하지 말라고 엄하게 이르셨으나 그럴수록 사람들은 더욱 널리 소문을 퍼뜨렸다.

"청각 장애인을 듣게 하시고 언어 장애인도 말을 하게 하시니 그분이 하시는 일은 놀랍기만 하구나."

사람들은 경탄해마지않았다.

마르 7 : 31 ~ 37

육신보다 먼저 마음이 건강해야

누군가가 나에게 육체의 건강과 마음의 건강 중 어느 것을 선택하겠느냐고 묻는다면 아마도 나는 육체의 건강을 선택할 것 같다. 육체의 건강은 내 감각이 금방 알아챌 수 있고 불편의 실체를 금방 느낄 수 있기 때문이다.

하지만 오늘 말씀을 묵상하면서 불편한 육체를 가졌다 하더라도 정신적으로 건강하면 육체의 불편을 능히 감당할 수 있다는 생각이 들기도 한다. 힘들고 어려운 일이기는 하지만 불가능하지는 않을 것이다.

실제로 나는 하루 세 끼니를 충족하고 입을 것과 잠잘 곳이 있어 하루의 삶을 영위하는 데에 전혀 지장이 없는데도 조금만 힘든 일이 생기면 스스로 나를 지옥에 가두는 경우가 많은 사실을 인식하면 더욱 그런 것 같다.

'문제는 마음의 건강이야!'

오늘 주님께서 주시는 말씀이다.

주님 능력과 은총에 힘입어 육신보다 마음이 더 떳떳하고 굳건하여 참다운 건강을 유지하기를 소망한다.

"주님, 아무리 정상적인 육체를 가졌더라도 마음이 건강하지 못하면 스스로 지옥에 빠진다는 것을 깨닫게 하시니 주님 은총입니다. 오로지 맑은 영혼, 선한 마음, 따뜻하고 사랑이 가득한 가슴이 행복과 천국의 열쇠임을 잊지 않고 살아갈 수 있도록 이끌어 주십시오."

"나는 분명히 말한다. 너희가 그리스도의 사람이라고 하여 너희에게 물 한 잔이라도 주는 사람은 반드시 상을 받을 것이다. 또 나를 믿는 보잘것없는 이 사람들 가운데 누구 하나라도 죄

짓게 하는 사람은 그 목에 연자 맷돌을 달고 바다에 던져지는 편이 오히려 나을 것이다. 손이 죄를 짓게 하거든 그 손을 찍어 버려라. 두 손을 가지고 꺼지지 않는 지옥의 불에 들어가는 것보다는 불구의 몸이 되더라도 영원한 생명에 들어가는 편이 나을 것이다. 발이 죄를 짓게 하거든 그 발을 찍어 버려라. 두 발을 가지고 지옥에 던져지는 것보다는 절름발이가 되더라고 영원한 생명에 들어가는 편이 나을 것이다. 또 눈이 죄를 짓게 하거든 그 눈을 빼버려라. 두 눈을 가지고 지옥에 들어가는 것보다는 애꾸눈이 되더라도 하느님 나라에 들어가는 편이 나을 것이다. 지옥에서는 그들을 파먹는 구더기도 죽지 않고 불도 꺼지지 않는다. 누구나 다 불소금에 절여질 것이다. 소금은 좋은 것이다. 그러나 소금이 짠맛을 잃으면 무엇으로 다시 그 소금을 짜게 하겠느냐? 너희는 마음에 소금을 간직하고 서로 화목하게 지내라."

마르 9 : 41 ~ 50

변치 않는 본질적 가치를 찾자

삶은 어느 한 곳에 머무르는 정적인 것이 아니라 살아서 움직이고 변화하는 동적인 것이라는 생각이 든다. 삶의 환경과 상황도 바뀌고 조건도 바뀌며 그에 따라 삶의 모습도 바뀔 수밖에 없는 것 같다.

다만 핵심적 본질, 반드시 지켜야 할 본질적 가치는 변할 수 없을 것이다. 이 변하지 않는 본질적 가치를 찾고 심화하는 과정을 신앙이라고 할 수 있지 않을까? 독서와 사색, 명상과 묵상 등 모든 인격과 품성의 핵심을 이루는 요소들이 성찰과 회개, 사랑과 배려 등 참신앙과 결부된다면 그 사람의 삶은 윤택하고 온유하며 넉넉한 모습으로, 주님이 보시기에 좋은 삶의 모습이 될 것이다.

주님 능력과 은총에 힘입어 그런 삶을 살 수 있기를 소망한다.

하루는 암꽃 하루는 수꽃으로 사는 순채(蓴菜). 지금은 일부 야생화 동호인이 아니면 이름조차 생소하게 되었지만 30~40년 전까지만 해도 연꽃이나 수련처럼 친숙한 수생식물로 귀한 약재이자 채소였다. 그런데 근대화의 여파로 크고 작은 물웅덩이가 사라지면서 자취를 감추어 멸종위기 야생식물로 지정되었다. 꽃자루마다 하나씩 달리는 꽃은 단 이틀 동안만 피는데 첫날 오전에 암술이 성숙한 꽃으로 피었다가 오후가 되면 물속에 잠기고, 다음 날 두 배 이상 높이 솟은 꽃자루에 수술이 풍성한 꽃으로 다시 피어난다. 강원도 고성의 오래된 연못에 순채 암꽃 한 송이와 수꽃 세 송이가 나란히 꽃을 피웠다. 키 작은 암꽃과 불쑥 솟은 수꽃의 모습에서 자기수정을 피하려는 전략이 엿보인다. 쌍떡잎식물 미나리아재비목 수련과의 여러해살이 수초.

이 말씀을 하신 뒤 여드레쯤 지나서 예수께서는 베드로와 요한과 야고보를 데리고 기도하러 산으로 올라가셨다. 예수께서 기도하시는 동안에 그 모습이 변하고 옷이 눈부시게 빛났다.

그러자 난데없이 두 사람이 나타나 예수와 함께 이야기했다. 모세와 엘리야였다. 영광에 싸여 나타난 그들은 예수께서 멀지 않아 예루살렘에서 이루시려고 하는 일 곧 그의 죽음에 관하여 예수와 이야기를 나누었다.

그때 베드로와 그의 동료들은 깊이 잠들었다가 깨어나 예수의 영광스러운 모습과 거기 함께 서 있는 두 사람을 보았다.

그 두 사람이 떠나려 할 때 베드로가 나서서 말하였다.

"선생님, 저희가 여기서 지내면 얼마나 좋겠습니까! 저희가 초막 셋을 지어 하나는 선생님께, 하나는 모세에게, 하나는 엘리야에게 드리겠습니다."

그는 예수께 무슨 소리를 하는지 자기도 모르고 한 말이었다.

베드로가 이런 말을 하는 사이에 구름이 일어 그들을 뒤덮었다. 그들이 구름 속으로 사라져 들어가자 제자들은 그만 겁에 질려 버렸다.

구름 속에서 소리가 들려 왔다.

"이는 내 아들, 내가 택한 아들이니 그의 말을 들어라!"

소리가 그친 뒤에 보니 예수밖에는 아무도 보이지 않았다

제자들은 아무 말도 못 하고 자기들이 본 것을 얼마 동안 아무에게도 말하지 않았다.

루가 9 : 28 ~ 36

내 영혼이 잠들어 있을 때

잠이 쏟아질 때는 잠을 참기가 너무 어렵다. 의지로는 잠을 참으려고 하지만 본능적 수면 욕구는 언제나 내 의지를 꺾고야 만다. 한편 정신적으로 잠을 자고 있다는 것은 생각다운 생각을 하지 않고 있다는 의미로 해석할 수 있다. 정신적으로 깨어 있다는 말을 나는 삶의 본질과 관계되는 사안에 집중하고 스스로 내면을 변화시킬 수 있는 질문에 몰입하는 것으로 받아들인다.

사실 하루의 삶을 돌이켜 보면 삶의 본질에 관해 얼마나 생각하고 집중했는지 개인적으로 참 많은 반성을 하게 된다. 한 시간은커녕 몇 분도 깨인 영혼으로 살지 못했음을 깨닫는다.

주님 능력과 은총에 힘입어 영혼이 깨어 있는 삶을 살 수 있기를 소망한다.

"주님, 제 영혼이 잠들어 있을 때 저를 깨워 주십시오. 제가 타성적이고 기계적인 삶을 살고 있을 때 저를 꾸짖어 주십시오. 제가 삶의 본질을 파고들어 저 자신을 더욱 변화시킬 수 있도록 이끌어 주십시오."

그들은 게세마니라는 곳에 이르렀다.

"내가 기도하는 동안 여기 앉아 있어라."

예수께서 제자들에게 말씀하시고 베드로와 야고보와 요한만을 따로 데리고 가셨다.

"내 마음이 괴로워 죽을 지경이니 너희는 여기 남아서 깨어 있어라."

그리고 공포와 번민에 싸여서 조금 앞으로 나아가 땅에 엎드려 기도하셨다. 할 수만 있으면 수난의 시간을 겪지 않게 해 달라고 말씀하셨다.

"아버지, 나의 아버지! 아버지께서는 무엇이든지 하실 수 있으니 이 잔을 저에게서 거두어 주소서. 그러나 제 뜻대로 하지 마시고 아버지 뜻대로 하소서."

이렇게 기도하시고 나서 제자들에게 돌아와 보시니 그들은 자고 있었다. 그래서 베드로에게 말씀하셨다.

"시몬아, 자고 있느냐? 단 한 시간도 깨어 있을 수 없단 말이냐? 유혹에 빠지지 않도록 깨어 기도하라. 마음은 간절하나 몸이 말을 듣지 않는구나!"

마르 14 : 32 ∼ 38

언어는 아끼고 진정은 키우고

오늘 나는 가리옷 사람 유다가 마음속으로 품고 있는 말과는 전혀 다른 위선적인 말을 하는 장면과 자주 그런 상황을 반복하는 내 모습을 떠올리게 된다. 과대 포장은 상품에만 있는 것이 아니라 분명 사람에게도 존재하는 것이 분명해 보인다. 정말이지 번드르르한 말, 청산유수와 같은 말일수록 속이 공허하고 가짜인 경우가 대부분인 것 같다. 도리어 절제된 말 속에 진정성이 있다고 생각된다.

주님 능력과 은총에 힘입어 말을 아끼되 진정성 있는 말을 하는 삶을 살기를 소망한다.

"주님, 거짓된 말을 함부로 내뱉지 않도록 이끌어 주십시오. 자신을 속이고 주위 사람들도 속이는 가련한 삶을 살지 않도록 이끌어 주십시오. 저의 겉과 내면이 가까워지도록 노력하는 삶을 살도록 인도하여 주십시오."

예수께서는 과월절을 엿새 앞두고 베타니아로 가셨는데 그곳은 예수께서 죽은 라자로를 살리신 고장이었다. 거기에서 예수를 영접하는 만찬회가 베풀어졌는데 라자로는 손님들 사이에 끼어 예수와 함께 식탁에 앉아 있고 마르타는 시중을 들고 있었다.

그때 마리아가 매우 값진 순 나르드 향유 한 근을 가지고 와서 예수의 발에 붓고 자기 머리털로 그 발을 닦아 드렸다. 그러자 온 집안에 향유 냄새가 가득 찼다.

예수의 제자로 장차 예수를 배반할 가리옷 사람 유다가 투덜거렸다.

"이 향유를 팔았더라면 300데나리온은 받았을 것이고 그 돈을 가난한 사람들에게 나누어 줄 수 있었을 터인데 이게 무슨 짓인가?"

유다는 가난한 사람들을 생각해서가 아니라 그가 도둑이어서 이런 말을 한 것이다. 그는 돈주머니를 맡아서 거기 들어 있는 것을 꺼내 쓰곤 하였다.

예수께서 이렇게 말씀하셨다.

"이것은 내 장례를 위해 하는 일이니 이 여자 일에 참견하지 말아라. 가난한 사람들은 언제나 너희와 함께 있겠지만 나는 언제나 함께 있지는 않을 것이다."

요한 12 : 1 ~ 8

세상에서 가장 복된 사람

이 세상에서 누가 가장 복된 사람일까 생각해 본다. 물질이 풍부하여 가난과는 거리가 먼 사람일까? 지위가 높고 권세가 커서 많은 사람을 거느리고 지시와 명령으로 사는 사람일까? 학식이 깊고 넓어 지식인 대우를 받는 사람일까? 인간관계가 원만하여 주위에 많은 친구와 지인이 있는 사람일까?

세상의 기준으로 보자면 이 네 가지가 가장 복되다고 인정받는 요소들이 아닐까 생각된다. 그러나 이런 요소들을 다 가지고 있는 사람은 별로 없는 것 같다. 그중 두 가지 정도만 가지고 있어도 자타가 인정하는 복된 사람일 것이라는 생각이 든다.

그런데 곰곰 생각해 보면 진정으로 복된 사람은 자신이 스스로 복된 사람이라고 생각하는 사람일 것이다.

주님 능력과 은총에 힘입어 자신을 복된 사람이라고 생각하여 늘 기뻐하고 감사하는 삶을 살 수 있기를 소망한다.

"주님, 제가 가진 것이 참 많다는 사실을 망각할 때가 많습니다. 제가 누리고 있는 형편과 상황이 참으로 감사하다는 사실을 잊어버릴 때가 많습니다. 더 바라고 더 쌓고 더 모으려고 하는 것이 주님을 향한 사랑과 주님의 가르침에 대한 순종일 수 있도록 이끌어 주십시오. 제 안에 주님을 모실 공간이 더 자라지 못함을 꾸짖어 주십시오. 주님의 은총 안에서 지금의 삶을 살고 있음에 크게 고마워하는 마음을 더 키울 수 있도록 이끌어 주십시오. 제가 정녕 복된 사람인 것을 잊지 않도록 지켜주십시오."

그 뒤에 그의 아내 엘리사벳은 아기를 가지게 되어 다섯 달 동안 들어앉아 있었다.

며칠 뒤에 마리아는 길을 떠나 걸음을 서둘러 유다 산골에 있는 한 동네를 찾아가서 즈가리야의 집에 들어가 엘리사벳에게 문안을 드렸다. 엘리사벳이 마리아의 문안을 받을 때 그의 뱃속에 든 아기가 뛰어놀았다. 엘리사벳은 성령을 가득히 받아 큰소리로 외쳤다.

"모든 여자 가운데 가장 복되시며 태중의 아드님 또한 복되십니다. 주님의 어머니께서 나를 찾아 주시다니 어찌 된 일입니까? 문안의 말씀이 내 귀를 울렸을 때 내 태중의 아기도 기뻐하며 뛰어놀았습니다. 주님께서 약속하신 말씀이 꼭 이루어지리라 믿으셨으니 정녕 복되십니다."

이 말을 듣고 마리아는 이렇게 노래를 불렀다.

"내 영혼이 주님을 찬양하며 내 구세주 하느님을 생각하는 기쁨에 이 마음 설렙니다. 주께서 여종의 비천한 신세를 돌보셨습니다. 이제부터는 온 백성이 나를 복되다 하리니 전능하신 분께서 나에게 큰일을 해 주신 덕분입니다. 주님은 거룩하신 분 주님을 두려워하는 이들에게는

화려한 단풍이 지고 난 뒤 앙상한 가지 위에 보석처럼 빛나는 열매들을 달고 나타난 꼬리겨우살이. 상록수인 다른 겨우살이와는 달리 낙엽이 지는 희귀종이다. 쌍떡잎식물 단향목 겨우살이과의 낙엽 기생 관목.

대대로 자비를 베푸십니다. 주님은 전능하신 팔을 펼치시어 마음이 교만한 자들을 흩으셨습니다. 권세 있는 자들을 그 자리에서 내치시고 보잘것없는 이들을 높이셨으며 배고픈 사람은 좋은 것으로 배 불리시고 부유한 사람은 빈손으로 돌려보내셨습니다. 주님은 약속하신 자비를 기억하시어 당신 종 이스라엘을 도우셨습니다. 우리 조상들에게 약속하신 대로 그 자비를 아브라함과 그 후손에게 영원토록 베푸실 것입니다."

마리아는 엘리사벳의 집에서 석 달가량 함께 지내고 자기 집으로 돌아갔다.

루가 1 : 24, 39 ~ 56

영혼의 갈증은 무엇으로 채울까

예수께서는 생의 모든 과정을 치열하게 살면서 따뜻한 세상을 만들기에 힘을 다 쏟으신 후 하느님 뜻에 따라 십자가에서 삶을 마감하는 순간 말씀하셨다.

"목마르다."

아마도 다 이루었다고 생각하는 순간 갈증을 느끼셨나 보다.

목이 마른 것은 몸에 수분이 부족하다는 신호일 것이다. 몸이 지치고 피곤할 때 물을 보충하여 장기가 원활하게 작동하도록 하여 에너지를 발생시켜야 육체 활동이 다시 가능하게 될 것이다.

삶의 과정에서 지치고 힘이 들 때는 활력을 보충하고 유지할 원천이 필요하다. 여행을 가거나, 음악을 듣거나, 좋은 책을 읽는 것일 수도 있으며, 가까운 친구와 대화를 나누거나 영혼의 풍요로움과 재충전을 위한 기도나 명상을 할 수도 있을 것이다. 이 모두가 일상의 번잡함과 고정된 궤도에서 잠시 벗어나는 것이라는 공통점이 있지 않을까 싶다.

에너지가 고갈될 때, 목이 마를 때, 무엇으로 삶의 활력을 되찾을 것인가 생각해 본다. 여러 가지가 있겠지만 건전하고 건강한 방법이어야 활력이 오래 유지될 수 있을 것이다.

주님 능력과 은총에 힘입어 활력 있고 건강한 삶을 살 수 있기를 소망한다.

"주님, 저는 이 세상에 정의와 평등, 평화와 사랑이 강물처럼 흐르기를 바랍니다. 가진 자와 못 가진 자, 강한 자와 약한 자, 냉정한 자와 따스한 자의 차이와 거리가 좁은 세상이 오기를 간절히 바랍니다. 그런 세상에 목말라 하고 있습니다. 그러나 생각만 하며 실천하지 못하는 무능과 용기 부족을 용서하여 주소서. 주님이 이루려던 세상을 좀 더 강하게 추구하게 하시고 그런 세상의 기초를 쌓을 수 있는 삶을 살도록 이끌어 주십시오."

예수께서는 모든 것이 끝났음을 아시고 말씀하셨다.

"목마르다."

이 말씀으로 성서의 예언이 이루어졌다.

마침 거기에는 신 포도주가 가득 담긴 그릇이 있었는데 사람들이 포도주를 해면에 담뿍 적셔서 히솝 풀대에 꿰어 예수의 입에 대어 드렸다.

요한 19 : 28 ~ 29

진정한 영광은 내 안에 있다

영광은 장엄하고 화려하거나, 반드시 전쟁이나 경쟁에서의 승리와 같은 외형적 업적이나 상대적 비교로만 표현될 수 있는 것은 아니라는 생각이 든다.

진정한 영광은 요란하지 않고 화려하거나 장엄하지도 않으며, 묵묵히 희생과 양보, 포용과 사랑을 실천하는 가운데 얻어지는 것이 더 옳고 마땅하지 않을까 생각된다. 정의를 사랑하고 공정과 균형을 중시하는 품격있는 사회일수록 외형적 조건에 의한 영광을 추구하기보다는 내면적 충실함으로 얻어지는 영광을 더 찬미하는 경향이 있는듯하다.

오늘날 물질과 힘을 추구하는 것을 가치로 삼는 잘못된 풍조가 만연할수록 더욱 예수님의 정의, 평등, 사랑, 희생정신이 절실히 요구되지 않을까 생각된다.

주님 능력과 은총에 힘입어 예수 그리스도의 가르침과 정신을 따르는 삶을 살기를 소망한다.

"주님, 드러낼 수 있고 인정받을 수 있는 외형적 치적을 추구한 어리석은 시절이 있었습니다. 아직도 이런 속성에서 완전히 벗어나지 못했으나 이제는 조금이나마 사랑과 관용, 이해와 용서, 희생과 양보를 추구하는 자세를 갖게 되었으니 주님 은총입니다. 늘 주님 앞에 겸손하고 가난한 마음으로 설 수 있도록 이끌어 주십시오."

말씀을 마치고 예수께서는 하늘을 우러러 말씀하셨다.

"아버지, 때가 왔습니다. 아들의 영광을 드러내 주시어 아들이 아버지 영광을 드러내게 하여 주십시오. 아버지께서는 아들에게 모든 사람을 다스릴 권한을 주셨고, 아들은 아버지께서 맡겨 주신 모든 사람에게 영원한 생명을 주게 되었습니다. 영원한 생명은 곧 참되시고 오직 한 분이신 하느님 아버지를 알고 또 아버지께서 보내신 예수 그리스도를 아는 것입니다. 나는 아버지께서 나에게 맡겨 주신 일을 다 하여 세상에서 아버지의 영광을 드러냈습니다. 아버지, 이제는 나의 영광을 드러내 주십시오. 이 세상이 있기 전 내가 아버지 곁에서 누리던 영광을 아버지와 같이 누리게 하여 주십시오."

예수께서는 신 포도주를 맛보신 다음 말씀하셨다.

이름은 들었으나 직접 보기는 처음인 양하(蘘荷). 남쪽 지방

사찰 등에서 식용으로 키운다는데 제주도에서는 오름 등지

에 폭넓게 자생하고 있어서 봄철 고사리 꺾듯이 채취하러

다닌다. 대나무 같은 푸른 줄기에 잎이 길고 무성하게 1m까

지 자란다. 아시아 열대 지방을 원산지로 둔 외떡잎식물 생

강목 생강과의 여러해살이풀. 양하무침, 양하장아찌, 양하산

적 등의 재료로 쓰인다.

"이제 다 이루었다."

그리고 고개를 떨어뜨리며 숨을 거두셨다.

요한 17 : 1 ~ 5, 19 : 30

끝까지 견딜 수 있는 마음의 평화

평화는 균형이고 노력과 인내, 끈기와 훈련의 총합이 아닐까 생각된다. 외부 조건에 맞설 수 있는 내적 조건을 갖추어야 한다는 측면에서 균형이라고 말할 수 있을 것 같다.

또 외부 충격에 맞설 수 있는 충실함을 갖추어야 할 터인데 이런 것들을 익히고 내 것으로 만들려면 인내와 끈기, 노력과 훈련 과정을 반드시 거쳐야 한다는 점에서 이 모두의 총화가 바로 평화라는 단어에 걸맞을 것 같다는 생각이 든다.

외부 충격과 조건의 변화에 따라 내 마음이 흔들릴 때마다 노력과 인내의 부족함을 깨닫고 마음을 다잡을 수 있어서 참으로 다행이다.

주님 능력과 은총에 힘입어 어떠한 외부 조건에도 견딜 수 있는 평화의 기운으로 무장할 수 있기를 소망한다.

"주님, 외적 여건이 바뀔 때마다 제 마음이 이리저리 흔들리고 번민하게 됨을 고백합니다. 저의 부족함을 용서하여 주십시오. 주님 인도하심으로 제가 있어야 할 곳, 제가 뿌리를 내려야 할 곳에 단단히 발을 딛고 서 있을 수 있도록 지켜주십시오."

그 두 사람도 길에서 당한 일과 빵을 떼어 주실 때야 비로소 그분이 예수이시라는 것을 알아보게 되었다는 이야기를 들려주었다.

그들이 그런 이야기를 하고 있을 때 예수께서 나타나 그들 가운데 서시며 말씀하셨다.

"너희에게 평화가 있기를!"

그들은 너무나 놀랍고 무서워 유령을 보는 줄 알았다.

예수께서는 그들에게 당신의 손과 발을 보여 주셨다.

"왜 그렇게 안절부절못하고 의심하느냐? 내 손과 발을 보아라. 틀림없이 나다! 자, 만져 보아라. 유령은 뼈와 살이 없지만 보다시피 나에게는 있지 않으냐?"

그들은 기뻐하면서도 믿기지 않아 어리둥절해 있는데 예수께서 물으셨다.

"여기에 무엇이든 먹을 것이 좀 없느냐?"

그들이 구운 생선 한 토막을 드리니 예수께서는 그것을 받아 그들이 보는 앞에서 잡수셨다.

"내가 전에 너희와 함께 있을 때도 말했거니와 모세의 율법과 예언서와 시편에 나를 두고 한 말씀은 반드시 다 이루어져야 한다."

이렇게 말씀하시고 성서를 깨닫게 하시려고 그들의 마음을 열어주셨다.

"성서의 기록을 보면 그리스도는 고난을 받고 죽었다가 사흘 만에 다시 살아난다고 하였다. 그리고 그리스도의 이름으로 회개하면 죄를 용서받는다는 기쁜 소식이 예루살렘에서 비롯하여 모든 민족에게 전파된다고 하였다."

루가 24 : 35 ~ 48

'여기 와서 아침을 들어라.'

배가 고픈 사람에게 가장 반갑고 고마운 말은 음식을 먹으라고 권하는 말이 아닐까 생각된다.

지금 이 세상에서 생산되는 식량은 전 세계 인구가 먹고 남을 만큼 충분한 양이라고 한다. 그런데 인류가 탄생한 후 어느 시절이든 굶주림은 있었겠으나 지금처럼 한쪽에서는 호화로운 음식이 남아 산더미처럼 버려지는데 다른 쪽에서는 끼니가 없어 배를 곯는 극단적 현상은 찾아볼 수 없었을 것이다.

이것은 권력이 점차 구체성을 띠고 난 후부터, 그리고 그 결과로 영리만을 추구하는 기업이란 것이 탄생하고 난 후부터 발생한 현상이라고 한다.

애초에 권력은 특정한 집단, 특정한 부류만을 위한 것이 될 수밖에 없는 태생적 한계를 지니고 있었으니 처음부터 이런 양극화는 피할 수 없었을지도 모르겠다는 생각이 들기도 한다.

비교적 양심적이고 도덕적인 권력이 등장하였을 때는 극단적 쏠림 현상이 줄고, 부정하고 비도덕적 권력이 나타날 때는 양극화 현상이 심했던 역사적 사실을 보면 도덕과 양심, 윤리가 왜 중요한지를 새삼 깨닫게 된다.

굶주림에 떠는 사람들이 넘쳐나는데도 배부른 사람들은 그런 사람들 처지를 아랑곳하지 않는 세상이 과연 정상적인 것인지 묻지 않을 수 없다.

주님 능력과 은총에 힘입어 굶주리고 헐벗은 사람들의 처지에 공감하고 절제하는 삶을 살 수 있기를 소망한다.

"주님, 배곯는 사람에게 끼니를 권할 수 있는 사람으로 살아가도록 이끌어 주십시오. 저 혼자 배를 채우는 데에 급급한 딱한 삶을 살지 않도록 이끌어 주십시오. 탐욕을 자제하고 공동체적 삶에 조금이나마 보탬이 되는 삶을 살도록 지켜주십시오."

그 뒤 예수께서 티베리아스 호숫가에서 제자들에게 다시 나타나셨는데 그 경위는 이러하다.

시몬 베드로와 쌍둥이라는 토마와 갈릴리 가나 사람 나타나엘과 제베대오의 아들들과 그 밖의 두 제자가 한자리에 모여 있었다.

그때 시몬 베드로가 '나는 고기를 잡으러 가겠소' 하자 나머지 사람들도 같이 가겠다고 따라

나섰다.

그들은 배를 타고 고기잡이를 나갔으나 그 날 밤에는 아무것도 잡지 못하였다. 이튿날 날이 밝아올 때 예수께서 호숫가에 서 계셨다. 그러나 제자들은 그분이 예수이신 줄 미처 몰랐다.

예수께서 제자들에게 물으셨다.

"얘들아, 무얼 좀 잡았느냐?"

"아무것도 못 잡았습니다."

그들이 대답하였다.

"그물을 배 오른편에 던져 보아라. 그러면 고기가 잡힐 것이다."

그들이 예수께서 이르시는 대로 그물을 던졌더니 그물을 끌어 올릴 수 없을 만큼 고기가 많이 걸려들었다.

예수의 사랑을 받던 제자가 베드로에게 말하였다.

"저분은 주님이십니다."

주님이시라는 말을 듣자 옷을 벗고 있던 시몬 베드로는 몸에 겉옷을 두르고 그냥 물속에 뛰어들었다. 나머지 제자들은 고기가 잔뜩 걸려든 그물을 끌며 배를 저어 육지로 나왔다. 그들이 들어갔던 곳은 육지에서 백 미터쯤밖에 떨어지지 않은 곳이었다.

그들이 육지에 올라 와 보니 숯불이 있고 그 위에 생선이 놓여 있었다. 그리고 빵도 있었다.

예수께서 제자들에게 말씀하셨다.

"방금 잡은 고기를 몇 마리 가져오너라."

시몬 베드로는 배에 가서 그물을 육지로 끌어올렸다. 그물 속에는 백쉰세 마리나 되는 큰 고기가 가득히 들어있었다. 그렇게 많은 고기가 들어 있는데도 그물은 터지지 않았다.

예수께서 그들에게 말씀하셨다.

"와서 아침을 들어라."

제자 중에 감히 '당신은 누구십니까?' 하고 묻는 사람이 없었다. 그분이 바로 주님이시라는 것이 분명하였기 때문이다.

예수께서는 제자들에게 가까이 오셔서 빵을 집어 주시고 생선도 집어 주셨다.

예수께서 부활하신 뒤 제자들에게 나타나신 것은 이것이 세 번째였다.

요한 21 : 1 ~ 14

줄기에 붙어 있지 않은 가지

줄기와 뿌리는 나무의 본질이고 핵심이며 근간이고 중심이라고 비유할 수 있지 않을까? 가지와 잎은 중심을 바탕으로 나무의 생장과 건강에 도움을 주는 조력자 역할에 비유될 수 있을 것이다.

나무가 살고 자라기 위해서는 근간인 줄기와 뿌리가 제일 중요하겠지만 빛과 산소를 받아들여 영양을 공급하고 나무의 전체 모양을 이루는 잎과 가지의 중요성도 그에 못지않을 것이다. 줄기 없이는 가지가 있을 수 없고 가지 없이는 줄기가 자랄 수 없으니 그 둘은 호혜와 공생의 상징이라고 말할 수 있을 것이다.

모든 생명이 그러하듯이 나무가 저 혼자 살고 자라는 것에 그친다면 생명체의 역할 중 하나가 빠진 것이다. 바로 종족 보존의 역할이다. 열매를 맺는 나무라야 종족 보존이라는 생명체의 또 다른 역할을 다할 수 있을 것이다.

믿음의 열매란 신앙생활을 통해 자신의 존재를 변화시키고, 사람들에게 모범이 되는 삶과 행동으로 주위에 신앙을 전파하는 것이 아닐까 생각한다.

주님 능력과 은총에 힘입어 주님 자녀로서 올바른 신앙생활을 통해 믿음의 열매를 맺고 주위에 전할 수 있는 삶을 살기를 소망한다.

"주님, 저는 주님의 가지입니다. 주님에게서 떠나지 않고 가지로서 믿음의 열매 맺기를 소망합니다. 주님 가르침에 따라서 올바른 믿음의 삶을 살면서 자신의 행복은 물론, 주위에 믿음을 전파하는 역할에 충실할 수 있기를 바랍니다. 주님 가르침을 행동에 옮겨 주님 자녀의 삶에 부끄럽지 않은 사람이 되도록 이끌어 주십시오."

"나는 참 포도나무요 나의 아버지는 농부시다. 나에게 붙어 있지 않아 열매를 맺지 못하는 가지는 아버지께서 모조리 쳐내시고 열매를 맺는 가지는 더 많은 열매를 맺도록 잘 가꾸신다. 너희는 내 교훈을 받아 이미 잘 가꾸어진 가지들이다. 너희는 나를 떠나지 말아라. 나도 너희를 떠나지 않겠다. 포도나무에 붙어 있지 않은 가지가 스스로 열매를 맺을 수 없는 것처럼 너희도 나에게 붙어 있지 않으면 열매를 맺지 못할 것이다. 나는 포도나무요 너희는 가지다. 누구든지 나에게서 떠나지 않고 내가 그와 함께 있으면 그는 많은 열매를 맺는다. 나를 떠나서는 너희가 아무것도 할 수 없다. 나를 떠난 사람은 잘려나간 가지처럼 밖에 버려져 말라 버린다. 그러면 사람들이 이런 가지를 모아다가 불에 던져 태워 버린다. 너희가 나를 떠나지 않고 또 내 말을 간직해 둔다면 무슨 소원이든지 구하는 대로 다 이루어질 것이다. 너희가 많은 열매를 맺고 참으로 나의 제자가 되면 내 아버지께서 영광을 받으실 것이다."

요한 15:1~8

고난은 성장과 변화의 토대

"너희는 세상에서 고난을 받겠지만 용기를 내어라."

이 말씀은 또 얼마나 나를 북돋아 주는지 모르겠다. 정말이지 고난이 나를 끝까지 힘들게 한 적은 단 한 번도 없었던 것으로 기억된다. 그리고 그 고난이 없었다면 나의 현재가 있었을까 하는 의문도 든다. 고난과 역경을 통해 나는 과거의 자신에서 아주 조금이나마 성장하고 변화해 갈 수 있었다.

나는 참으로 운이 좋은 사람이라는 생각이 강하게 든다. 나를 믿어 주며 이해하고 용서해 준 아내가 늘 내 곁에 있었고, 또 나를 아끼며 관용을 베푸신 선배가 계셨고, 나를 격려해 준 친구가 있었으니 행운아임에 틀림이 없다.

무엇보다 내가 신앙을 알게 되도록 엄청난 고난과 역경을 맛볼 기회가 있었다는 것은 커다란 행운이다. 내가 신앙을 갖지 않았다면 지금 보고 듣는 세상은 전혀 경험할 수 없었을 것이 분명하다. 그것은 너무나 안타까운 일이 아닐 수 없다.

당시에는 하늘이 무너져 내리는 것과 같은 좌절과 앞날을 예측할 수 없는 공포, 그리고 모든 것이 불투명한 두려움에 휩싸여 어찌할 바를 모르고 허둥댔던 것으로 기억한다. 의롭지 못하고 타락한, 나보다 엄청나게 강력한 세력과 싸움에 빠져들 수밖에 없었던 힘든 시간을 기억한다.

이제는 그 모든 것이 그저 아득하고 아련한 추억으로 남았고, 예전에 맛보지 못했던 평온과 충만, 그리고 성찰에 따른 성장과 변화를 고마워하는 시간도 가지게 되었다.

정말 주님 말씀은 틀림이 없다.

"너희는 세상에서 고난을 받겠지만 용기를 내어라."

주님 능력과 은총에 힘입어 어떤 상황에서도 주님을 믿고 용기를 내어 역경과 고난에 맞서는 삶을 살기를 소망한다.

"주님, 고난 속에서도 용기를 내라고 말씀하셨습니다. 두려움은 언제나 제 곁에 있어도 이제 그 두려움이 저를 무기력하게 주저앉히지 못함은 아니 주님 은총입니다. 고난은 지나가는 것이며 도리어 저를 발전시키고 성숙시키는 고마운 것임을 알게 되었으니 주님 축복입니다. 주님 가르침을 실천하려고 애쓰면서 주님 앞에 가난하고 겸손한 마음으로 자신을 더욱 가꾸는 삶을 살도록 이끌어 주십시오."

운해 위에 해가 솟자 가야산 최고봉인 칠불봉 바위틈에 핀
백리향이 아침 햇살에 붉게 반짝인다. 꽃은 물론 줄기와 잎
에서도 진한 향기를 내뿜어 향이 백 리를 간다고 하여 그 이
름을 얻었다. 쌍떡잎식물 통화식물목 꿀풀과의 낙엽 반관목.

그제야 제자들이 말하였다.

"지금은 주님께서 조금도 비유를 쓰지 않으시고 정말 명백하게 말씀하시니 따로 여쭈어볼 필요도 없게 되었습니다. 이제 우리는 주님께서 모든 것을 다 알고 계신다는 것을 깨달았습니다. 그래서 우리는 주님께서 하느님에게서 오신 분이심을 믿습니다."

그러자 예수께서 말씀하셨다.

"너희가 이제야 믿느냐? 그러나 이제 너희가 나를 혼자 버려두고 제각기 자기 갈 곳으로 흩어져 갈 때가 올 것이다. 아니 그때는 이미 왔다. 하지만 아버지께서 나와 함께 계시니 나는 혼자 있는 것이 아니다. 나는 너희가 내게서 평화를 얻게 하려고 이 말을 한 것이다. 너희는 세상에서 고난을 받겠지만 용기를 내어라. 내가 세상을 이겼다."

요한 16 : 29 ~ 33

고난은 맞서 싸울 때 극복된다

어디를 가든지 투옥과 고통이 나를 기다린다는 사실을 안다면 과연 어떤 마음이 될 것이며 어떤 행동을 할 것인지 생각해 본다. 내 마음은 공포와 불안, 걱정으로 요동칠 것이며 아무 행동도 하지 못하고 극도로 제한된 공간에서 잔뜩 위축된 채 웅크리고 있을 것이다. 투옥과 고통이 닥칠 것이 뻔한데도 그런 상황에 당당히 맞서기로 한다는 것은 웬만한 용기와 신념이 없이는 불가능할 것이다.

고통과 고난에 대한 공포는 그것이 실제로 닥치기 직전이 가장 크다고 한다. 막상 고통과 고난이 현실이 되면 인간은 그 고통과 고난을 극복하기 위한 도전을 시작할 수 있다는 것이 많은 실험을 통해 입증되었다고 한다.

중요한 것은 그것을 극복해야겠다는 의지이며 그 의지가 제대로 작동되어야 한다는 것이다. 결정적인 순간에 인간의 뇌는 주인공의 의지에 굴복하게 되고 공포에 맞설 방법을 치열하게 찾으면서 행동에 나서게 된다고 한다. 그러니 여기서도 중요한 것은 마음과 정신일 것이다.

주님 능력과 은총에 힘입어 어떠한 역경과 고통이 닥치든 굴복하지 않고 극복할 수 있는 삶을 살기를 소망한다.

. . . .

"주님, 저에게 역경과 고난에 맞설 용기를 주시고 부정과 불의에 타협하지 않을 정의로운 신념을 주십시오. 힘에 굴복하지 않을 강한 마음을 주시고 약자를 억압하지 않을 선한 의지를 갖도록 인도해 주십시오. 간절히 바라건대 이 세상에 정의와 평화가 넘치도록 이끌어 주십시오."

. . . .

밀레도스에서 바울로는 에페소스에 사람을 보내 그 교회 원로들을 불렀다. 원로들이 오자 바울로는 이렇게 말하였다.

"여러분은 내가 아시아에 발을 들여놓은 첫날부터 지금까지 여러분과 함께 어떻게 지내 왔는지를 잘 알고 있습니다. 나는 유대인들의 음모로 여러 차례 시련을 겪으면서도 눈물을 머금고 온갖 굴욕을 참아 가며 주님을 섬겨 왔습니다. 그리고 여러분에게 유익한 것이라면 하나도 빼놓지 않고 공중 앞에서나 여러분 가정에서 전하며 가르쳤습니다. 그리고 유대인에게나 이방인에게나 똑같이 회개하고 하느님께 돌아와 우리 주 예수를 믿어야 한다고 애써 권면하였던 것입니다. 이제 나는 성령의 지시를 따라 예루살렘으로 올라가는 길인데 거기에 가면 나에게 무슨 일이 닥칠지 모릅니다. 다만 내가 아는 것은 내가 어느 도시에 들어가든지 투옥과 고통이 나를 기다리고 있다는 것을 성령께서 나에게 일러 주신다는 사실입니다. 그러나 내 사명을 완수하고 하느님 은총의 복음을 전하라고 주 예수께서 나에게 맡겨 주신 임무를 다할 수만 있다면 나는 조금도 목숨을 아끼지 않겠습니다. 나는 이제 분명히 압니다. 여러분은 모두 내 얼굴을 다시는 보지 못하게 될 것입니다. 내가 여러분과 함께 지내는 동안 하느님 나라를 줄곧 선포하였으니 앞으로 여러분 가운데 누가 멸망하게 되더라도 나에게는 아무런 책임이 없다는 것을 이 자리에서 분명히 말해 두는 바입니다. 나는 하느님의 모든 계획을 남김없이 여러분에게 전해 주었습니다."

사도 20 : 17 ～ 27

직접 할 일과 남에게 맡길 일

누군가에게 맡겨 둘 일과 직접 나서서 해야 할 일을 잘 분별할 줄 아는 지혜가 필요하다는 것을 오늘 말씀을 통해 깨닫는다.

내 경우를 보더라도 누군가에게 맡겨 둘 일에는 오히려 직접 나서고, 직접 나서야 할 일은 도리어 다른 사람에게 맡겨 두는 잘못을 저지를 때가 참 많다는 것을 새삼 느끼게 된다.

회사를 맡은 경영자로서 정말 큰 일, 대세를 결정할 만한 일에는 직접 나서야 하겠지만 그에 부수되는 작은 일은 담당 직원에게 맡겨 두어도 큰 탈이 없을 것이다.

올바른 목표와 중심을 세우는 일, 비전과 대의를 찾아 실천하는 일에는 직접 나서야 하겠지만, 이 부분이 명확하고 분명해지면 나머지 일들은 다른 사람에게 맡겨 두는 것이 오히려 좋을 것이다. 좋은 지도자일수록 핵심가치와 근본을 세우는 데에 전념하고 나머지 세세한 부분은 다른 사람에게 맡겨 전념하게 하고 가끔 점검하는 과정을 거치는 것 같다.

주님 능력과 은총에 힘입어 직접 해야 할 일과 다른 사람에게 맡겨 둘 일을 분별할 줄 아는 사람이 되기를 소망한다.

예수께서는 둘러서 있는 군중을 보시고 제자들에게 호수 건너편으로 가라고 하셨다. 그런데 한 율법학자가 와서 말하였다.

"선생님, 저는 선생님께서 가시는 곳이면 어디든지 따라가겠습니다."

그러나 예수께서 말씀하셨다.

"여우도 굴이 있고 하늘의 새도 보금자리가 있으나 사람의 아들은 머리 둘 곳조차 없다."

제자 중 한 사람이 와서 청하였다.

"주님, 먼저 집에 가서 아버지 장례를 치르게 해 주십시오."

그러나 예수께서 말씀하셨다.

"죽은 자들의 장례는 죽은 자들에게 맡겨 두고 너는 나를 따라라."

마태 8 : 18 ~ 22

썩지 않을 열매는 어떻게 맺을까

식물은 대부분 씨가 썩어 없어질 때 새로운 열매가 열리는 것으로 생각한다. 씨가 썩어 없어지지 않으면 그저 한 알의 씨로 남게 되며 그것이 씨로 머무를 때는 절대 열매가 열리지 않는 것으로 알고 있다.

언제까지나 썩지 않을 열매를 맺는다는 것은 무엇을 의미할까 생각해 본다. 그렇게 썩지 않을 열매를 맺을 때 비로소 주님 이름으로 구하는 것이 다 이루어질 것이라는 의미도 생각해 본다.

아마도 이 세상에는 썩어야 열매를 맺는 일반적인 현상과 썩지 않을 열매를 맺는 특수하고 신비한 현상을 구분할 수 있지 않을까 생각해 보게 된다. 썩어 없어져서 열매를 맺을 경우도 희생과 헌신이 존재하고, 썩어 없어지지 않을 열매를 맺을 경우도 희생과 헌신, 사랑이 존재하는 것 같다.

아니, 썩어 없어지지 않을 열매를 맺으려면 더욱 숭고한 희생과 헌신, 사랑이 자리하고 있다는 깨달음을 얻게 된다. 썩어 없어지지 않으려면 열매가 정신과 영혼과 가슴에 저장되어야 하고 그 열매의 작용이 발에까지 미쳐 마침내 실천으로 연결되어야 할 것 같다.

주님 능력과 은총에 힘입어 썩어 없어지지 않을 열매를 맺는 삶을 살 수 있기를 소망한다.

"주님, 썩어 없어지지 않을 열매를 맺을 때 하느님께서 제가 주님 이름으로 구하는 것을 다 들어 주실 것이라는 사실을 깨닫게 하시니 주님 은총이요 축복입니다. 비록 상당한 고통과 엄청난 인내의 과정을 거쳐야 하겠지만 그 과정은 고귀한 것이며 아름다운 것입니다. 아직 정확한 의미를 온전히 깨닫지는 못하였으나 이제 생각이 그에 이르렀으니 이와 씨름하면 온전한 의미를 깨달을 수 있는 날이 올 것을 믿습니다. 저의 삶의 발자취가 썩지 않을 열매의 거름이 될 수 있도록 이끌어 주십시오."

"내가 너희를 사랑한 것처럼 너희도 서로 사랑하여라. 이것이 나의 계명이다. 벗을 위하여 제 목숨을 바치는 것보다 더 큰 사랑은 없다. 내가 명하는 것을 지키면 너희는 나의 벗이 된다. 이제 나는 너희를 종이라고 부르지 않고 벗이라고 부르겠다. 종은 주인이 하는 일을 모른다. 그러나 나는 너희에게 내 아버지에게서 들은 것을 모두 다 알려 주었다. 너희가 나를 택한 것이 아니라 내가 너희를 택하여 내세운 것이다. 그러니 너희는 세상에 나가 언제까지나 썩지 않을 열매를 맺어라. 그러면 아버지께서는 너희가 내 이름으로 구하는 것을 다 들어 주실 것이

8월 초순, 지칠 줄 모르는 폭염 속에 오른 가야산 정상에서
멋진 원추리가 흘린 땀방울을 보상해준다. 외떡잎식물 백합
목 백합과의 여러해살이풀.

다. 서로 사랑하여라. 이것이 너희에게 주는 나의 계명이다."

요한 15 : 12 ~ 17

감추어진 것은 모두 드러나게 마련

일부러 드러내려고 하지 않아도 자연히 드러나는 것이 바로 사람의 행실이 아닐까 생각된다. 거짓이 많은 사람일수록 감추려고 하는 것과 드러내려고 하는 것이 다를 것 같다. 그러나 결국은 감추어진 것이 모두 드러날 수밖에 없다고 성서에서는 강조한다.

반면에 진실한 사람은 드러나는 것과 속에 들어있는 것이 별로 다르지 않을 것이다. 속의 것과 겉의 것이 같을 때 우리는 진실하다고 말한다. 이런 모습이 참 신앙인의 모습이라고 말할 수 있을 것이다. 그런데 나 자신도 겉과 속이 많이 다른 것을 알기에 참 부끄럽다.

주님 능력과 은총에 힘입어 진실한 사람의 모습으로 살아갈 수 있기를 소망한다.

"주님, '이 세상의 빛과 소금이 되어라' 말씀하셨습니다. 빛도, 소금도 되지 못하는 제 행실을 용서하여 주십시오. 수양과 단련을 통해 점차 빛과 소금 같은 존재로 거듭날 수 있도록 이끌어 주십시오."

너희는 세상의 소금이다. 만일 소금이 짠맛을 잃으면 무엇으로 다시 짜게 만들겠느냐? 그런 소금은 아무 데에도 쓸 데가 없어 밖에 내버려 사람들에게 짓밟힐 따름이다.

너희는 세상의 빛이다. 산 위에 있는 마을은 드러나게 마련이다. 등불을 켜서 됫박으로 덮어

두는 사람은 없다. 누구나 등경 위에 얹어 둔다. 그래야 집 안에 있는 사람들을 다 밝게 비출

수 있지 않겠느냐?

너희도 이처럼 너희의 빛을 사람들 앞에 비추어 그들이 너희의 착한 행실을 보고 하늘에 계

신 아버지를 찬양하게 하여라.

마태 5 : 13 ～ 16

보여 주려고 사는 삶은 허무하다

삶은 영화나 연극이 아니라 실제이고 현실이다. 영화나 연극은 배우들이 주인공이고 극장이나 공연장이 무대지만 삶은 자기가 주인공이며 자신이 활동하고 호흡하는 모든 곳이 무대다.

따라서 삶은 영화나 연극처럼 다른 사람에게 보이려고 만드는 것이 아니며 자신이 살아야 하는 현실 그 자체다. 삶 중에서 가장 허무하고 의미 없는 형태가 바로 남에게 보여 주는 삶이 아닐까 생각한다. 그런 삶에는 진실과 알맹이는 없고 공허한 껍데기만 있을 뿐이라고 생각된다. 보여 주는 삶에는 충실한 풍요로움과 행복이 자리하지 못해 허전하고 공허한 느낌만 가득할 것 같다고 생각된다.

주님 능력과 은총에 힘입어 제가 참된 삶, 윤택함과 풍요로움이 가득한 삶을 살기를 소망한다.

"주님, 보여 주는 삶을 살지 말라고 말씀하셨습니다. 지금도 상당 부분은 남에게 보여 주는 삶을 살고 있으나 예전보다는 훨씬 참되고 진실한 삶을 살기 위해 애쓰고 있으니 주님 은총이고 축복입니다. 저의 속사람을 늘 가꾸고 단련하여 주님 보시기에

만족스러운 삶을 살 수 있도록 이끌어 주십시오."

"너희는 일부러 남들이 보는 앞에서 선행하는 일이 없도록 하여라. 그렇지 않으면 하늘에 계신 아버지에게서 아무런 상도 받지 못한다. 자선을 베풀 때는 위선자들이 칭찬을 받으려고 회당과 거리에서 하듯이 스스로 나팔을 불지 말아라. 나는 분명히 말한다. 그들은 이미 받을 상을 다 받았다. 자선을 베풀 때는 오른손이 하는 일을 왼손이 모르게 하여 그 자선을 숨겨 두어라. 그러면 숨은 일도 보시는 네 아버지께서 갚아 주실 것이다. 기도할 때도 위선자들처럼 하지 말아라. 그들은 남에게 보이려고 회당이나 한길 모퉁이에 서서 기도하기를 좋아한다. 나는 분명히 말한다. 그들은 이미 받을 상을 다 받았다. 너는 기도할 때에 골방에 들어가 문을 닫고 보이지 않는 네 아버지께 기도하여라. 그러면 숨은 일도 보시는 아버지께서 다 들어 주실 것이다. 너희는 단식할 때 위선자들처럼 침통한 얼굴을 하지 말아라. 그들은 단식한다는 것을 남에게 보이려고 얼굴에 그 기색을 하고 다닌다. 나는 분명히 말한다. 그들은 이미 받을 상을 다 받았다. 단식할 때는 얼굴을 씻고 머리에 기름을 발라라. 그리하여 단식하는 것을 남에게 드러내지 말고 보이지 않는 네 아버지께 보여라. 그러면 숨은 일도 보시는 아버지께서 갚아 주실 것이다.

마태 6 : 1 ~ 6, 16 ~ 18

완고한 고집은 역경의 근원

고통과 역경이 한순간이나 단기간에 끝날 수 있다면 오히려 경험할 만한 것일지도 모른다는 생각이 든다. 그러나 고통과 역경이 장기간 계속되고 되풀이되면 마침내 한 사람의 영혼을 파괴하고 다시 재기할 수 없게 만들 수도 있다.

고통과 역경을 극복하면서 새로운 배움을 얻는 과제로 인식하여 기꺼이

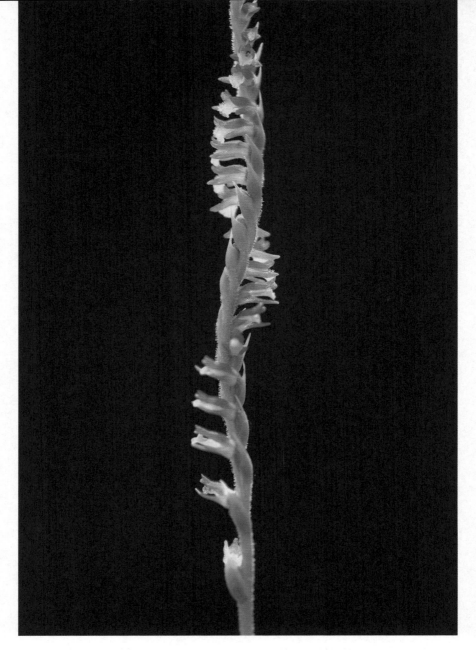

타래난초. 빗방울 하나 내리지 않는 폭염이 얼마나 심한지 피지도 못한 꽃들이 다 시들어가고, 겨우 한 송이가 온전하게 모양이 잡혀 요리 보고 조리 보고 하였다. 외떡잎식물 난초목 난초과의 여러해살이풀.

수용할 수 있다면 그것은 별개의 문제가 될 것이다. 마주하고 싶지 않은 고통과 역경이 계속 되풀이된다면 그 고통의 정도는 점점 크고 깊어질 것이다.

이런 지속적인 고통이나 역경은 어쩌면 들어야 할 말과 보아야 할 것을 듣지 않고 보지 않을 때, 불필요하고 완고한 고집을 꺾지 않을 때 찾아올 가능성이 매우 크지 않을까 생각된다.

누군가 받아들여야 할 대상을 받아들이지 않고, 들어야 할 말을 듣지 않으면 발에 묻은 먼지를 털듯 버려지는 존재가 될 수 있음을 오늘 말씀을 통해 깨닫게 된다.

주님 능력과 은총에 힘입어 인정하고 수용해야 할 대상을 받아들이고 들어야 할 말을 잘 분별하여, 잊히고 버림받는 존재가 되지 않기를 소망한다.

"주님, 완고한 틀을 고집하지 않도록 이끌어 주십시오. 틀의 범위를 점차 넓혀갈 수 있도록 이끌어 주십시오. 작은 것에 집착하지 않도록 하시고 좀 더 넓은 세계를 볼 수 있도록 이끌어 주십시오. 식견과 지혜와 안목이 점차 넓고 높아질 수 있도록 지켜주십시오."

"가서 하늘나라가 다가왔다고 선포하여라. 앓는 사람은 고쳐 주고 죽은 사람은 살려 주어라. 나병 환자는 깨끗이 낫게 해주고 마귀는 쫓아내어라. 너희가 거저 받았으니 거저 주어라. 전대에 금이나 은이나 동전을 넣어 다니지 말 것이며 식량 자루나 여벌 옷이나 신이나 지팡이도 가지고 다니지 말아라. 일하는 사람은 먹을 것을 얻을 자격이 있다. 어떤 도시나 마을에 들어가든지 먼저 그 고장에서 마땅한 사람을 찾아내어 거기서 떠날 때까지 그 집에 머물러 있어라. 그 집에 들어갈 때는 '평화를 빕니다!' 하고 인사하여라. 그 집이 평화를 누릴 만하면 너희가 비는 평화가 그 집에 내릴 것이고 그렇지 못하면 그 평화는 너희에게 되돌아올 것이다. 어디서든지 너희를 받아들이지도 않고 말도 듣지 않거든 그 집이나 그 도시를 떠날 때 발에 묻은 먼지를 털어버려라. 나는 분명히 말한다. 심판 날이 오면 소돔과 고모라 땅이 오히려 그 도시보다 가벼운 벌을 받을 것이다."

마태 10 : 7 ~ 15

변해야 할 것과 지켜야 할 것

어떤 사람이 왜 다른 사람을 박해할까 생각해 본다. 누군가가 자신의 기득권이나 생각, 누리고 있는 상황 같은 자신의 존재에 도전할 때 그를 거부하고 박해하지 않을까 하는 생각이 든다.

그러므로 박해란 현재의 모순과 고착을 거부하고 다른 상황으로 변화시키려는 사람들과 이를 인정하지 않고 현재를 고수하려는 사람들 사이에서 발생하는 것이 아니겠는가. 새로운 변화를 추구하는 집단과 현재를 고수하려는 집단 사이의 주도권 다툼에서 박해와 배척이 발생하는 것 같다.

현재에 안주하려는 속성은 인간 누구나 공통으로 갖고 있을 것이다. 그러나 현재는 늘 변화하고 있으며 그 흐름은 막을 방법이 없을 것이다. 문제는 모든 것이 바뀌면서 바뀌어서는 안 될 것까지 바뀌는 것이 아닐까? 근본적이고 핵심적이며 본질적인 것은 바뀌어서는 안 되는 것이라고 나는 믿는다.

주님 능력과 은총에 힘입어 지켜야 할 핵심가치는 항상 지킬 수 있는 삶을 살기를 소망한다.

"주님, 약하고 힘없는 대상을 박해하는 잘못된 행동을 하지 않도록 이끌어 주십시오. 저와 다른 생각과 말과 행동을 하는 사람을 미워하는 잘못을 범하지 않도록 이끌어 주십시오. 지킬 것과 바꾸어야 할 것을 잘 분별하여 바위 같은 믿음과 흐르는 물 같이 유연한 생각과 행동으로 균형 있는 삶을 살도록 지켜주십시오."

"이제 내가 너희를 보내는 것은 마치 양을 이리떼 가운데 보내는 것과 같다. 그러므로 너희는 뱀같이 슬기롭고 비둘기같이 양순해야 한다. 너희를 법정에 넘기고 회당에서 매질할 사람들이 있을 터인데 그들을 조심하여라. 또 너희는 나 때문에 총독들과 왕들에게 끌려가 재판을 받으며 그들과 이방인들 앞에서 나를 증언하게 될 것이다. 그러나 잡혀갔을 때 '무슨 말을 어떻게 할까?'하고 미리 걱정하지 마라. 때가 오면 너희가 해야 할 말을 일러주실 것이다. 말하는 이는 너희가 아니라 너희 안에서 말씀하시는 아버지의 성령이시다. 형제끼리 서로 잡아 넘겨 죽게 할 것이며, 아비도 또한 제 자식을 그렇게 하고 자식도 제 부모를 고발하여 죽게 할 것이다. 그리고 너희는 나 때문에 모든 사람에게 미움을 받을 것이다. 그러나 끝까지 참는 사람은 구원을 받을 것이다. 이 동네에서 너희를 박해하거든 저 동네로 피하여라. 나는 분명히 말한다. 너희가 이스라엘 동네들을 다 돌기 전에 사람의 아들이 올 것이다.

마태 10 : 16 ～ 23

집착하지 않는 지혜와 용기

떠나보내야 할 것을 떠나보내지 못하고 움켜쥐거나 버려야 할 것을 한사코 움켜쥐고 있는 상태를 집착이라고 부르지 않을까. 그러나 떠나야 하는 것은 아무리 움켜쥐려 해도, 한사코 붙들려 해도 결국 떠나기 마련이라는 생각이 든다.

떠나보내야 할 것에 집착하여 한사코 놓지 않으려 하다 정말 큰 낭패와 수렁에 빠진 경험을 나 자신이 직접 겪은 적이 많다. 무언가를 품고 떠나보내지 않으려면 그것을 품을 수 있는 역량과 그릇이 있어야 할 것이다. 그러므로 자신의 분수를 아는 것이 무엇보다 중요한 것 같다.

주님 능력과 은총에 힘입어 떠나보내야 할 것을 떠나보낼 수 있는 분별력과 지혜를 가지게 되기를 소망한다.

"주님, 제 삶도 제 것이 아니고 빌린 것이며, 제 소유도 잠시 빌린 것임을 아직도 분명히 자각하지 못하는 어리석은 저를 용서하여 주십시오. 떠나보낼 수밖에 없는 것을 미련 없이 떠나보낼 수 있는 지혜와 용기를 주십시오. 이 세상에 제 것이라고 할 수 있는 것은 공부를 통해 깨달은 것뿐이며 그것도 늘 진리가 아닐 수 있음을 잊지 않도록 이끌어 주십시오."

모세가 하느님께 아뢰었다.

"제가 이스라엘 백성에게 가서 '너희 조상들의 하느님께서 나를 너희에게 보내셨다'고 말하면 그들이 '그 하느님 이름이 무엇이냐?' 하고 물을 터인데, 제가 어떻게 대답해야 하겠습니까?"

하느님께서는 모세에게 "나는 곧 나다" 하고 대답하시고 이어서 말씀하셨다.

"나를 너희에게 보내신 분은 '나다' 하고 말씀하시는 그분이라고 이스라엘 백성에게 일러라."

그리고 하느님께서는 다시 모세에게 말씀하셨다.

"너는 이스라엘 백성에게 이렇게 일러라. '나를 너희에게 보내신 이는 너희 선조들의 하느님 야훼이시다. 아브라함의 하느님, 이사악의 하느님, 야곱의 하느님이시다.' 이것이 영원히 나의 이름이 되리라. 대대로 이 이름을 불러 나를 기리게 되리라. 어서 가서 이스라엘 장로들을 모으고 '너희 조상들의 하느님 곧 아브라함의 하느님, 이사악의 하느님, 야곱의 하느님 야훼께서 나에게 나타나 이르셨다' 하며 이렇게 전하여라. '나는 너희를 찾아와서 너희가 이집트에서 겪고 있는 일을 똑똑히 보았다. 그리고 너희를 이집트의 억압에서 끌어내 가나안족, 헷 족, 아모리 족, 브리스 족, 히위 족, 여부스 족이 사는 땅, 젖과 꿀이 흐르는 땅으로 데려가기로 작정하였다' 이렇게 말하면 그들은 네 말을 들을 것이다. 너는 이스라엘 장로들을 데리고 이집트 왕에게 가서 '히브리인의 하느님 야훼께서 우리에게 나타나셨으니 우리는 광야로 사흘 길을 걸어가 우리 하느님 야훼께 제사를 드려야 하겠소' 하고 말하여라. 그러나 이집트 왕은 단단히 몰아세우지 않는 한 너희를 내보내지 않을 것을 나는 안다. 그러므로 내가 손수 온갖 놀라운 일로 이집트를 칠 것이다. 그런 일이 있고 난 뒤에야 그는 너희를 떠나 보낼 것이다."

출애 3 : 13 ～ 20

후회하지 않을 오늘을 살기

미래의 보상을 위해 현재의 희생이나 인내를 감수할 수 있는지, 그리고 그런 희생과 인내가 삶에 어떠한 영향을 주는지에 대한 연구가 많이 진행되었고 그에 따른 결과도 많이 발표된 것으로 안다.

사람들은 대부분 미래를 위한 보상보다는 현재 즉각적으로 나타나는 결과를 더 선호한다는 연구 결과가 나왔으며 미래의 보상을 위해 현재를 인내할 수 있는 사람이 이후에는 좀 더 나은 삶을 산다는 흥미로운 결과도 나왔다고 한다.

나도 분명 현재 나에게 즉각적인 영향을 미치는 조건들을 선호할 것으로 생각된다. 훗날을 기약하는 것은 불확실할 수 있다고 생각할 것이기 때문이다.

그렇지만 제품 개발을 위한 투자를 결정한다든지 현재 나를 유혹하는 여러 가지 요소들을 자제할 줄 아는 지혜가 생긴 것은 여러 번의 시행착오와 실패를 경험하고 나서부터의 일이며, 이런 잘못과 실패를 통해 주님을 만나고 지혜가 점점 자라고 나서의 일이다.

산악인들의 고향 설악산 공룡능선 바위틈에 피어난 산솜다

리. 한국 특산종으로 설악산 이북에 분포한다. 쌍떡잎식물

초롱꽃목 국화과의 여러해살이풀.

현재를 살고 지금을 즐기라는 것은 보람과 희망, 긍정적 미래를 잉태할 수 있는 목표를 향해 즉각적인 실천을 하라는 의미이지 마음 내키는 대로 일시적 쾌락과 자극적 재미를 추구하라는 의미는 절대 아닐 것이다.

주님 능력과 은총에 힘입어 충실하고 선하고 열심히 현재를 살되 그것들이 쌓이고 모여 미래를 살찌우는 그런 현재를 살 수 있기를 소망한다.

"주님, 현재를 긍정과 온유로 살기 위해 힘쓰도록 이끌어 주시니 주님 은총입니다. 앞으로 후회하지 않을 지금을 살기 위해 생각하고 성찰할 수 있도록 도와주시니 주님 축복입니다. 제 주위에 부담을 주지 않는 삶을 살도록 하시고 저로 인해 그들이 조금이라도 기쁨과 만족을 느낄 수 있는 삶을 살기 위해 노력하도록 인도하여 주십시오. 좋은 향이 나는, 주님 보시기에 좋은 삶을 살 수 있도록 지켜주십시오."

한번은 어떤 젊은이가 예수께 와서 물었다.

"선생님, 제가 무슨 선한 일을 해야 영원한 생명을 얻겠습니까?"

예수께서 대답하셨다.

"너는 왜 나에게 와서 선한 일을 묻느냐? 참으로 선하신 분은 오직 한 분뿐이시다. 네가 생명의 나라로 들어가려거든 계명을 지켜라."

"어느 계명입니까?"

젊은이가 묻자 예수께서 대답하셨다.

"살인하지 말라. 간음하지 말라. 도둑질하지 말라. 거짓으로 증언하지 말라. 부모를 공경하라. 그리고 네 이웃을 네 몸같이 사랑하라는 계명이다."

젊은이가 다시 물었다.

"저는 그 모든 것을 다 지켰습니다. 그런데 아직도 무엇을 더 해야 하겠습니까?"

예수께서 대답하셨다.

"네가 완전한 사람이 되려거든 가서 너의 재산을 다 팔아 가난한 사람들에게 나누어 주어라. 그러면 하늘에서 보화를 얻게 될 것이다. 그러니 내가 시키는 대로 하고 나서 나를 따라오너라."

그러나 젊은이는 재산이 많았기 때문에 이 말씀을 듣고 풀이 죽어 떠나갔다.

마태 19 : 16 ~ 22

포기하기 전까지는 실패가 아니다

그리스도는 구원자이시다. 나는 과연 그리스도로부터 구원을 받을 수 있는지 생각해 본다. 정말 힘이 들 때 주님께서 도와주실 것을 믿으면 위안이 된다. 무언가 어렵고 불안할 때도 주님께서는 스스로 돕는 자를 돕는다고 하셨으니 나 스스로 자신을 돕고자 하여 최선을 다하면 주님께서 결국 좋은 것으로 연결해 주실 것을 믿는다.

정말 내 힘으로는 아무것도 할 수 없을 때, 주님께 간절히 기도하면 힘과 용기가 생기는 것도 경험한다. 만일 내가 원하는 대로 일이 이루어지지 않을 때는 더 좋은 일을 가져다주실 것을 믿으며 실망하지 않고 또 다른 도전에 나설 수 있음을 경험하기도 한다. 그러니 예수님은 나의 구원자이시다.

포기하는 것이 실패이지, 포기하지 않을 때까지는 결코 실패한 것이 아님을 알게 하신 주님 능력과 은총에 힘입어 좌절하지 않고 믿음이 깊은 삶을 살아갈 것을 소망한다.

"주님, 주님은 저에게 위로와 희망을 주십니다. 성찰을 통해 제 속사람도 좀 더 나은 모습으로 가꾸어 주십니다. 주님은 제 삶의 구원자이십니다. 주님께서 도우심을 굳게 믿고 성실한 모습으로 주님 보시기에 좋은 삶을 살도록 이끌어 주십시오."

아브라함의 후손이요, 다윗의 자손인 예수 그리스도의 족보는 다음과 같다.

아브라함은 이사악을 낳고 이사악은 야곱을, 야곱은 유다와 그의 형제를 낳았으며 유다는 다말에게서 베레스와 제라를 낳고, 베레스는 헤스론을, 헤스론은 람을, 람은 암미나답을, 암미나답은 나흐손을, 나흐손은 살몬을 낳았다. 살몬은 라합에게서 보아즈를 낳았으며 보아즈는 룻에게서 오벳을 낳고, 오벳은 이새를, 이새는 다윗왕을 낳았다. 다윗은 우리야의 아내에게서 솔로몬을 낳고 솔로몬은 르호보암을, 르호보암은 아비야를, 아비야는 아삽을, 아삽은 여호사밧을, 여호사밧은 요람을, 요람은 우찌야를, 우찌야는 요담을, 요담은 아하지를, 아하즈는 히즈키야를, 히즈키야는 므나쎄를, 므나쎄는 아모스를, 아모스는 요시야를 낳고, 이스라엘 민족이 바빌론으로 끌려갈 무렵에 요시야는 여고니야와 그의 동생을 낳았다. 바빌론으로 끌려간 다음 여고니야는 스알디엘을 낳고, 스알디엘은 즈루빠벨을, 즈르빠벨은 아비훗을, 아비훗은 엘리아킴을, 엘리아킴은 아졸을, 아졸은 사독을, 사독은 야힘을, 야힘은 엘리훗을, 엘리훗은 엘르아잘을, 엘르아잘은 마딴을, 마딴은 야곱을 낳았으며 야곱은 마리아의 남편 요셉을 낳고, 마리아에게서 예수가 나셨는데 이분을 그리스도라고 부른다.

마태 1 : 1 ∼ 16

행동하는 양심으로 살아가기

많은 제자 중에서 뽑힌 열두 사도를 생각해 본다. 예수께서 뽑으신 기준이 있겠지만 제자들 가운데 일을 가장 잘 감당할 만한 사람들을 뽑으셨을 것으로 짐작된다. 능력도 참작하셨을 것이고, 심성과 기질, 장래의 발전 가능성과 잠재력도 참고하셨을 것이다.

그런 것들과 더불어, 아니 혹은 그런 것들에 앞서 고난과 고통을 극복하는 끈기와 솔선수범을 제일 먼저 고려하셨을 것 같은 생각도 든다. 모든 일에 문제와 역경은 항상 있게 마련이고 특히 제자들이 감당해야 할 사역은 늘 고통과 고난, 위험이 도사리고 있기 때문이다.

지도자 역할을 감당할 사람은 좋은 일에는 얼굴을 내밀지 않아도 되지만 궂은일, 어려운 일에는 반드시 현장에 등장하여 위로와 희망을 주며 문제 해결을 위한 노력을 피하지 않아야 하고, 그에 수반되는 위험을 기꺼이 감당할 자세가 되어있어야 할 것이기 때문이다.

주님 능력과 은총에 힘입어 위험을 감수하고 끈기와 인내로 문제 해결을 위한 노력을 기꺼이 감내할 수 있는 삶을 살기를 소망한다.

"주님, 좋은 일에는 나타나고 궂은일에는 얼굴을 돌리는 바람직하지 않은 삶을 살지 않도록 이끌어 주십시오. 궂은일에 기꺼이 나서고 힘든 일, 어려운 일을 감내할 용기와 힘을 주십시오. 억압받고 구속받는 사람들을 위해 용기 있게 나설 수 있는, 행동하는 양심의 삶을 살 수 있도록 지켜주십시오."

그 무렵 예수께서는 기도하시려고 산에 들어가 밤을 새우며 하느님께 기도하셨다. 날이 밝자 예수께서 제자들을 불러 그중에서 열둘을 뽑아 사도로 삼으셨다. 열두 사도는 베드로라는 이름을 주신 시몬과 그의 동생 안드레아, 야고보와 요한, 필립보와 바르톨로메오, 마태오와 토마, 알패오의 아들 야고보와 혁명당원 시몬, 야고보의 아들 유다, 그리고 후에 배반자가 된 가리옷 사람 유다이다.

예수께서 그들과 함께 산에서 내려와 평지에 이르러보니 거기에 많은 제자와 함께 유다 각 지방과 예루살렘과 해안 지방인 띠로와 시돈에서 온 사람들이 많이 모여 있었다. 예수의 말씀도 듣고 병고 고치려고 온 사람들이었다. 그중에는 더러운 악령에 걸려 고생하는 사람들도 있었는데 예수께서는 그들도 고쳐 주셨다.

이렇게 예수에게서 기적의 힘이 나와 누구든지 다 낫는 것을 보고 모든 사람이 저마다 예수를 만지려고 하였다.

루가 6 : 12 ~ 19

신념과 목적으로 역경 탈출

오늘 말씀은 나에게 '음지가 양지 된다'나 '새옹지마' 또는 신영복 선생의 '변방의 세계'를 떠올리게 한다. 사람의 형편과 처지는 언제든 바뀔 수 있음을 적극적이고 구체적으로 암시하신 말씀으로 받아들이기 때문이다.

어느 개인이나 가정, 조직이나 국가의 형편과 처지가 극적으로 바뀌는 현상은 참으로 그 사례가 무수히 많으며 가까운 주위에서도 너무나 많이 볼 수 있다.

개인적인 생각으로는 현재 상황을 어떻게 인식하고 그것을 개선하기 위해 어떤 노력을 기울이는가에 따라 형편과 처지가 아주 많이 달라지는 것 같다.

현재 상황은 언제나 개선 가능한 것이라는 긍정적인 사고로 바라보는 자세와 인식이 매우 중요하다는 생각이 든다. 그리고 상황 개선을 위해 부단히 노력하되 그 과정에서 원칙과 도덕의 중심을 잃지 않아야 하고, 목적이 분명해야 할 것이다.

자기 자신이나 가족의 안위와 행복을 위한 개선만으로는 한계가 있음이 확실하고, 보다 공동체적 삶을 지향하는 것이 중요하다는 깨달음을 조금씩

많고 많은 제주의 야생화 가운데 가장 제주다운 야생화로

꼽고 싶은 꽃, 암대극. 거무튀튀한 현무암 사이에서 피어나

청정한 제주 바다를 품고 산다. 쌍떡잎식물 쥐손이풀목 대극

과의 여러해살이풀.

터득해 가고 있으니 참으로 다행인 듯하다. 물론 아직은 주님 보시기에 민망한 수준이지만 지속적인 노력과 수고를 거듭한다면 조금씩 나아질 것으로 믿는다.

주님 능력과 은총에 힘입어 성찰과 훈련을 통해 어제보다는 나은 내일의 삶을 위해 힘쓸 수 있기를 소망한다.

"주님, 현재를 즐기고, 가진 것에 감사하되 보다 보람 있고 가치 있는 미래를 위해 노력을 게을리하지 않도록 이끌어 주십시오. 힘든 일, 고단한 일, 어려운 일을 마다하지 않게 하시고 게으름을 경계할 수 있도록 이끌어 주십시오. 주저앉고 포기하고 싶을 때, 손을 잡아 일으켜 주시고 가치 있는 방향을 위한 발걸음을 멈추지 않도록 지켜 주십시오."

그때 예수께서 제자들을 바라보시며 말씀하셨다.

"가난한 사람들아, 너희는 행복하다. 하느님 나라가 너희의 것이다. 지금 굶주린 사람들아, 너희는 행복하다. 너희가 배부르게 될 것이다. 지금 우는 사람들아, 너희는 행복하다. 너희가 웃게 될 것이다. 사람의 아들 때문에 사람들에게 미움을 사고 내쫓기고 욕을 먹고 누명을 쓰면 너희는 행복하다. 그럴 때 너희는 기뻐하고 즐거워하거라. 하늘에서 너희가 받을 상이 클 것이다. 그들의 조상들도 예언자들을 그렇게 대하였다. 그러나 부유한 사람들아, 너희는 불행하다. 너희는 이미 받을 위로를 다 받았다. 지금 배불리 먹고 지내는 사람들아, 너희는 불행하다. 너희가 굶주릴 날이 올 것이다. 지금 웃고 지내는 사람들아, 너희는 불행하다. 너희가 슬퍼할 날이 올 것이다. 모든 사람에게 칭찬을 받는 사람들아, 너희는 불행하다. 그들의 조상들도 거짓 예언자들을 그렇게 대하였다."

루가 6 : 20 ~ 26

알곡을 거둘 수 있는 삶을

하루를 어떻게 보내느냐에 따라 알곡을 거두는 시간이 될 수도 있고 쓸모 없는 쭉정이를 거두는 시간이 될 수도 있다는 생각을 해본다. 알곡을 거두는 시간이 되기 위해서는 생각다운 생각, 질문다운 질문을 통해 성찰과 반성의 깊이를 더하고, 배우고 느낀 것을 타인과 공유하면서 어렵고 힘든 사람의 일을 돕는 실천적 행동에 나서야 한다는 생각이 든다.

내가 남에게 바라는 대로 그에게 해 줄 수 있는 마음을 확장해 가는 것도 알곡을 거두는 시간에 포함될 수 있을 것이다. 배려와 공감을 늘려 전체적인 사랑의 범위를 넓히는 것 또한 알곡을 거두는 시간이 될 수 있을 것이다.

주님 능력과 은총에 힘입어 앞으로의 여생을 알곡으로 채우는 삶을 살기를 소망한다.

"주님, 얼마 남지 않은 삶의 여정에서 시간을 낭비하지 않고 성숙을 키워 나갈 수 있기를 원합니다. 무엇보다 저의 잘못된 성품 중에 짜증과 화를 다스릴 수 있는 노력을 게을리하지 않도록 이끌어 주십시오. 그것이 저의 삶을 더욱 윤택하게 하고 제 주위에 불편을 주지 않음을 잊지 않도록 지켜주십시오."

그러는 동안 제자들이 예수께 권하였다.

"선생님, 무엇을 좀 잡수십시오."

"나에게는 너희가 모르는 양식이 있다."

예수께서 말씀하시자 제자들은 수군거렸다.

"누가 선생님께 잡수실 것을 갖다 드렸을까?"

예수께서 말씀하셨다.

"나를 보내신 분의 뜻을 이루고 그분의 일을 완성하는 것이 내 양식이다. 너희는 '아직도 넉 달이 지나야 추수 때가 온다'고 하지 않느냐? 그러나 내 말을 잘 들어라. 저 밭들을 보아라. 곡식이 이미 다 익어 추수하게 되었다. 거두는 사람은 이미 삯을 받고 있다. 그는 영원한 생명의 나라로 알곡을 모아들인다. 그래서 심는 사람도 거두는 사람과 함께 기쁘게 될 것이다. 과연 한 사람은 심고 다른 사람은 거둔다는 속담이 맞다. 남들이 수고하여 지은 곡식을 거두라고 나는 너희를 보냈다. 수고는 다른 사람들이 하였으나 그 수고의 열매는 너희가 거두는 것이다."

요한 4 : 31 ~ 38

작은 일과 큰 일의 관계

작은 일을 보고 작은 생각을 하여야 할 때가 있고, 큰일을 보고 큰 생각을 하여야 할 때가 있는 것이 아닌가 생각해 본다. 작은 일에 충실하지 못한 사람은 큰일에도 충실할 수 없을 듯하며, 작은 일만 보는 사람은 큰일을 보고 큰 생각을 도모할 수 없을 것 같다.

내가 더 많이 어리석었을 때는 작은 일에만 신경을 쓰기도 하였고 조금 성숙해졌을 때는 큰일에만 관심을 쏟기도 하였던 것 같다. 그런데 성찰과 반성을 통해 지금은 작은 일도 중요하고 큰일도 중요하다는 인식을 찾아가고 있지 않나 하는 생각이 든다.

작은 일에 충실하면서 축적된 경험과 지식, 지혜가 큰일을 볼 수 있게 이끌며, 점차 큰일에 뜻을 둘 수 있도록 내 존재를 조금씩 확장해 주는 듯하다.

주님 능력과 은총에 힘입어 작은 일에 충실하고 감사하며 큰일을 도모하는 삶을 살기를 소망한다.

"주님, 작은 일에 충실하고 감사하며 큰일도 볼 줄 아는 지혜로운 사람으로 이끌어 주십시오. 작은 일들이 모이고 쌓여 큰일이 되는 것이 대부분이지만 꼭 그런 것만도 아님을 깨달아 작은 일에도 집중할 수 있으며 또한 큰일도 보고, 큰 꿈도 품을 수 있도록 지혜로운 안목을 갖게 해주십시오. 제가 꿈꾸는 모든 것이 저 혼자만의 이익을 위한 것이 아니고 보다 많은 사람과 함께할 수 있는 선한 것들이 되도록 지켜주십시오."

예수께서는 나타나엘이 가까이 오는 것을 보고 말씀하셨다.

"이 사람이야말로 정말 이스라엘 사람이다. 그에게는 거짓이 조금도 없다."

나타나엘이 예수께 물었다.

"어떻게 저를 아십니까?"

"필립보가 너를 찾아가기 전에 네가 무화과나무 아래에 있는 것을 보았다."

예수께서 이렇게 대답하시자 나타나엘이 말하였다.

"선생님, 선생님은 하느님의 아들이시며 이스라엘의 왕이십니다."

예수께서 말씀하셨다.

"네가 무화과나무 아래에 있는 것을 보았다고 해서 나를 믿느냐? 앞으로는 그보다 더 큰 일을 보게 될 것이다."

그리고 또 이르셨다.

"정말 잘 들어두어라. 너희는 하늘이 열려 있는 것과 천사들이 하늘과 사람의 아들 사이를 오르내리는 것을 보게 될 것이다."

요한 1 : 47 ~ 51

많은 것에 마음 빼앗기지 않기를

세상을 살아가려면 많은 것을 갖춰야 한다고 생각했고 아직도 그런 생각에서 벗어나지 못했다. 그런데 오늘 이 말씀이 나온다.

"너는 많은 일에 마음을 쓰며 걱정하지만 실상 필요한 것은 한 가지뿐이다."

그것이 무엇일까 곰곰이 생각해 본다. 마침내 떠오른 생각은 '지혜'가 아닐까 하는 것이다. 지혜란 계산 능력이나 두뇌의 명석함과는 거리가 먼, 훨씬 고차원적 개념이 아닐까 생각된다. 오히려 지혜는 계산 능력이나 두뇌의 명석함과는 대척점에 있는 것이 아닐까 하는 생각도 든다.

주님을 두려워하며 경외하는 마음, 주님 앞에서 가난하고 겸손할 수 있는 마음이 지혜와 연결되는 것이 아닐까 생각해 본다. 자기만을 챙기지 않고 보다 많은 사람을 품어 안고 함께 나누며 공동체를 사랑하는 마음에서 지혜가 싹트고 자랄 수 있는 것이 아닐까.

주님 능력과 은총에 힘입어 지혜가 날로 자라서 영혼이 풍요로워지기를 소망한다.

"주님, 사랑이 으뜸임을 알게 하시니 주님 은총입니다. 공감과 배려, 인정과 겸손을 소중하게 생각하도록 이끌어 주시니 주님 축복입니다. 제 마음에 온유함이 더욱 커질 수 있고 평온함이 더 확대될 수 있게 노력하도록 지켜주십시오. 많은 것에 마음을 빼앗기고 분산되지 않도록 이끌어 주십시오."

예수 일행이 여행하다 어떤 마을에 들렀는데 마르타라는 여자가 자기 집에 모셔 들였다. 그

경주 대릉원의 목련이 그리도 좋다 하여 다녀왔다. 관상용으

로 심은 것이지만 이 땅에 뿌리내린 지 이미 수십 년이 되었

다. 어둠이 내린 뒤 조명을 받을 때 환상적인 그림이 나온다

하여 따라 해보았다. 쌍떡잎식물 미나리아재비목 목련과의

낙엽교목.

에게는 마리아라는 동생이 있었다. 마리아는 주님 발치에 앉아서 말씀을 듣고 있었다.

시중드는 일에 경황이 없던 마르타가 예수께 와서 말하였다.

"주님, 제 동생이 저에게만 일을 떠맡기는데 이것을 보고도 가만두십니까? 마리아에게 저를 좀 거들어주라고 일러주십시오."

그러나 주께서는 이렇게 대답하셨다.

"마르타야, 마르타야, 너는 많은 일에 마음을 쓰며 걱정하지만 실상 필요한 것은 한 가지뿐이다. 마리아는 참 좋은 몫을 택했다. 그것을 빼앗아서는 안 된다."

루가 10 : 38 ~ 41

참된 행복의 길은 낮은 곳에 있다

온갖 시련을 겪으면서 많은 것을 경험한 사람, 시련과 역경을 통해 배움과 깨달음을 키운 사람은 성숙과 지혜가 남다른 수준에 이를 수 있다고 생각한다.

나처럼 부족하고 모자란 사람은 편안하고 안락한 상황에서는 배움을 게을리하여 깨달음을 얻을 수 없는 것 같다. 오로지 역경과 시련, 위기와 고통이 닥쳐야 비로소 세상 이치와 삶의 무게를 생각하게 되고 자신을 돌아보는 반성의 기회를 가질 수 있다는 것을 알게 되었다.

당시에는 그렇게도 고통스러워 불안과 불면으로 지새우던 날들의 두려움과 번민이 나를 조금 성숙하게 했다는 것을 자각하게 된다.

모든 역경과 시련, 고통과 실패가 깨달음으로 연결되는 것은 아니라는 것도 알 수 있게 되었다. 실패와 실수를 반복하면서도 전혀 변하지 않고 달라진 것이 없는 사람도 자주 보았다.

극도로 어렵고 힘든 상황에서도 정직과 신의, 성실과 근면, 나눔과 사랑을 잃지 않고 끈기와 인내의 도전을 계속하는 사람은 분명 작든, 크든 성취와 보람을 맛볼 수 있을 것을 확신한다.

주님 능력과 은총에 힘입어 교만을 멀리하고 주님 앞에서 가난하고 겸손한 마음을 유지할 수 있기를 소망한다.

"주님, 잘난 줄 아는 사람은 결코 행복할 수 없음을 깨닫게 하시니 주님 은총입니다. 잘난 줄 아는 사람과 진정 잘난 사람을 분별할 수 있는 지혜를 주시니 주님 축복입니다. 주님 앞에서 가난한 마음으로 주님을 경외하는 사람이 진정 잘난 사람임을 알게 하시니 감사합니다. 행복으로 가는 길을 어렴풋이나마 알도록 이끌어 주시는 주님께 찬미와 영광을 드립니다. 주님 앞에서 낮은 마음을 바꾸지 않도록 지켜주십시오."

예수께서 무리를 보시고 산에 올라가 앉으시자 제자들이 곁으로 다가왔다. 예수께서는 비로소 입을 열어 가르치셨다.

"마음이 가난한 사람은 행복하다. 하늘나라가 그들 것이다. 슬퍼하는 사람은 행복하다. 그들은 위로를 받을 것이다. 온유한 사람은 행복하다. 그들은 땅을 차지할 것이다. 옳은 일에 주리고 목마른 사람은 행복하다. 그들은 만족할 것이다. 자비를 베푸는 사람은 행복하다. 그들은 자비를 입을 것이다. 마음이 깨끗한 사람은 행복하다. 그들은 하느님을 뵙게 될 것이다. 평화를 위하여 일하는 사람은 행복하다. 그들은 하느님 아들이 될 것이다. 옳은 일을 하다가 박해를 받는 사람은 행복하다. 하늘나라가 그들 것이다. 나 때문에 모욕을 당하고 박해를 받으며 터무니없는 말로 갖은 비난을 받게 되면 너희는 행복하다. 기뻐하고 즐거워하여라. 너희가 받을 큰 상이 하늘에 마련되어 있다. 옛 예언자들도 너희에 앞서 같은 박해를 받았다."

마태 5 : 1 ~ 12

지금 누리는 것의 소중함

생명이 꺼져가는 사람에게 가장 소중한 것은 바로 그 생명이 아닐까. 생명을 가장 소중하게 생각하는 사람은 곧 생명을 잃는다고 판정받은 사람일 것이다.

사람은 어리석기 짝이 없어서 정말로 '있을 때 잘해'를 실천하지 못하는 것 같다. 지금 누리는 것의 소중함을 제대로 인식하지 못하다가 그것이 사라지고 난 뒤에야 그 소중함을 깨닫는 어리석은 집단이 바로 인간의 사회가 아닐까 하는 생각도 해본다.

숨을 쉬어 생명을 부지하고 있어도 정신이 죽으면 그것을 과연 살아 있다고 말할 수 있을까? 오히려 그것은 죽음에 더 가깝다고 해야 하지 않을까 하는 생각이 든다. 생명은 탄생으로써 얻을 수 있는 것이므로 탄생을 수반하지 않은 행동이 과연 생명의 세계에서 살아 있다고 말할 수 있을까 하는 의문이 들기도 한다.

탄생은 희망과 존중, 화해와 단합, 정직과 정의 속에서 싹트고 뻗어가는 것이지 절망과 비난, 중상과 모략, 거짓 선전과 분열 책동 같은 어둠의 세력 속에서는 자라지 못함을 새삼 깨닫게 된다.

주님 능력과 은총에 힘입어 참 생명의 세계에서 살아갈 수 있기를 소망한다.

"주님, 어둠의 세력을 몰아내고 빛의 세계에서 살아갈 수 있기를 간절히 바랍니다. 가진 줄 아는 자의 어리석은 삶을 살지 않고 가진 자의 지혜로운 삶을 살기를 바랍니다. 죽음의 세계에서 벗어나 생명의 세계를 살아가는 삶의 자세로 풍요로운 영혼을

3월 4일, 떠나온 서울은 분명 겨울이었는데 대구 인근 들녘
은 연분홍 광대나물이 지천으로 핀 화창한 봄이었다. 쌍떡잎
식물 통화식물목 꿀풀과의 두해살이풀.

그래서 예수께서는 유대인들에게 말씀하셨다.

"정말 잘 들어두어라. 아들은 아버지께서 하시는 일을 보고 그대로 할 따름이지 무슨 일이나 마음대로 할 수는 없다. 아버지께서 하시는 일을 아들도 할 따름이다. 아버지께서는 아들을 사랑하셔서 친히 하시는 일을 모두 아들에게 보여 주신다. 그뿐만 아니라 아들을 시켜 이보다 더 큰 일도 보여 주실 것이다. 그것을 보면 너희는 놀랄 것이다. 아버지께서 죽은 이들을 일으켜 다시 살리시듯이 아들도 살리고 싶은 사람들은 살릴 것이다. 또 아버지께서는 친히 아무도 심판하지 않으시고 그 권한을 모두 아들에게 맡기셔서 모든 사람이 아버지를 존경하듯이 아들도 존경하게 하셨다. 아들을 존경하지 않는 사람은 아들을 보내신 아버지도 존경하지 않는다. 정말 잘 들어두어라. 내 말을 듣고 나를 보내신 분을 믿는 사람은 영원한 생명을 얻을 것이다. 그 사람은 심판을 받지 않을 뿐 아니라 이미 죽음의 세계에서 벗어나 생명의 세계로 들어섰다. 정말 잘 들어두어라. 때가 오면 죽은 이들이 하느님 아들의 음성을 들을 것이며 그 음성을 들은 이들은 살아날 터인데 바로 지금이 그때다."

요한 5 : 19 ~ 25

어려움을 극복하며 또 하나 배운다

서럽고 괴로울 때 기도를 하면 흔들리고 요동치고 원망하는 마음이 진정되었던 것 같다.

사실 나는 기도를 많이 하거나 자주 하는 편이 못되어 깊은 기도, 신실한 기도를 드린 경험이 많지 않다. 그래서 기도의 효험이나 응답에 대한 경험이 거의 없다시피 하다.

또 요즈음에는 서럽고 괴로움을 느끼는 경우도 별로 없다. 일이 잘 안 풀릴 때는 예전처럼 노심초사하기보다는 마음의 여유를 가지려고 애쓰면서 좀 더 노력하면 반드시 좋은 일이 있으리라는 믿음을 갖는다.

상황이 좋지 않을 때는 어딘가 있을 해결책을 열심히 찾아보자고 스스로 달래면서 용기와 힘을 잃지 않도록 해달라고 기도한다.

나이가 들면서 좋은 점 한 가지는 어려운 상황을 만날 때마다 그것을 극복하면 또 하나 배우고 깨닫는 것이 있다는 사실을 알게 되는 것이 아닐까 생각한다.

짜증과 분노를 줄이고 개선책을 모색하려고 방향을 바꿀 수 있었던 것은 그것을 충고해주는 고마운 사람도 있고, 짜증과 분노에 젖은 흉한 모습을 보게 해주신 주님 인도가 있었기 때문이다.

주님 능력과 은총에 힘입어 제 일상이 좀 더 평화롭고 부드러우며 겸손한 자세로 늘 배우고 깨닫게 되기를 소망한다.

"주님, 서럽고 괴로운 상황에 놓인 사람들을 무심히 외면하지 않는 사람이 되도록 이끌어 주십시오. 그런 사람들에게 위로와 안내와 희망을 줄 수 있는 수고를 마다하지 않도록 이끌어 주십시오."

실로에서 제사상을 물리고 나자 한나는 일어나 야훼 앞에 나아갔다. 그때 마침 사제 엘리가 야훼의 성전 문 뒤에 있는 의자에 앉아 있었다. 한나는 마음이 아파 흐느껴 울며 야훼께 애원하였다. 그는 서원하며 빌었다.

"이 계집종의 가련한 모습을 굽어살펴 주십시오. 이 계집종을 저버리지 마시고 사내아이 하나만 점지해 주십시오. 그러면 저는 그 아이를 야훼께 바치겠습니다. 평생 그의 머리를 깎지 않도록 하겠습니다."

한나가 야훼께 오래 기도를 드리고 있는 동안 엘리는 한나의 입술을 지켜 보고 있었다. 한나는 속으로 기도하고 있었으므로 입술만 움직일 뿐, 소리가 들리지 않았다.

"언제까지 이렇게 주정을 하고 있을 참이냐? 어서 술에서 깨어나지 못하겠느냐?"

엘리가 한나를 술 취한 여자로 알고 꾸짖자 한나가 대답하였다.

"아닙니다, 사제님! 저는 정신이 멀쩡합니다. 포도주도 소주도 마시지 않았습니다. 저는 야훼께 제 속을 털어놓고 있습니다. 사제님, 이 계집종을 좋지 못한 여자로 생각지 마십시오. 저는 너무 서럽고 괴로워서 이제껏 기도하고 있었습니다."

"그렇다면 안심하고 돌아가거라. 이스라엘을 보살피시는 하느님께서 네 기도를 들어 주실 것이다."

엘리가 말하자 한나가 대답하였다.

"그렇게까지 보아 주시니 고맙기 그지없습니다."

그리고 물러 나와 음식을 먹었다. 어느덧 얼굴에 근심의 빛이 걷히었다.

엘카나는 이튿날 아침 일찍 일어나 식구들과 함께 야훼께 예배를 드리고, 라마에 있는 집으로 돌아왔다. 엘카나가 아내 한나와 한 자리에 들자 야훼께서 한나를 마음에 두어 임신하게 해 주셨다.

한나는 달아 차서 아들을 낳자 '야훼께 빌어서 얻은 아기'라 하여 사무엘이라 이름 지었다.

사무 상 1 : 9 ~ 20

성숙은 질적인 변화로부터

씨앗이 싹이 트고 자라 식물로 성장하는 비유에서 내가 배우는 교훈은 변화에 대한 의지와 과정인 것 같다.

첫째, 씨앗은 흙에서 썩어 사라져야 비로소 싹을 틔울 수 있음에 주목하게 된다. 만일 흙 속에서 변하지 않으면 쓸모없는 씨앗으로 남게 될 뿐이다.

둘째, 씨앗이 자신을 변화시켜 싹을 틔우면 그때부터 많은 시련에 직면하게 된다. 새들에게 쪼아 먹힐 위험도 있고 뜨거운 태양에 말라죽을 수도 있으며 거센 비바람에 노출되어 꺾이거나 성장하지 못할 수도 있다. 이런 역경과 시련을 이겨낸 싹만이 가치 있는 식물로 자리 잡게 될 것이다.

셋째, 식물이 성장하고 열매를 맺으려면 태양과 수분, 공기와 영양 같은 도움을 받아야 한다. 성장에 필요한 요소 중 어느 하나라도 부족하면 충실한 열매를 맺을 수 없다.

믿음, 아니, 삶도 이와 같지 않을까 생각된다. 어릴 때의 조건과 본능적 요소들이 여러 가지 성장에 필요한 변화를 거쳐야 비로소 의미 있는 믿음과 삶이 완성된다고 생각한다.

주님 능력과 은총에 힘입어 날로 거듭나는 삶을 살 수 있기를 소망한다.

"주님, 씨앗이 싹을 틔우고 열매를 맺듯이 제 존재도 변화와 거듭남을 지속하여 풍성한 존재로 부활할 수 있도록 이끌어 주십시오. 아직도 속사람이 좁고 추하니 이를 넓고 고운 모습으로 바꿀 수 있도록 이끌어 주십시오. 탐욕과 이기심을 경계하고 버릴 수 있도록 지켜주십시오."

예수께서 또 말씀하셨다.

"하느님 나라는 이렇게 비유할 수 있다. 어떤 사람이 땅에 씨앗을 뿌려 놓았다. 하루하루 자고 일어나고 하는 사이에 씨앗은 싹이 트고 자라지만 그 사람은 그것이 어떻게 자라는지 모른다. 땅이 저절로 열매를 맺게 하는 것인데 처음에는 싹이 돋고 다음에는 이삭이 패고 마침내 이삭에 알찬 낟알이 맺힌다. 곡식이 익으면 그 사람은 추수 때가 된 줄 알고 곧 낫을 댄다."

예수께서 또 말씀하셨다.

"하느님 나라를 무엇에 견주며 비유할 수 있을까? 그것은 겨자씨 한 알과 같다. 땅에 심을 때는 세상의 어떤 씨앗보다도 작은 것이지만 심어 놓으면 어떤 푸성귀보다 크게 자라고 큰 가지가 뻗어서 공중의 새들이 그 그늘에 깃들일 만큼 된다."

예수께서는 그들이 알아들을 수 있을 정도로 이와 같은 여러 가지 비유로써 말씀을 전하셨다. 그들에게는 이렇게 비유로만 말씀하셨으나 제자들에게는 따로 일일이 그 뜻을 풀이해 주셨다.

마르코 4 : 26 ∼ 34

완고함은 변화와 성숙의 장애물

이 세상의 제대로 된 삶이 모두 어려우나 특히 나를 바꾸는 것은 참으로 어려운 일인 것 같다. 나를 변화시킨다는 것, 부활 또는 거듭남이란 어제의 나를 수정, 보완하여 더 성숙한 오늘의 나로 바꾸는 것을 의미할 것이다. 오늘의 모습이 어제 모습보다 좀 더 성숙하고, 부드럽고, 여유롭고, 폭과 도량이 넓고, 사랑과 배려가 커지는 것, 그것이 거듭남일 것이다.

늙어가면서 고집과 완고함이 더해지는 것은 바로 낡아가는 것이 아닐까 생각한다. 이것은 어제의 자신을 버리지 못하기 때문이며 자신의 내면을 성찰하지 못하기 때문으로 생각된다.

주님 능력과 은총에 힘입어 나이가 들수록 더 부드러워지고 더 성숙해지는 삶을 살 수 있기를 소망한다.

"주님, 저는 아직도 고집이 아주 센 사람임을 고백합니다. 이런 고백은 제 모습을 좀 더 분명히 볼 수 있기에 가능한 것이며 주님의 인도하심이 있어 가능한 것이니 감사합니다. 고집과 완고함에서 벗어나 주위에 안락함을 선물할 수 있는 삶을 살도록

아직 한겨울, 서울 인근 용문산에 갔다 돌아오는 길에 한강
변에 꾸며놓은 공원에서 멋진 도형 꽃을 만났다. 묵은 연의
줄기가 만들어낸 세모, 네모 등 수많은 기하학적 도형이 참
으로 볼만 했다.

지켜주십시오."

예수께서 이어서 말씀하셨다.

"사람의 아들은 반드시 많은 고난을 겪고 원로들과 대사제들과 율법학자들에게 배척을 받아 죽었다가 사흘 만에 다시 살아날 것이다."

그리고 사람들에게 또 말씀하셨다.

"나를 따르려는 사람은 누구든지 자기를 버리고 매일 제 십자가를 지고 따라야 한다. 제 목숨을 살리려고 하는 사람은 잃을 것이요, 나를 위하여 제 목숨을 잃는 사람은 살릴 것이다. 사람이 온 세상을 얻는다 해도 제 목숨을 잃거나 망해 버린다면 무슨 이익이 있겠느냐?"

루가 9 : 22 ∼ 25

현실을 긍정할 때 발전과 성장이

믿기 어려운 일이 현실에서 나타나는 경우는 참 많은 것 같다. 그 일은 당사자의 의지와 바람과는 상관이 없을 때가 많으며 도리어 그런 바람과 정반대의 모습으로 나타날 때가 더 많은 것 같다.

이때 사람들 반응은 크게 두 가지로 나눌 수 있을 것 같다.

첫 번째는 어떻게 이런 일이 나에게 벌어진 것인지, 왜 하필 나에게 이런 고약한 상황이 닥친 것인지 의아해하면서 벌어진 현실을 인정하지 않으려는 태도일 것이다. 이런 경우는 대개 마주한 상황을 원망하며 탓할 대상을 찾으려 하는 성향이 많은 것 같다.

사실은 이것이 지금까지 내가 보인 태도였다. 상황을 원망하면서 그 탓을 다른 데로 돌리기 위해 신경을 쓰고 에너지를 낭비하다 보니 해결책이나 돌파구를 찾는 데에는 소홀할 수밖에 없었다. 당연히 그 상황으로부터 배우거나 깨우치는 것도 전혀 없었다.

두 번째는 벌어진 상황을 즉각 현실로 인정하고 그 상황을 타개하여 해결책을 모색하기 위해 온 정신과 에너지를 집중하는 자세다. 이런 자세를 보이는 사람들은 그 문제를 해결하는 과정에서 소중한 경험과 지식을 얻으려고 노력할 뿐 그 탓을 다른 데로 돌리지 않는다.

'이 몸은 주님의 종입니다. 지금 말씀대로 저에게 이루어지기를 바랍니다.'

오늘 말씀에서 마리아가 보인 태도가 바로 두 번째에 해당하지 않을까 생각한다.

주님 능력과 은총에 힘입어 문제와 난관을 기쁘게 마주하여 끈질기게 극복할 수 있는 역량과 지혜를 키울 수 있기를 소망한다.

"주님, 어려운 문제가 닥칠 때마다 상황 탓, 조건 탓, 남 탓을 하며 감정적이고 즉흥적인 반응으로 도리어 일을 그르치는 어리석은 행동을 해왔음을 고백합니다. 과격하고 난폭한 반응으로 주위를 힘들게 하고 스스로 더 깊은 수렁으로 내몰았음도 고백합니다. 주님 은총과 이끄심으로 그러한 질곡에서 벗어나게 되었으니 감사합니다. 자신을 더욱 수양하게 하시고 스스로 변화하여 주위에 모범을 보일 수 있도록 이끌어 주십시오."

엘리사벳이 아기를 가진 지 여섯 달이 되었을 때 하느님께서는 천사 가브리엘을 갈릴리 지방 나사렛이라는 동네로 보내시어 다윗 가문의 요셉이라는 사람과 약혼한 처녀를 찾아가게 하셨다. 처녀의 이름은 마리아였다.

천사는 마리아의 집으로 들어가 인사하였다.

"은총을 가득히 받은 이여, 기뻐하여라. 주께서 너와 함께 계신다."

마리아는 몹시 당황하며 도대체 그 인사말이 무슨 뜻일까 하고 곰곰이 생각하였다.

그러자 천사가 다시 일러 주었다.

"두려워하지 마라. 마리아야. 너는 하느님의 은총을 받았다. 이제 아기를 가져 아들을 낳을 터이니 이름을 예수라 하여라. 그 아기는 위대한 분이 되어 지극히 높으신 하느님의 아들이라 불릴 것이다. 주 하느님께서 그에게 조상 다윗의 왕위를 주시어 야곱의 후손을 영원히 다스리는 왕이 될 것이며 그의 나라는 끝이 없을 것이다."

이 말을 듣고 마리아가 물었다.

"이 몸은 처녀입니다. 어떻게 그런 일이 있을 수 있겠습니까?"

천사가 대답하였다.

"성령이 너에게 내려오시고 지극히 높으신 분의 힘이 감싸 주실 것이다. 그러므로 태어나실 그 거룩한 아기를 하느님의 아들이라 부르게 될 것이다. 네 친척 엘리사벳을 보아라. 아기를 낳지 못하는 여자라고 하였지만, 그 늙은 나이에도 아기를 가진 지 벌써 여섯 달이나 되었다. 하느님께서 하시는 일은 안 되는 것이 없다."

이 말을 들은 마리아는 대답하였다.

"이 몸은 주님의 종입니다. 지금 말씀대로 저에게 이루어지기를 바랍니다."

그러자 천사는 마리아에게서 떠나갔다.

루가 1 : 26 ~ 38

한계를 인식하고 역량을 높여라

"저는 믿습니다. 그러나 제 믿음이 부족하다면 지켜주십시오."

악령이 들린 아이의 아버지가 큰 소리로 말하는 모습에서 절실한 상황일 때 내가 하는 고백을 떠올린다.

또 간절히 기도하지 않아 악령을 쫓아낼 수 없는 제자들 모습에서도 내

무심히 지나친 봄이 얼마나 찬란한 날들이었는지 새삼 알게

해주는 등심붓꽃. 아지랑이가 피어오르듯 아련했던 봄날, 수

채화를 그리듯 풀밭 사이에서 영롱하게 피어난 등심붓꽃은

북아메리카 원산의 귀화식물로 제주도와 남부 지방에서 잡

초처럼 자란다.

모습을 본다.

내 한계를 인식하고 주님께 용서를 구할 때, 마음이 맑아지고 다시 도전할 힘이 생긴다.

주님 능력과 은총에 힘입어 고비를 만날 때마다 바람직한 방향으로 생각의 흐름을 돌리고 다시 힘찬 도전에 나설 수 있는 삶을 살기를 소망한다.

"주님, 제가 약할 때 힘을 주시고 새 희망을 이어가게 하시니 정녕 주님 은총이고 축복입니다. 제가 언제나 건설적이고 생산적인 깨달음을 갖게 하시고, 좀 더 나은 내일을 설계할 수 있는 삶을 살도록 이끌어 주십시오."

그들이 다른 제자들이 있는 곳으로 돌아와 보니 제자들이 큰 군중에게 둘러싸여 율법학자들과 말다툼을 하고 있었다. 사람들은 예수를 보자 모두 놀라서 달려와 인사를 하였다.

"무슨 일로 저 사람들과 다투고 있느냐?"

예수께서 물으시자 그들 가운데 한 사람이 나섰다.

"선생님, 악령이 들려 말을 못 하는 제 아들을 선생님께 보이려고 데려왔습니다. 악령이 한 번 발작하면 그 아이는 땅에 뒹굴며 거품을 내뿜고 이를 갈다가 몸이 빳빳해지고 맙니다. 그래서 선생님의 제자들에게 악령을 쫓아내 달라고 했더니 쫓아내지 못했습니다."

예수께서 말씀하셨다.

"아, 이 세대가 왜 이다지도 믿음이 없을까! 내가 언제까지 너희와 함께 살며 이 성화를 받아야 한단 말이냐? 그 아이를 나에게 데려오너라."

그들이 아이를 데려오자 악령이 예수를 보고는 곧 아이에게 심한 발작을 일으키게 했다. 그래서 아이는 땅에 넘어져 입에서 거품을 흘리며 뒹굴었다.

"아이가 이렇게 된 지 얼마나 되었느냐?"

예수께서 그 아버지에게 물으시자 그가 대답하였다.

"어렸을 때부터입니다. 악령의 발작으로 그 아이는 불 속에 뛰어들기도 하고 물속에 빠지기도 하였습니다. 그래서 여러 번 죽을 뻔하였습니다. 선생님께서 하실 수 있다면 자비를 베푸셔서 저희를 지켜주십시오."

이 말에 예수께서 말씀하셨다.

"'할 수만 있다면'이 무슨 말이냐? 믿는 사람에게는 안 되는 일이 없다."

그러자 아이 아버지는 큰 소리로 청하였다.

"저는 믿습니다. 그러나 제 믿음이 부족하다면 지켜주십시오."

예수께서는 사람들이 몰려드는 것을 보시고 더러운 악령을 꾸짖으며 호령하셨다.

"말을 못 하게 하고 듣지도 못하게 하는 악령아, 들어라. 그 아이에게서 썩 나와 다시는 들어가지 말아라."

그러자 악령이 소리를 지르며 그 아이에게 심한 발작을 일으켜 놓고 나가 버렸다. 그 바람에 아이가 죽은 것 같이 되자 사람들은 모두 웅성거렸다.

"아이가 죽었구나!"

그러나 예수께서 아이의 손을 잡아 일으키시자 그 아이는 벌떡 일어났다.

그 뒤 예수께서 집으로 들어가시자 제자들이 넌지시 물었다.

"왜 저희는 악령을 쫓아내지 못하였습니까?"

예수께서 대답하셨다.

"기도하지 않고는 그런 것을 쫓아낼 수 없다."

마르 9 : 14 ～ 29

제 4 장

긍정적 목표가 희망을 부른다

자기가 가진 것이 많다는 사실을 깨닫고 감
사하며 즐길 줄 아는 사람은 행복을 느낄 수
있을 것이다. 반대로 자신이 가진 것을 귀하
고 소중하게 여기지 못하고 남이 가진 것을
탐낼 때 불행이 찾아오는 것이 아닌가 생각
된다. 어느 쪽을 바라보느냐에 따라, 그리고
무엇을 느끼느냐에 따라 행복과 불행이 갈
라진다고 생각한다.

삶은 속도가 아니라 방향이다

정신을 바짝 차린다는 것은 늘 깨어 있다는 것과 상당 부분 같은 의미로 해석할 수 있을 것이다. 거짓과 참을 분별하기 위해서는 정신을 바짝 차려야 할 것이고 해야 할 것과 하지 말아야 할 것을 구별하기 위해서도 정신을 바짝 차려야 할 것이다.

힘들고 괴로우나 꾸준히 인내하면서 목표를 향해 중단없이 나아가기 위해서도 언제나 깨어 정신을 바짝 차려야 할 것이다. 어제보다 나은 오늘의 자신을 가꾸기 위해서도 깨인 정신으로 무장해야 할 것이다. 현상과 본질, 겉과 속을 통찰하기 위해서도 깨인 정신을 늘 유지해야 할 것이다. 옳은 방향을 설정하고 옳은 눈과 귀로 거듭나기 위해서도 깨인 정신이 필요할 것이다.

삶은 속도가 아니라 방향이라는 말은 하나도 틀린 것이 아니라는 생각이 든다.

주님 능력과 은총에 힘입어 깨인 정신으로 살아갈 수 있기를 소망한다.

"주님, 정신을 바짝 차리라고 말씀하셨습니다. 깨인 정신이 몸에 배어 제대로 된 눈과 귀로 세상을 보고 옳은 소리를 들을 수 있도록 이끌어 주십시오. 맑은 영혼, 순수한 정신을 유지하여 내면을 잘 보고 들을 수 있도록 이끌어 주십시오."

예수께서 이렇게 말씀하셨다.

"아무에게도 속지 않도록 조심하여라. 장차 많은 사람이 내 이름을 내세우며 나타나서 '내가 그리스도다!' 하고 떠들어대면서 많은 사람을 속일 것이다. 또 여러 번 난리도 겪고 전쟁 소문도 듣게 될 것이다. 그러나 당황하지 말아라. 그런 일은 반드시 일어날 터이지만 그것으로 끝나는 것은 아니다. 한 민족이 일어나 다른 민족을 치고 한 나라가 일어나 다른 나라를 칠 것이며 또 곳곳에서 지진이 일어나고 흉년이 들 터인데 이런 일들은 다만 고통의 시작일뿐이다. 정신을 바짝 차려라. 너희는 법정에 끌려갈 것이며 회당에서 매 맞고 또 나 때문에 총독들과 임금들 앞에 서서 나를 증언하게 될 것이다. 우선 복음이 모든 민족에게 전파되어야 한다. 그리고 사람들이 너희를 붙잡아 법정에 끌고 갈 때 무슨 말을 할까 미리 걱정하지 말아라. 너희가 해야 할 말을 그 시간에 일러 주실 것이니 그대로 말하여라. 말하는 이는 너희가 아니라 성령이시다. 형제끼리 서로 잡아 넘겨 죽게 할 것이며 아비도 제 자식을 또한 그렇게 하고 자식들도 제 부모를 고발하여 죽게 할 것이다. 그리고 너희는 나 때문에 모든 사람에게 미움을 받을 것이다. 그러나 끝까지 참는 사람은 구원을 받을 것이다."

마르 13 : 5 ~ 13

자신이 가진 것에 만족하는 사람

행복을 강하게 느낄 수 있는 사람은 자신이 가진 것에 집중할 줄 아는 사람이라는 것을 점차 뚜렷이 느낀다. 자신이 가진 것이 꽤 많다는 사실을 깨닫고 그런 것을 즐기고 감사할 줄 아는 사람이 행복을 느낄 수 있는 사람일 것이다.

불행은 자신이 가진 것을 귀하고 소중하게 여기지 못하고 남이 가진 것을 탐낼 때 찾아오는 부정적 느낌이 아닌가 생각한다. 이것이 지혜로운 사람과 어리석은 사람의 결정적 차이가 아닐까 하는 것이 내 개인적인 생각이다.

그러니까 행복을 느끼기 위해서는 지혜로운 사람이 되어야 하겠다. 어느 쪽, 어느 것을 바라보느냐에 따라, 그리고 무엇을 느끼느냐에 따라 행복과

키 작은 담자리참꽃이 백두산 고원 툰드라지대를 붉게 물들

이고 있다. 가운데 멀리 보이는 뾰족한 봉우리가 천지를 둘

러싸고 있는 최고봉 중 하나인 천문봉이다. 쌍떡잎식물 진달

래목 진달래과의 낙엽 활엽 관목.

불행이 갈라진다고 생각한다.

주님 능력과 은총에 힘입어 가진 것에 집중하고 가진 것을 즐기며 행복을 느끼고 풍요로운 삶을 살기를 소망한다.

"주님, '네 이웃이 가진 것은 무엇이든지 탐내지 못한다'고 말씀하셨습니다. 이것이 바로 행복의 열쇠이며 풍성하고 윤택한 삶의 비결임을 알게 하시니 주님 은총이고 축복입니다. 있을 때 잘할 수 있는 지혜로운 사람이 되게 하시고 매일 매 순간을 마지막 날처럼 살 수 있도록 이끌어 주십시오."

이 모든 말씀은 하느님께서 하신 말씀이다.

"너희 하느님은 나 야훼다. 바로 내가 너희를 이집트 땅 종살이하던 집에서 끌어낸 하느님이다. 너희는 내 앞에서 다른 신을 모시지 못한다. 너희는 위로 하늘에 있는 것이나 아래로 땅 위에 있는 것이나, 땅 아래 물속에 있는 어떤 것이든지 그 모양을 본 따 새긴 우상을 섬기지 못한다. 그 앞에 절하며 섬기지 못한다. 나 야훼, 너희의 하느님은 질투하는 신이다. 나를 싫어하는 자에게는 아비의 죄를 그 후손 삼대까지 갚는다. 그러나 나를 사랑하여 나의 명령을 지키는 사람에게는 그 후손 수천 대에 이르기까지 한결같은 사랑을 베푼다. 너희는 너희 하느님의 이름 야훼를 함부로 부르지 못한다.

야훼는 자기 이름을 함부로 부르는 자를 죄 없다고 하지 않는다. 안식일을 기억하여 거룩하게 지켜라. 엿새 동안 힘써 네 모든 생업에 종사하고 이렛날을 너희 하느님 야훼 앞에서 쉬어라. 그 날 너희는 어떤 생업에도 종사하지 못한다. 너희와 너희 아들딸, 남종 여종뿐 아니라 가축이나 집 안에 머무는 식객이라도 일을 하지 못한다. 야훼께서 엿새 동안 하늘과 땅과 바다와 그 안에 있는 모든 것을 만드시고, 이레째 되는 날 쉬셨기 때문이다. 그래서 야훼께서 안식일을 축복하시고 거룩한 날로 삼으신 것이다. 너희는 부모를 공경하여라. 그래야 너희는 너희 하느님 야훼께서 주신 땅에서 오래 살 것이다. 살인하지 못한다. 간음하지

못한다. 도둑질하지 못한다. 이웃에게 불리한 거짓 증언을 하지 못한다. 네 이웃의 집을 탐

내지 못한다. 네 이웃의 아내나 남종이나 여종이나 소나 나귀 할 것 없이 네 이웃의 소유는

탐내지 못한다."

출애 20 : 1 ~ 17

쓸모없는 경험은 없다

일단 바다에 그물을 쳐서 온갖 것을 끌어올려 보아야 좋은 것과 나쁜 것을 가려낼 수 있을 것이다. 바다에 그물을 쳐서 온갖 것을 끌어 올리는 행위는 이러저러한 많은 경험을 하는 것에 해당할 수 있지 않을까 하는 생각이 든다.

생각해 보면 내가 지금보다 철없고 어리석던 시절에 여러 가지 무모할 정도의 경험과 행동을 한 것까지도 지금의 나를 형성하는 데에 어떤 영향을 미치지 않았을까 생각된다. 만일 일정한 선을 넘지 않고 영원히 낭떠러지로 떨어지지 않을 만큼의 행동을 할 수 있다면, 삶에서 전혀 의미와 가치가 없는 경험이란 있을 수 없지 않을까 하는 생각이 든다.

도전이란 일단 바다에 그물을 쳐서 온갖 것을 끌어올리는 행동에 비유할 수 있을 것이다. 창의성이란 어느 순간 갑자기 새롭고 기발한 아이디어가 떠오르는 것이 아니라 더 많은 연습과 훈련, 학습을 통해 기초가 다져진 후에 증진된다는 것이 학계의 정설이라고 한다. 무엇이든 기초가 튼튼하고 중심이 단단해야 더 높이 오를 수 있고, 더 많이 쌓을 수 있고, 더 크게 늘릴 수 있을 것이다. 여기에 더해 어떤 것이 진정 좋고 나쁜 것인지 분별할 줄 아는 식견과 지혜도 키워갈 수 있을 것이다.

주님 능력과 은총에 힘입어 하늘나라 교육에서 이탈하거나 멀어지지 않기를 소망한다.

"주님, 일단 바다에 그물을 쳐서 온갖 것을 끌어올려 보는 것이 중요함을 알게 하시니 주님 은총입니다. 좋은 것과 나쁜 것을 구분할 때 그저 세상의 잣대에만 의존하지 않게 하시고 제 영혼과 삶을 풍성하게 할 수 있느냐 없느냐를 기준으로 삼을 수 있도록 이끌어 주십시오. 많이 경험하고 그 경험을 토대로 보물과 진주를 캐낼 수 있는 안목과 식견을 갖출 수 있도록 지켜주십시오."

"또 하늘나라는 바다에 그물을 쳐서 온갖 것을 끌어 올리는 것에 비길 수 있다. 어부들은 그물이 가득 차면 해변에 끌어 올려놓고 앉아서 좋은 것은 추려 그릇에 담고 나쁜 것은 내버린다. 세상 끝날에도 이와 같을 것이다. 천사들이 나타나 선한 사람들 사이에 끼어있는 악한 자들을 가려내 불구덩이에 처넣을 것이다. 그러면 거기서 그들은 가슴을 치며 통곡할 것이다."

예수께서 말씀을 마치고 물으셨다.

"지금 한 말을 다 알아듣겠느냐?"

제자들은 '예'하고 대답하였다.

예수께서는 이렇게 말씀을 맺으셨다.

"그러므로 하늘나라 교육을 받은 율법학자는 마치 자기 곳간에서 새것도 꺼내고 낡은 것도 꺼내는 집주인과 같다."

예수께서는 이 비유들을 다 말씀하시고 나서 그곳을 떠나 고향으로 가셔서 회당에서 가르치셨다.

마태 13 : 47 ~ 54

세상에 어떤 일을 하러 왔을까?

나는 어떤 일을 하려고 이 세상에 왔을까?

지금은 현재 운영하는 작은 사업체 구성원들의 삶을 책임지고, 그들의 행복과 안녕, 발전을 위해 힘을 다해야 한다는 소명의식을 가지고 있다. 내가 개발하고 판매하는 제품을 통해 그 분야에 새로운 쓰임새와 편리한 해결책을 제공해야 한다는 책임의식을 가지고 있다.

이런 소명의식과 책임의식은 겨우 얼마 전에야 비로소 눈을 뜨게 되었음을 고백한다. 앞으로 나의 영적인 눈이 더 크게 뜨여 보다 큰 책임의식을 가질 수 있다면 더 좋은 제품, 더 편리한 제품이 탄생할 수 있을 것이며, 그에 따라 나와 함께 일하는 구성원들이 누리는 삶의 질도 더 높아질 수 있을 것이다.

주님 능력과 은총에 힘입어 더 선하고 차원 높은 목적의식을 가지고 더욱 좋고 편리한 제품으로 세상에 도움을 줄 수 있기를 소망한다.

"주님, 제가 이끄는 이 작은 사업체도 주님께서 부여하신 사명으로 생각할 수 있게 하시니 정녕 주님 축복입니다. 비록 작은 사업체를 이끌더라도 뜻만은 크고 높게 가질 수 있도록 인도하여 주십시오. 늘 새로운 관점과 견해에 눈을 돌릴 수 있도록 하시고, 직원들과 한 가족이 되어 보람찬 삶을 살 수 있도록 힘쓰게 해주십시오."

얼마 뒤에 예수께서 회당에서 나와 야고보와 요한과 함께 시몬과 안드레아의 집에 들어가셨다. 때마침 시몬의 장모가 열병으로 누워 있었는데 사람들이 그 사정을 예수께 알렸다. 예수께서 그 부인 곁으로 가서 손을 잡아 일으키시자 열이 내리고 부인은 그들의 시중을 들었다.

해가 지고 날이 저무니 사람들이 병자와 마귀 들린 사람들을 모두 예수께 데려왔으며 온 동네 사람들이 문 앞에 모여들었다. 예수께서는 온갖 병자들을 고쳐 주시고 많은 마귀를 쫓아내시며 자기 일을 입 밖에 내지 말라고 당부하셨다. 마귀들은 예수가 누구신지를 알고 있었기 때문이다.

다음 날 새벽 예수께서는 먼동이 트기 전에 일어나 외딴곳으로 가시어 기도하고 계셨다. 그때 시몬 일행이 예수를 찾아다니다가 만나서 말하였다.

"모두 선생님을 찾고 있습니다."

예수께서는 그들에게 말씀하셨다.

"이 근방 다음 동네에도 가자. 거기에서도 전도해야 한다. 나는 이 일을 하러 왔다."

이렇게 갈릴리 지방을 두루 찾아 여러 회당에서 전도하시며 마귀를 쫓아내셨다.

마르코 1 : 29 ~ 39

목표가 선하면 과정이 즐겁다

그 사람의 삶의 모습과 질은 그 사람이 무엇을 하고자 하는가에 달려 있을 것 같다. 그 사람이 하고자 하는 목표와 이루고자 하는 목적에 따라 과정이 결정될 것 같다.

어떤 목표나 목적이든 그것을 향해 나아가는 과정에는 장애와 방해 요소가 많을 것이며, 역경과 시련, 실수와 실패가 따를 것이고, 실망과 좌절감도 수반될 것이다. 그러나 목표가 뚜렷하고 목적이 선한 것이라면 앞으로 닥쳐오는 온갖 과정을 괴로움과 실망이 아니라 배움과 발전의 토대를 닦는 기쁨과 보람으로 받아들일 수 있을 것이다.

내 삶에서 지금 바로 내가 경험하는 느낌이다. 비록 때때로 힘이 들고

좀바위솔. 가을은 바위솔의 계절이라고 할 만큼 여러 가지
바위솔이 줄지어 피어난다. 그러나 인간의 욕심 때문에 여기
저기서 갈수록 바위솔이 줄어든다고 한다.

버거운 느낌이 있는 것이 사실이지만 주님께서 나를 이대로 놓아두지는 않으실 것이라는 믿음과 내가 선한 목적을 이룰 수 있도록 도와주실 것이라는 신념으로 한 걸음, 한 걸음 목적지에 가까이 갈 수 있는 용기와 지혜를 얻는 기쁨이 적지 않다. 그래서 모든 과정이 즐겁고 과정마다 보람도 많다.

주님 능력과 은총에 힘입어 내가 도전을 멈추지 않으면서 마침내 목표에 도달할 수 있기를 소망한다.

"주님, 제가 무엇을 하고자 하는가, 왜 하고자 하는가, 목적의식이 뚜렷해야 함을 깨닫게 하시니 정녕 주님 은총입니다. 제가 삶의 여정에서 진정 의미 있는 목표를 찾을 수 있도록 하시고 그 목표를 이루기 위한 수고를 멈추지 않을 수 있도록 하시니 주님 축복입니다. 제 안에 사랑이 더욱 크게 자라고, 맑고 아름다운 영혼이 더욱 풍성해질 수 있도록 지켜주십시오. 제가 이 사회로부터 받은 도움을 아주 조금이나마 되돌릴 수 있는 삶을 살도록 이끌어 주십시오."

나병 환자 하나가 예수께 와서 무릎을 꿇고 애원하며 말씀드렸다.

"선생님은 하려고 하시면 저를 깨끗이 고쳐 주실 수 있습니다."

예수께서 측은한 마음이 드시어 그에게 손을 갖다 대며 말씀하셨다.

"그렇게 해 주겠다. 깨끗하게 되어라."

그러자 나병 환자는 곧 증세가 사라지면서 깨끗이 나았다.

예수께서 곧 그를 보내면서 엄하게 이르셨다.

"아무에게도 말하지 말고 다만 사제에게 가서 네 몸을 보이고 모세가 명한 대로 예물을 드려 네가 깨끗해진 것을 그들에게 증명하여라."

그러나 그는 물러가서 이 일을 널리 선전하며 퍼뜨렸기 때문에 그때부터 예수께서는 드러나게 동네로 들어가지 못하고 동네에서 떨어진 외딴곳에 머물러 계셨다.

그래도 사람들은 사방에서 예수께 모여들었다.

마르 1 : 40 ~ 45

열망과 믿음이 바람을 이루어 준다

중풍 병자를 예수께 보내기 위해서는 먼저 지붕을 걷어내는 행위가 필요했음에 제 마음이 집중된다. 빽빽하게 들어찬 수많은 군중을 뚫고 들것에 누운 중풍 병자를 보내기는 참으로 난감한 일이었을 것이다. 웬만하면 포기하고 다음을 기약하며 돌아갈 수도 있었을 것이다.

그러나 이 병자를 데리고 온 사람들은 포기하지 않았고, 어떻게 해서든 이 환자를 고쳐 주고 싶은 마음과 예수께 가까이 가기만 하면 병이 나을 것이라는 믿음이 하나로 뭉쳐 마침내 지붕을 벗겨내고 병자를 예수께 보낼 수 있었다. 환자를 고쳐 주려는 선한 마음과 예수님을 굳게 신뢰하는 믿음이 합쳐져 병을 고치는 기쁨을 맛볼 수 있었다.

내가 어떠한 처지에서든지 늘 기뻐하면서 앞으로 나아가야 하는 당위성을 오늘 말씀에서 발견하게 된다.

주님 능력과 은총에 힘입어 끈기와 인내로 마침내 희망을 발견하는 삶을 이어갈 수 있기를 소망한다.

"주님, '네 믿음이 너의 죄를 용서받게 하였다'고 하셨습니다. 주님을 향한 사랑과 믿음이 제 죄를 용서받을 수 있는 모든 것임을 잊지 않게 하여 주십시오. 제 신념이 보편 타당성을 가질 수 있도록 인도하여 주시고, 저와 제 가족만을 위한 이기적인 것이 아닐 수 있도록 가르쳐 주십시오."

며칠 뒤에 예수께서는 다시 가파르나움으로 가셨다.

예수께서 집에 계신다는 말이 퍼지자 많은 사람이 모여들어 마침내 문 앞까지 빈틈없이 들어찼다. 예수께서는 그들에게 하느님의 말씀을 전하고 계셨다.

그때 어떤 중풍 병자를 네 사람이 들고 왔다. 그러나 사람들이 너무 많아 예수께 가까이 데려갈 수 없었다. 그래서 예수께서 계신 곳 바로 위의 지붕을 벗겨내고 중풍 병자를 요에 눕힌 채 예수 앞에 매달아 내려보냈다.

예수께서는 그들의 믿음을 보시고 중풍 병자에게 말씀하셨다.

"너는 죄를 용서받았다."

거기 앉아 있던 율법학자 몇 사람이 속으로 중얼거렸다.

'이 사람이 어떻게 감히 이런 말을 하여 하느님을 모독하는가? 하느님 말고 누가 죄를 용서할 수 있단 말인가?'

예수께서 그들의 생각을 알아채고 말씀하셨다.

"어찌하여 너희는 그런 생각을 품느냐? 중풍 병자에게 '너는 죄를 용서받았다'고 하는 것과 '일어나 네 요를 걷어들고 걸어가거라' 하는 것이 어느 편이 더 쉬우냐? 이제 땅에서 죄를 용서하는 권한이 사람의 아들에게 있다는 것을 보여 주겠다."

그리고 중풍 병자에게 말씀하셨다.

"내가 말하는 대로 하여라. 일어나 요를 걷어들고 집으로 걸어가거라."

중풍 병자는 사람들이 보는 앞에서 벌떡 일어나 곧 요를 걷어들고 걸어 나갔다. 그러자 모두 몹시 놀라 하느님을 찬양하였다.

"이런 일은 정말 처음 보는 일이다."

마르 2 : 1 ~ 12

'옛것'과 '낡은 것'은 다르다

'옛것'과 '낡은 것'이 반드시 똑같지는 않을 것이다. 사물이든 생각이든 옛것일지라도 시간의 흐름과 무관하게, 또는 시간의 흐름과 더불어 더욱 빛을 발하는 것이 있고, 그런 것은 시간이 지날수록 더 큰 영향력을 발휘하게 될 것이다. 그렇지만 낡은 것은 세월의 흐름에 따라 기능과 효력이 약해지고 쇠퇴하며, 썩고 닳아 없어질 것이다.

사람의 모습 중에도 가장 추하고 볼썽사나운 면모는 낡아지는 것이 아닐까 생각된다. 그런데도 낡은 것이 다시 기승을 부린다면 참으로 후진적이고 퇴행적인 분위기로 돌아가는 것이며, 이처럼 세상의 발전에 역행해 과거와 동거하며 번영을 이룬 예는 절대로 없었음이 역사적으로도 입증되었다.

주님 능력과 은총에 힘입어 내가 새로운 변화를 적극적으로 추구하여 새 옷과 새 포도주를 수용할 수 있는 삶을 살기를 소망한다.

"주님, 낡은 것을 인식할 수 있는 깨인 정신을 주십시오. 닳아 없어지는 부분을 다시 새롭게 채울 수 있는 도전과 노력을 멈추지 않도록 이끌어 주십시오. 늘 새로운 변화를 끈기 있게 모색하고 추구하면서 새로운 눈, 새로운 귀로 새로운 세상을 보고 들을 수 있도록 인도하여 주십시오."

요한의 제자들과 바리사이파 사람들이 단식하고 있던 어느 날, 사람들이 예수께 와서 물었다.

"요한의 제자들과 바리사이파 사람의 제자들은 단식하는데 선생님 제자들은 왜 단식을 하지 않습니까?"

예수께서 이렇게 대답하셨다.

"잔칫집에 온 신랑 친구들이 신랑과 함께 있는 동안에야 어떻게 단식을 할 수 있겠느냐? 신랑이 함께 있는 동안에는 그럴 수 없다. 그러나 이제 신랑을 빼앗길 날이 온다. 그때 가서는 그들도 단식하게 될 것이다. 낡은 옷에 새 천 조각을 대고 깁는 사람은 없다. 그렇게 하면 낡은 옷이 새 천 조각에 켕겨 더 찢어지게 된다. 또 낡은 가죽 부대에 새 포도주를 넣는 사람도 없다. 그렇게 하면 새 포도주가 부대를 터뜨려 포도주도 부대도 다 버리게 된다. 새 포도주는 새 부대에 담아야 한다."

마르 2 : 18 ~ 22

평온히 눈을 감는다는 것

평온하게 눈을 감는다는 것은 삶에 만족한다는 것과 같은 뜻이 아닐까 생각된다. 최소한 현재의 삶에 만족할 수 있어야 평온하게 눈을 감을 수 있지 않겠는가? 자신에게도 만족할 수 있고 자신이 행한 일도 긍정적으로 평가할 수 있을 때 평온히 눈을 감을 수 있을 것이다.

아무리 자기중심적인 사람이라 해도 삶을 마감하는 순간에는 자신을 정확하게 평가할 것이기 때문이다.

'새가 죽으려 하면 우는 소리가 애달프고, 사람이 죽으려 하면 하는 말이 착하다.'

《논어》에 나오는 말이다.

주님 능력과 은총에 힘입어 평온히 눈을 감을 수 있는 삶을 살 수 있기를 소망한다.

"주님, 제 삶이 주님께서 보시기에 괜찮은 삶이 되도록 이끌어 주십시오. 회한과 자

참 오랫동안 그리워하며 보고 싶어 하던 애기풍선난초. 기대
했던 대로 정신이 번쩍 날만큼 예쁘다. 키는 어른 손바닥만
할까 싶은데 빛깔이나 천하를 호령할 듯 늠름한 자태가 뛰
어나다. 가랑비가 내리는 이른 새벽 백두산 자락에서 만나니
더욱 기쁘다. 외떡잎식물 미종자목 난초과의 여러해살이풀.

책이 제 삶의 마지막 순간이 되지 않도록 지켜주십시오. 날마다 성실하며, 약자와 소외된 사람들, 부당한 억압과 고통으로 신음하는 사람들 편에 서려고 노력한 삶이 되도록 인도하여 주십시오."

그리고 모세가 정한 법대로 정결 예식을 치르는 날이 되자 부모는 아기를 데리고 예루살렘으로 올라갔다. 그것은 '누구든지 첫아들을 주님께 바쳐야 한다'는 주님 율법에 따라 아기를 주님께 봉헌하려는 것이었고, 또 주님 율법대로 산비둘기 한 쌍이나 집비둘기 새끼 두 마리를 정결례의 제물로 바치려는 것이었다.

그런데 예루살렘에는 시므온이라는 사람이 살고 있었다. 이 사람은 의롭고 경건하게 살면서 이스라엘의 구원을 기다리고 있었다. 그에게는 성령이 머물러 계셨는데 성령은 그에게 주님께서 약속하신 그리스도를 죽기 전에 꼭 보게 되리라고 알려 주신 것이다.

마침내 시므온이 성령의 인도를 받아 성전에 들어갔더니 마침 예수의 부모가 첫아들에 대한 율법 규정을 지키려고 어린 아기 예수를 성전에 데리고 왔다. 그래서 시므온은 그 아기를 두 팔에 받아 안고 하느님을 찬양하였다.

"주여, 이제는 말씀하신 대로 이 종은 평안히 눈을 감게 되었습니다. 주님의 구원을 제 눈으로 보았습니다. 만민에게 베푸신 구원을 보았습니다. 그 구원은 이방인들에게는 주의 길을 밝히는 빛이 되고 주의 백성 이스라엘에게는 영광이 됩니다."

아기의 부모는 아기를 두고 하는 이 말을 듣고 감격하였다. 시므온은 그들을 축복하고 나서 아기 어머니 마리아에게 말하였다.

"이 아기는 수많은 이스라엘 백성을 넘어뜨리기도 하고 일으키기도 할 분이십니다. 이 아기는 많은 사람의 반대를 받는 표적이 되어 당신 마음이 예리한 칼에 찔리듯 아플 것입니다. 그러나 그는 반대자들의 숨은 생각을 드러나게 할 것입니다."

또 파누엘의 딸로서 아셀 지파의 혈통을 이어받은 안나라는 나이 많은 예언자가 있었다. 그는 결혼하여 남편과 일곱 해를 같이 살다가 과부가 되어 여든네 살이 되도록 성전을 떠나지 않고 밤낮없이 단식과 기도로써 하느님을 섬겨 왔다.

이 여자는 예식이 진행되고 있을 때 바로 그 자리에 왔다가 하느님께 감사를 드리고 예루살렘이 구원될 날을 기다리던 모든 사람에게 이 아기의 이야기를 하였다.

아기의 부모는 주님 율법을 따라 모든 일을 마치고 자기 고향 갈릴리 지방 나사렛으로 돌아갔다. 아기는 날로 튼튼하게 자라면서 지혜가 풍부해지고 하느님의 은총을 받았다.

루가 2 : 22 ~ 40

진실로 마음에 품어야 하는 것

오염과 악은 모두 몸 안으로 파고들었다가 몸 밖으로 나올 때 나타난다는 것을 오늘 말씀을 통해 깨닫는다. 더럽고 악한 마음인가, 깨끗하고 선한 마음인가가 그 사람의 존재를 결정하고 규정하는 잣대가 된다는 사실을 새삼 깨닫는다.

"문제는 마음이야, 문제는 정신이야."

이렇게 말할 수 있을 것 같다.

속사람이 어떠한가가 가장 중요하다는 가르침일 것이다. 그런데 나는 아직도 겉만 보고 표면적인 것으로 사람을 판단하는 어리석음을 탈피하지 못한다.

주님 능력과 은총에 힘입어 속사람을 보다 아름답고 선하게 가꾸어 갈 수 있기를 소망한다.

"주님, 사람 밖으로 나오는 것이 더러움을 끌어 일으키고 추함과 악함을 탄생시킨다고 말씀하셨습니다. 제가 제 마음과 가슴에 무엇을 간직해야 하는지 분명히 깨닫게 하시니 정녕 주님 은총입니다. 제 속사람이 아름답고, 멋지고, 따스하고, 선할 수 있도록 애쓰기를 멈추지 않도록 이끌어 주십시오."

예수께서 다시 사람들을 불러 모아 가르치셨다.

"너희는 내 말을 새겨들어라. 무엇이든지 밖에서 몸 안으로 들어가는 것은 사람을 더럽히지 않는다. 더럽히는 것은 도리어 사람에게서 나오는 것이다."

예수께서 군중을 떠나 집에 들어가셨을 때 제자들이 그 비유의 뜻을 묻자 예수께서 말씀하셨다.

"너희도 이렇게 알아듣지를 못하느냐? 밖에서 몸 안으로 들어가는 것은 사람을 더럽히지 못한다는 것을 모르느냐? 모두 뱃속에 들어갔다가 그대로 뒤로 나가 버리지 않느냐? 그것들이 마음속으로 파고들지는 못한다."

그러므로 모든 음식은 다 깨끗하다고 하셨다.

그리고 다시 이렇게 말씀하셨다.

"참으로 사람을 더럽히는 것은 사람에게서 나오는 것이다. 안에서 나오는 것은 곧 마음에서 나오는 것인데 음행, 도둑질, 살인, 간음, 탐욕, 악의, 사기, 방탕, 시기, 중상, 교만, 어리석음 같은 여러 가지 악한 생각들이다. 이런 악한 것들은 모두 안에서 나와 사람을 더럽힌다."

마르 7 : 14 ~ 23

영원한 생명보다 세상 빚 먼저

현재의 소중한 생명을 가지고도 세상에 보탬이 되는 일을 하지 못하는 사람이 영원한 생명을 가진다고 해서 세상의 일에서 무엇이 달라질까 생각해 본다. 나의 경우가 바로 이와 같기 때문이다.

나는 영원한 생명을 바라지 않는다. 내가 영원한 생명을 가지면 우주의 에너지를 조금이나마 더 많이 소모하게 될 것이고 내가 세상에 공헌하는 것보다 결국 세상을 더 황폐하게 하는 데에 일조할 것이 분명해 보이기 때문이다.

머리로는 이 세상에 보탬이 되어야 한다고 생각하면서도 실제로 행하는 것은 도리어 세상의 도움을 더 많이 바라고 빚을 더 많이 지는 나를 발견한다.

주님 능력과 은총에 힘입어 지금 하는 일이라도 더 충실히 하여 회사 구성원들에게 보탬이 되는 삶을 살기를 소망한다.

"주님, 제게 삶이 주어질 때까지 세상에 진 빚을 조금이라도 더 갚고 떠날 수 있도록 이끌어 주십시오. 제 삶이 티끌만큼이나마 세상을 좀 더 윤택하게 할 수 있도록 인도하여 주십시오. 더욱 겸손한 자세로 더욱 진지하고 성실한 삶을 살도록 이끌어 주십시오."

예수께서 길을 떠나시는데 어떤 사람이 달려와 그 앞에 무릎을 꿇고 물었다.

"선하신 선생님, 제가 무엇을 해야 영원한 생명을 얻겠습니까?"

예수께서 이렇게 대답하셨다.

"왜 나를 선하다고 하느냐? 선하신 분은 오직 하느님뿐이시다. '살인하지 말라', '간음하지 말라', '도둑질하지 말라', '거짓으로 증언하지 말라', '남을 속이지 말라', '부모를 공경하라', 이런 계명들을 너는 알고 있을 것이다."

"선생님, 그 모든 것은 제가 어려서부터 다 지켜 왔습니다."

그 사람이 대답하였다.

예수께서는 그를 유심히 바라보시고 대견해 하시며 말씀하셨다.

"너에게 한 가지 부족한 것이 있다. 가서 가진 것을 다 팔아 가난한 사람들에게 나누어 주어라. 그러면 하늘에서 보화를 얻게 될 것이다. 그러니 내가 시키는 대로 하고 나서 나를 따라오너라."

그러나 그 사람은 재산이 많았기 때문에 이 말씀을 듣고 울상이 되어 근심하며 떠나갔다.

예수께서는 제자들을 둘러 보시며 말씀하셨다.

"재물을 많이 가진 사람이 하느님 나라에 들어가는 것은 얼마나 어려운 일인지 모른다."

제자들은 이 말씀을 듣고 놀랐다.

예수께서 다시 이렇게 말씀하셨다.

"하느님 나라에 들어가기는 참으로 어렵다. 부자가 하느님 나라에 들어가는 것보다는 낙타가 바늘귀로 빠져나가는 것이 더 쉬울 것이다."

제자들은 깜짝 놀라 서로 수군거렸다.

"그러면 구원받을 사람이 어디 있겠는가?"

예수께서는 제자들을 똑바로 보시며 말씀하셨다.

"그것은 사람의 힘으로는 할 수 없으나 하느님은 하실 수 있는 일이다. 하느님께서는 무슨 일이나 다 하실 수 있다."

마르 10 : 17 ~ 27

재능과 힘을 함부로 쓰지 말라

적디적은 수완과 재능, 쥐꼬리만 한 지식을 가지고도 자신의 능력과 지식을 과대평가하여 한사코 그것을 뽐내려고 하는 내 모습이 오늘 '불을 내려 마을을 불살라버릴까요?' 하고 묻는 제자의 모습과 같다는 생각이 든다.

한 사람의 인격을 평가하는 방법은 여러 가지가 있겠지만 그 하나는 자신이 가지고 있는 권한과 힘을 사용하는 자세가 아닐까 하는 생각이 든다. 주어진 권한과 힘을 극도로 자제하면서 꼭 필요할 때만 사용하려는 신중한 자세와 태도를 지닌 사람이 바로 인격자가 아닌가 하는 생각도 든다.

주님 능력과 은총에 힘입어 내가 비록 재능과 힘을 지니고 있다 할지라도 그것을 함부로 남용하지 않고 오직 공공의 선을 위해서만 사용하는 지혜로운 삶을 살기를 소망한다.

"주님, 제가 가볍고 얕은 생각으로 제 권한과 힘을 함부로 사용하지 않도록 이끌어 주십시오. 제가 선택하는 결정들이 신중하고 선한 것이 되도록 인도하여 주십시오. 제 이익만을 위한 이기적 선택이 아니라 보다 많은 사람에게 유익한 것이 될 수 있도록 이끌어 주십시오."

예수께서 하늘에 오르실 날이 가까워지자 예루살렘에 가기로 마음을 정하시고 심부름꾼들을 앞서 보내셨다. 그들은 길을 떠나 사마리아 사람들 마을로 들어가 예수를 맞이할 준비를 하려고 하였으나 그 마을 사람들은 예수께서 예루살렘에 가신다는 말을 듣고는 예수를 맞아들이지 않았다. 이것을 본 제자 야고보와 요한이 물었다.

"주님, 저희가 하늘에서 불을 내리게 하여 그들을 불살라 버릴까요?"

예수께서는 돌아서서 그들을 꾸짖고 나서 일행과 함께 다른 마을로 가셨다.

루가 9 : 51 ~ 56

'제 뜻이 아니라 주님 뜻대로'

나는 모든 상황과 사건은 해석하고 생각하기에 따라 나름대로 다 의미가 있고, 음미할 것이 있으며, 배우고 깨우칠 것이 있다는 것을 알게 되면서 상황이나 사건을 보는 시각이 아주 많이 달라졌다.

어떤 상황에서도 긍정적이고 생산적인 배움을 가질 수 있고 그것이 나의 성장에 도움이 된다는 것을 깨닫게 되면서, 나의 기도도 가끔 매우 달라질 수 있었던 것 같다. 예전에는 내가 원하는 대로 이루어지게 해 달라는 기도뿐이었지만 이제는 가끔이나마 이렇게 기도할 수 있게 되었다.

'제 뜻대로 하지 마시고 주님 뜻대로 하소서.'

아무리 좋지 못한 상황에서도 긍정적이고 건설적인 배움을 가질 수 있게 되어 나에게 좋은 해석, 내 앞날을 위해 현명하고 발전적인 해석을 할 수 있는 자세가 더욱 중요함을 어렴풋이나마 알게 되었기 때문에 가능한 일이 아닌가 생각한다. 곰곰 들여다보면 성공보다는 실패의 경험이 절대적으로 많으며 그런 실패와 잘못을 통해 여기까지나마 성장할 수 있었던 것으로 생각한다.

주님 능력과 은총에 힘입어 더욱 주님을 순종하며 모든 상황에서 기쁨과 배움, 고마움을 느끼는 삶을 살기를 소망한다.

"주님, 지금까지 기도는 제가 원하는 것을 아뢰고 요청하는 것으로 생각했습니다. 지금은 조금이나마 주님 뜻에 순종하고 주님 뜻을 헤아리려고 기도할 수 있게 되었으니 주님 은총이고 축복입니다. 제 삶 전체가 당연히 누릴 수 있는 것이 아니라 주님께서 거저 주시는 선물임을 깨닫는다면 하루하루가 감사와 기쁨이 아닐 수 없겠지요. 때로는 저의 욕심이 감사와 기쁨의 마음을 빼앗아 가지만 오래 지나지 않아 주님 축복과 선물을 깨닫고 다시 감사의 마음을 되찾을 수 있으니 얼마나 다행인지 모릅니다. 제가 길에서 벗어날 때마다 저에게 손길을 펼치시어 바른길로 인도하여 주십시오."

예수께서 제자들과 함께 게세마니라는 곳에 가셨다.

"내가 저기 가서 기도하는 동안 너희는 여기 앉아 있어라."

제자들에게 말씀하시고 베드로와 제베대오의 두 아들만을 따로 데리고 가셨다.

"지금 내 마음이 괴로워 죽을 지경이니 너희는 여기 남아서 나와 같이 깨어 있어라."

예수께서 근심과 번민에 싸여 그들에게 말씀하시고 조금 더 나아가 땅에 엎드려 기도하셨다.

"아버지, 아버지께서는 하시고자 하시면 무엇이든 다 하실 수 있으시니 이 잔을 저에게서 거두어 주소서. 그러나 제 뜻대로 하지 마시고 아버지의 뜻대로 하소서."

기도를 마치고 세 제자에게 돌아오시니 제자들은 자고 있었다. 그래서 베드로에게 한탄하셨다.

"너희는 나와 함께 단 한 시간도 깨어 있을 수 없단 말이냐? 유혹에 빠지지 않도록 깨어 기도하라. 마음은 간절하나 몸이 말을 듣지 않는구나!"

마태 26 : 36 ~ 41

개인의 책임과 사회의 책무

내 삶을 책임지는 사람은 바로 나 자신임이 분명하다. 그러나 내 삶에 영향을 끼치는 사회 환경이나 외부 조건의 변화에 어떤 원인이 있는 것도 사실이다. 하지만 그 변화에 대처해 최종적으로 어떤 선택을 할지 결정하는 존재는 나 자신이다. 그러므로 자신의 선택에 따른 결과에 대한 책임을 지는 것도 나 자신일 수밖에 없다.

이런 방향에서 본다면 좋지 못한 결과에 대한 책임은 개인이 감당해야 할 몫이라고 간단하게 말할 수도 있을 것이다. 그러나 선택이 이루어지고 추진되는 과정이 얼마나 공평하고 정의로운 환경인가 하는 것도 문제가 아닐 수 없다.

어쩔 수 없이 강요된 선택일 수도 있고, 선택이 추진되는 과정이 공정하지 않은 경우도 너무나 많다. 한 마디로 세상을 정의하는 것, 상황을 너무 단순화하는 것은 위험하기 짝이 없으며 오직 어느 것 한 가지만을 고집하는 태도도 큰 문제를 낳는다고 생각된다.

한 개인이 '내 탓'이라고 자신의 책임을 인정하는 것과 사회 전체가 '개인 탓'이라고 몰아세우는 것은 전혀 다른 문제라고 생각한다. 한 사회의 구성원으로서, 한 국가의 국민으로서, 그 사회와 국가가 부여한 책임과 의무를 짊어지지 않는 사람은 단 한 명도 존재할 수 없다.

따라서 어떤 결과를 짊어진 개인이든 그가 최소한의 인간적 삶을 살 수 있는 환경을 마련해주어야 하는 것은 사회와 국가가 감당해야 할 의무이며 책임이 아닐 수 없다. 이런 정신이 바로 민주와 정의의 기초가 되어야 하지 않을까 생각한다.

오늘 말씀에 등장하는 두 부류의 사람들, 해면을 신 포도주에 적시어 갈대 끝에 꽂아 예수께 목을 축이라고 권하는 사람과 그 사람을 향해 그 일을 그만두고 누가 예수님을 구하는지 지켜보자고 방관하는 사람들, 그중에 어느 쪽이 바른 삶을 사는 사람인지는 쉽게 판단할 수 있지 않을까?

그런 상황에서 바로 나 자신이 방관자에 속하는 삶을 살아가고 있는 것은 아닐까 걱정스러운 생각이 든다.

주님 능력과 은총에 힘입어 목을 축이게 하는 사람의 삶을 사는 부류에 속할 수 있기를 정녕 소망한다.

"주님, 자기가 아는 단 한 가지 태도로 좁은 범위의 틀을 고집하지 않는 사람이 되도록 이끌어 주십시오. 세상이 그리 단순하지 않음을 잊지 않도록 인도해 주십시오. 지나치게 단순한 논리는 의외로 많은 함정과 오류에 맞닥뜨릴 수 있음을 경계할 수 있도록 이끌어 주십시오. 자신의 삶에서 스스로가 방관자가 되는 어리석음을 범하지 않도록 지켜주십시오."

낮 열두 시부터 온 땅이 어둠에 덮여 오후 세 시까지 계속되었다. 세 시쯤 되자 예수께서 큰 소리로 부르짖으셨다.

"엘리, 엘리, 레마 사박타니?"

이 말씀은 '나의 하느님, 나의 하느님, 어찌하여 나를 버리셨나이까?'라는 뜻이다.

거기에 서 있던 몇 사람이 이 말을 듣고 말하였다.

"저 사람이 엘리야를 부르고 있다."

그중의 한 사람은 곧 달려가 해면을 신 포도주에 적시어 갈대 끝에 꽂아 예수께 목을 축이라고 주었다.

그러나 다른 사람들은 말하였다.

"그만두시오. 엘리야가 와서 그를 구해 주나 봅시다."

마태 27 : 45 ~ 49

관성적인 틀에서 벗어나라

앉은뱅이 걸인을 성전 문 옆에 들어다 놓는 사람들의 생각과 능력으로는 그것이 그를 돕는 최선의 일일 것이다. 앉은뱅이 걸인을 외면하고 그에게 무관심한 사람들보다는 분명 마음이 예쁜 사람들임에는 틀림이 없다. 그러나 그것이 사실은 앉은뱅이 걸인에게 평생 구걸을 하게 하는 방식이라는 것에는 생각이 미치지 못했거나 그를 돕는 더 나은 방식에 대해서는 생각하지 못한 것이 내게는 아쉬움으로 남는다.

어쩌면 내가 현재를 바라보는 인식이 바로 이런 사람들의 범주에서 벗어나지 못하는 것은 아닐까. 현재가 힘든 사람에게는 매일의 관성적인 사고와 삶의 형태에서 벗어날 수 있는 새로운 희망과 비전을 제시하는 것이 더 바람직스럽지 않을까 생각해 본다.

주님 능력과 은총에 힘입어 베드로의 믿음과 사랑에 바탕을 둔 방식을 통해 어렵고 힘든 상황에 놓인 사람들에게 자립을 향한 인내와 희망을 줄 수 있는 삶을 살기를 소망한다.

"주님, 어려운 사람을 돕는 방식에도 여러 가지가 있음을 깨닫게 하시니 주님 은총입니다. 한 사람의 삶을 돕는 데에도 그 사람이 스스로 더욱 자존감 있는 존재로 생각할 수 있고, 자신의 힘과 노력으로 더욱 즐겁고 기쁜 삶을 살 수 있도록 최선의 방식을 찾아내야 한다는 것을 오늘 묵상을 통해 알게 하시니 주님 축복입니다. 제가 남들에게 상처를 주는 말과 행동을 멈추고 이웃에게 사랑과 위로와 격려를 선물하는 사람으로 살아갈 수 있도록 지켜주십시오."

어느 날 베드로와 요한이 오후 세 시 기도하는 시간이 되어 성전으로 올라가는데 '아름다운 문'이라는 성전 문 곁에 태어날 때부터 앉은뱅이가 된 사람이 하나 앉아 있었다. 그는 날마다 사람들이 그곳에 들어다 놓으면 거기 앉아서 성전으로 들어가는 사람들에게 구걸하는 것이었다.

그는 성전으로 들어가려는 베드로와 요한에게 구걸하였다. 베드로는 요한과 함께 그를 눈여겨보며 말하였다.

"우리를 좀 보시오."

앉은뱅이는 무엇을 주려니 하고 두 사도를 쳐다보았다.

그러자 베드로가 그의 오른손을 잡아 일으켰다.

"나는 돈이 없소. 내가 줄 수 있는 것은 이것이오. 나사렛 예수 그리스도의 이름으로 걸어가시오."

그러자 앉은뱅이는 당장 다리와 발목에 힘을 얻어 벌떡 일어나 걷기 시작하였다. 그들과 함

검은 바위와 파란 하늘. 짙푸른 바다, 그리고 보라색 뚜껑별

꽃이 환상의 사중주를 연출하는 제주의 봄. 쌍떡잎식물 앵초

목 앵초과의 한해살이 또는 두해살이 풀.

께 성전으로 들어가면서 걷기도 하고 껑충껑충 뛰기도 하며 하느님을 찬양하였다.

사람들은 모두 그가 걸어 다니며 하느님을 찬양하는 것을 보고, 또 그 사람이 바로 성전의 '아름다운 문' 곁에 앉아 구걸하던 앉은뱅이라는 것을 알고 그에게 일어난 일에 몹시 놀라 어리둥절해졌다.

사도 3 : 1 ~ 10

열린 생각, 트인 귀, 깨인 눈

육체를 살찌우고 에너지를 공급하는 음식도 양식이고 정신을 살찌우고 정신적 에너지를 공급하는 말씀도 양식이라는 것을 오늘 말씀을 통해 깨닫게 된다.

육체적 건강과 정신적 건강이 조화와 균형을 이룰 때 그 존재가 아름답고 멋있을 것 같다는 생각이 든다. 육체는 튼튼하고 건장한데 정신적 풍성함이 모자라도 보기에 좋은 모습이 아닐 것 같고, 반대로 정신은 풍요로운데 육체의 건강 상태가 미약하다면 그것도 좋게 보기는 어려울 것 같다.

흔히 정신이 풍성하다는 사람들 가운데는 자기 생각과 지식, 가치관만이 최선이라고 고집하는 사람들이 많은 것 같다. 종교나 신앙에서도 마찬가지인 듯하다. 신앙이 깊고 믿음이 좋다는 사람들일수록 자신의 종교와 신앙이 유일한 선이라고 믿는 것 같다.

내 생각으로는 무엇이든 폐쇄적이고 배타적이고 독선적인 것은 올바르지 않은 것 같다. 열려 있고 품어 안고 조화와 균형을 이루는 것이 좋게 보인다.

주님 능력과 은총에 힘입어 열린 사고, 트인 귀, 뜨인 눈을 가지며 믿음이 깊어지기를 소망한다.

"주님, 정신적인 양식을 추구하되 너무 한쪽에만 치우치지 않는 균형을 갖도록 이끌어 주십시오. 육체를 위한 양식을 즐길 때도 편식과 쏠림에서 벗어날 수 있도록 이끌어 주십시오. 배타적이고 독선적이고 폐쇄된 것을 조심하고 경계할 수 있는 지혜를 주십시오."

그러는 동안에 제자들이 예수께 권하였다.

"선생님, 무엇을 좀 잡수십시오."

예수께서 말씀하셨다.

"나에게는 너희가 모르는 양식이 있다."

이 말씀을 듣고 제자들은 수군거렸다.

"누가 선생님께 잡수실 것을 갖다 드렸을까?"

그러자 예수께서 말씀하셨다.

"나를 보내신 분의 뜻을 이루고 그분의 일을 완성하는 것이 내 양식이다. 너희는 '아직도 넉 달이 지나야 추수 때가 온다'고 하지 않느냐? 그러나 내 말을 잘 들어라. 저 밭들을 보아라. 곡식이 이미 다 익어서 추수하게 되었다. 거두는 사람은 이미 삯을 받고 있다. 그는 영원한 생명의 나라로 알곡을 모아들인다. 그래서 심는 사람도 거두는 사람과 함께 기뻐하게 될 것이다. 과연 한 사람은 심고 다른 사람은 거둔다는 속담이 맞다. 남들이 수고하여 지은 곡식을 거두라고 나는 너희를 보냈다. 수고는 다른 사람들이 하였으나 그 수고의 열매는 너희가 거두는 것이다."

요한 4 : 31 ∼ 38

빚진 사람과 빚이 없는 사람

누군가의 도움을 받아 살고 있다고 생각하는 사람은 누군가에게 빚을 지고 있다는 느낌을 지우지 못할 것이다. 반면 자신의 노력으로 살고 있다고 생각하는 사람은 누군가에게 부담을 느끼거나 빚을 지고 있다고 느낄 이유가 없을 것이다.

빚을 지고 있다고 느끼는 사람은 삶의 자세가 좀 더 겸손하고 온유하여 자제하고 검소하며, 공동체적이고 이타적이며 근신하는 삶의 모습을 보일 것이다. 반면 그런 느낌이 없는 사람은 삶의 자세가 오만하고 완고하며 자신과 가족에게만 관심이 집중되는 삶의 모습을 보일 가능성이 클 것이다.

앞의 삶을 사는 사람일수록 남에게 폐해를 끼치지 않으려고 노력하며 자신의 내부 세계에서도 조용히 잘 살아가는 경향이 큰 데 비해 뒤의 삶을 사는 사람은 남과 어울리거나 섞이지 않으면 극도의 외로움을 느끼면서 외부의 분위기를 동경하고 접촉을 원하는 경향이 큰 것 같다. 순전히 개인적인 느낌이고 견해다.

주님 능력과 은총에 힘입어 나의 오늘이 누군가의 도움이 있어 가능함을 깨닫고, 서로 도우며 함께하는 삶이기를 소망한다.

"주님, 주님과 세상에 빚을 지고 있는 줄 몰랐습니다. 제 능력과 노력만으로 살아가는 것으로 착각하고 있었습니다. 이제 조금이라도 의식과 눈이 뜨여 제 삶의 대부분이 타인의 도움으로 가능함을 알기 시작했습니다. 그런데도 아직 저와 가족의 안위에만 집중하며 살고 있음을 고백합니다. 제가 좀 더 공동체를 위하고 다수를 위해 살 수

있도록 이끌어 주십시오."

하늘나라는 이렇게 비유할 수 있다.

어떤 왕이 자기 종들과 셈을 밝히려 하였다. 셈을 시작하자 일만 달란트나 되는 돈을 빚진

사람이 왕 앞에 끌려 왔다. 그에게 빚을 갚을 길이 없었으므로 왕은 말하였다.

"네 몸과 네 처자와 너에게 있는 것을 모두 팔아 빚을 갚아라."

이 말을 듣고 종이 엎드려 왕에게 절하며 애걸하였다.

"조금만 참아 주십시오. 곧 다 갚아 드리겠습니다."

왕은 그를 가엾게 여겨 빚을 탕감해 주고 놓아 보냈다.

마태 18 : 23 ∼ 27

현실 안주에서 새로운 개혁으로

마귀 들린 사람들에게서 마귀들을 쫓아내 주신 예수께 마을 사람들이 자기들 고장에서 떠나가 달라고 간청하는 대목은 참으로 흥미롭기만 하다. 많은 해석이 가능할 것이다.

제 생각이 강하게 미치는 것은 이런 부분들이다. 마귀들을 쫓아내고 사나운 사람을 온순하게 만든 것이나 마귀들이 돼지 떼 속으로 들어가 비탈을 달려 내려가 바다에 떨어져 죽은 사건은 현상을 타파하고 개혁을 상징하는 사건이 아닐까 생각된다.

또 그런 개혁을 이끄신 예수께 두려움과 부담감을 느끼고 그저 되풀이되는 일상으로 돌아가려는 마을 사람들은 현실에 안주하고 싶은 성향이 강해 마을을 떠나 달라고 예수께 요청하는 것이 아닐까 생각된다.

내 마음 깊숙한 곳에도 개혁이나 변화를 거부하고 일상의 현실에 안주하려는 성향이 강하게 자리 잡고 있음을 알게 되고는 이런 성향을 경계하려고 애쓴다. 그래도 어느새 다시 편하고 안락한 현상에 기대려는 관성을 발견하고 놀라곤 한다.

주님 능력과 은총에 힘입어 늘 새로운 도전과 변화를 추구하는 삶을 살기를 소망한다.

"주님, 편하고 익숙한 것을 좋아하는 속마음을 알 수 있도록 이끌어 주시니 주님 은총입니다. 현실에 안주하려는 제 게으름과 안일한 마음을 잘 다스리도록 이끌어 주십시오. 새로운 도전을 기쁨으로 받아들일 수 있는 큰마음을 잊지 않도록 지켜주십시오."

예수께서 호수 건너편 가다라 지방에 이르자 마귀 들린 사람들이 무덤 사이에서 나오다 예수를 만났다. 그들은 너무나 사나워서 아무도 그 길로 다닐 수가 없었다. 그런데 그들이 갑자기 소리를 질렀다.

"하느님의 아들이시여, 어찌하여 우리를 간섭하시려는 것입니까? 때가 되기도 전에 우리를 괴롭히려고 여기 오셨습니까?"

마침 거기서 조금 떨어진 곳에 놓아 기르는 돼지 떼가 우글거리고 있어서 마귀들이 예수께 간청하였다.

"당신이 우리를 쫓아내시려거든 저 돼지들 속으로나 들여보내 주십시오."

예수께서 '가거라' 명령하시자 마귀들은 나와서 돼지들 속으로 들어갔다. 그러자 돼지 떼는 온통 비탈을 달려 내려가 바다에 떨어져 물에 빠져 죽었다.

돼지 치던 사람들이 이것을 보고 읍내로 달려가 이 모든 일과 마귀 들린 사람 일을 알렸다. 그러자 온 읍내 사람들이 나와서 예수를 보고는 저희 고장에서 떠나가 달라고 간청하였다.

마태 8 : 28 ∼ 34

늦가을 보랏빛으로 빛나는 자주쓴풀은 쓴 게 몸에 좋다는
속설대로 약재로 활용된다. 쌍떡잎식물 용담목 용담과의 두
해살이풀.

일상의 사소한 일 모두에 감사!

걸을 수 있음을 고맙게 생각한 시간이 얼마나 있었는지 생각해 본다. 고백하건대 감사하는 마음으로 걸은 시간이 거의 없었던 것 같다. 그저 당연한 마음으로, 아무 생각 없이 발걸음을 옮긴 시간이 전부였지 않나 하는 생각이 든다.

다리가 불편한 사람이 힘들게 걷는 모습을 보고서도 딱하고 안타까운 마음은 가졌지만 멀쩡한 두 다리로 정상적인 걸음을 걷고 있는 내 상태를 고맙게 여긴 적이 별로 없었던 것 같다.

이제 건강한 다리를 가진 것, 건강한 다리로 긴 거리를 걸을 수 있고, 그로 인해 더욱 건강을 유지할 수 있음에 새삼 큰 고마움을 느낀다.

주님 능력과 은총에 힘입어 일상의 소소한 행동 모두에서 감사함을 느끼는 사람으로 살아갈 수 있기를 소망한다.

"주님, 제가 가지고 있고 누리고 있는 현재의 상태가 얼마나 고마운지 모르고 살았습니다. 그저 당연히 가지고 있고, 누릴 자격이 있다고 생각했기 때문입니다. 제가 가진 것을 가지지 못한 사람이 많다는 사실에도 생각이 미치지 못했음을 고백합니다. 주님, 이제부터라도 먹는 것, 숨 쉬는 것, 걷고 움직이는 것, 생각하는 것, 먹고 마시는 것 같은 제 행동 하나하나가 모두 고마움을 느껴야 할 대상임을 잊지 않도록 이끌어 주십시오."

예수께서 배를 타고 호수를 건너 당신 동네로 돌아오시자 사람들이 중풍 병자 한 사람을 침상에 뉘어 예수께 데려왔다. 예수께서 그들의 믿음을 보시고 중풍 병자에게 말씀하셨다.

"안심하여라. 네가 죄를 용서받았다."

그러자 율법학자 몇 사람이 가만히 수군거렸다.

"이 사람이 하느님을 모독하는구나!"

예수께서 그들의 생각을 아시고 물으셨다.

"어찌하여 너희는 악한 생각을 품느냐? '네가 죄를 용서받았다' 하는 것과 '일어나서 걸어가라' 하는 것이 어느 편이 더 쉬우냐? 이제 사람의 아들이 땅에서 죄를 용서하는 권한이 있음을 보여 주마."

그리고 중풍 병자에게 명하셨다.

"일어나 네 침상을 들고 집으로 가거라."

그는 일어서서 집으로 돌아갔다.

이것을 보고 무리는 두려워하는 한편 사람에게 이런 권한을 주신 하느님을 찬양하였다.

마태 9 : 1 ~ 8

나 자신이 추수할 대상이자 일꾼

나 자신이 추수할 대상이며 동시에 추수할 일꾼이 아닌가 하는 생각이 든다. 내 삶을 마칠 때는 식물에 비유하면 추수할 대상이 되는 것이며, 내 자녀를 포함한 후손이나 후배를 양육, 양성하여야 할 의무를 생각하면 추수할 일꾼이 되는 것이 아닐까 생각된다.

올바른 삶의 자세를 가꾸어 가면서 점차 인격과 영혼이 풍성해지고 밝은 존재가 되어 추수할 때가 된 식물이나 과일같이 유익한 상태로 삶을 마감할 수 있기를 바라는 마음이다. 또 정의롭고 검소하며 균형 있는 삶을 실천하여 후배와 후손에게 바른 삶의 모범을 보일 수 있기를 바라는 마음이다.

주님 능력과 은총에 힘입어 그런 삶을 살 수 있기를 소망한다.

"주님 곁으로 갈 때 제가 추수할 만한 존재가 되어있기를 원합니다. 풍성한 영혼과 윤택한 인격의 소유자로 바뀌어 주님께로 갈 수 있도록 이끌어 주십시오. 제가 바른 삶을 통해 후손과 후배에게 올곧고 바람직한 삶의 길을 보여 줄 수 있도록 이끌어 주십시오."

그들이 나간 뒤 사람들이 마귀 들린 언어 장애인 한 사람을 예수께 데려왔다. 예수께서 마귀를 쫓아내시자 그 사람은 곧 말을 하게 되었다. 군중은 놀라서 이스라엘에서는 처음 보는 일이라면서 웅성거렸다.

그러나 바리사이파 사람들은 말하였다.

"저 사람은 마귀 두목의 힘을 빌려 마귀를 쫓아낸다."

예수께서는 모든 도시와 마을을 두루 다니시며 가시는 곳마다 회당에서 가르치고 하늘나라의 복음을 선포하셨다. 그리고 병자와 허약한 사람들을 모두 고쳐 주셨다.

또 목자 없는 양과 같이 시달리며 허덕이는 군중을 보시고 불쌍한 마음이 들어 제자들에게 말씀하셨다.

"추수할 것은 많은데 일꾼이 적으니, 그 주인에게 추수할 일꾼들을 보내 달라고 청하여라."

마태 9: 32 ~ 38

행복의 핵심이며 만복의 근원

'자기가 부리던 종들에게 털리는 신세가 되리라.'
내 개인적인 느낌으로는 이 말은 이것으로 인식된다.
'양지가 음지 되고 음지가 양지 되는 때가 올 것이다.'

물질이 풍부하고 권력이 세어 세상 무서운 줄 모르고 안하무인, 오만방자한 마음가짐으로 사는 사람들이 새겨들어야 할 말이 아닌가 생각된다. 너무나 자주 교만과 탐욕으로 가득한 내 행동을 향해 던지는 경고의 말로도 받아들여진다.

좋은 것도 나쁜 것도 영원하지 않고 기쁨과 슬픔도 교차하게 되는 것이 인생이 아닌가 하는 생각이 든다. 다만 어떤 처지에서든지 감사할 줄 아는 지혜가 있으면 그것이 바로 내공이고 행복의 핵심이 아닐까 생각된다.

주님 능력과 은총에 힘입어 비록 쉽지 않은 과제이지만 그런 행복이 가능하게 되기를 소망한다.

"주님, 항상 기도하고 늘 기뻐하며 어떤 처지에서든 감사하라고 가르치셨습니다. 이것이 행복의 핵심이고 만복의 근원이지만 생각처럼 쉽지가 않음을 잘 압니다. 하긴 쉬우면 누구나 다 할 수 있겠지요. 행복의 핵심이고 만복의 근원인 이 말씀을 가슴에 잘 새길 수 있도록 이끌어 주십시오. 매 순간순간이 기쁨이고 보람임을 잊지 않고 살도록 지켜주십시오."

"나는 너희를 온 천하 사방으로 흩뜨려 보냈다."

야훼 말씀이시다.

"너희는 어서 서둘러 그 북녘땅에서 빠져나오너라."

야훼 말씀이시다.

바빌론에서 살아가는 시온 백성들아, 어서 도망쳐 오너라.

너희를 건드리는 것은 하느님 눈동자를 건드리는 것이다.

너희를 털어가던 뭇 민족에게 당신 위엄을 떨치시려 나를 보내시며, 만군의 야훼께서 하신 말씀이다.

"나 이제 팔을 뻗어 뭇 민족을 쳐서 저희가 부리던 종들에게 털리는 신세가 되게 하리라."

이 말이 이루어지면 너희는 나를 보내신 이가 바로 만군의 야훼이심을 알리라.

즈가 2 : 10 ～ 13

보고 싶은 것보다 보아야 할 것

대개 보아야 할 것, 들어야 할 것은 세상의 기준에서 보자면 즐겁지 않거나 불편할 수 있는 것들이 많지 않을까 생각된다. 하지만 음미하고 숙고하여 가슴에 간직하면 오랫동안 삶의 지침이 되거나 삶의 지혜를 더하는 데에 보탬이 되는 것들이 아닌가 생각된다.

반면 보고 싶은 것이나 늘 보는 것, 또는 듣고 싶은 것이나 관성적으로 듣는 것들은 눈이나 귀를 자극하고 일시적으로 즐겁거나 짜릿한 느낌을 주는 것이 대부분이 아닐까 생각된다. 윤택하고 풍성한 삶을 사는 데 크게 도움이 되지 않거나 접하지 않아도 별반 손해가 없는 것들이지 않을까 하는 것이 내 개인적인 생각이다. 아니, 어쩌면 오히려 정신의 성장을 방해하거나 정신적 황폐를 조장하는 부정적 효과를 가져오는 경우가 훨씬 많은 것 같기도 하다.

주님 능력과 은총에 힘입어 잘 보는 눈, 트인 귀를 가지고 마음으로 깨달아 돌아설 수 있는 삶을 살기를 소망한다.

"주님, 보고 싶은 것, 듣고 싶은 것보다는 보아야 할 것, 들어야 할 것을 보고 들어야 함을 차츰 알아 가게 하시니 주님 은총입니다. 들어야 할 것, 보아야 할 것을 추구하도록 이끌어 주시니 주님 축복입니다. 제가 자극적이고 쾌락적인 것들을 추구하려

고 할 때마다 저를 붙잡아 주시고 바른길로 인도하여 주십시오."

제자들이 예수께 가까이 와서 물었다.

"저 사람들에게는 왜 비유로 말씀하십니까?"

예수께서 대답하셨다.

"너희는 하늘나라의 신비를 알 수 있는 특권을 받았지만 다른 사람들은 받지 못하였다. 가진 사람은 더 받아 넉넉하게 되겠지만 못 가진 사람은 가진 것마저 빼앗길 것이다. 내가 그들에게 비유로 말하는 이유는 그들이 보아도 보지 못하고 들어도 듣지 못하고 깨닫지도 못하기 때문이다. 이사야가 일찍이 '너희는 듣고 또 들어도 알아듣지 못하고, 보고 또 보아도 알아보지 못하리라. 이 백성이 마음의 문을 닫고 귀를 막고 눈을 감은 탓이니, 그렇지만 않다면 그들이 눈으로 보고 귀로 듣고 마음으로 깨달아 돌아서서 마침내 나한테 온전하게 고침을 받으리라' 말하지 않았더냐? 그러나 너희의 눈은 볼 수 있으니 행복하고 귀는 들을 수 있으니 행복하다. 나는 분명히 말한다. 많은 예언자와 의인들이 너희가 지금 보는 것을 보려고 했으나 보지 못하였고 너희가 지금 듣는 것을 들으려고 했으나 듣지 못하였다."

마태 13 : 10 ~ 17

늘 새로운 세상, 늘 새로운 생각

"나는 이제 다 배웠다."

"내가 해보아서 이미 다 안다."

이런 말을 하는 사람처럼 사려 깊지 못하고 어리석은 사람이 어디 있을까 생각해 본다. 세상을 움직이는 환경과 조건은 끊임없이 바뀌고 변하므로 그에 대처하는 방법과 수단도 계속 바뀌고 변할 수밖에 없고, 새로운 지식과 지혜의 진보에 따라 깨우치고 배워야 할 지식과 지혜 또한 늘 새로워져야 하는데 어떻게 지나간 지식만을 가지고 있으면서 더 배울 것이 없다고 말할 수 있을까?

그가 아무리 지위가 높고, 과거가 아무리 훌륭해도 그런 사람은 이미 내리막길을 걷고 있으며 과거를 사는 딱한 사람일 수밖에 없다는 생각이다. 사람은 삶을 마치는 날까지 계속 배우고 성찰하고 깨우치기를 멈추지 않아야 한다는 생각이다. 그것이 오늘, 지금, 현재를 사는 우리의 올바른 태도이며 바람직한 자세라는 생각이다.

주님 능력과 은총에 힘입어 늘 성찰하고 배우며 깨우쳐 날로 새로운 존재로 거듭나는 삶을 살 수 있기를 소망한다.

"주님, 성찰과 공부와 단련을 멈추지 않도록 이끌어 주십시오. 늘 기도하고 항상 기뻐하며 어떤 처지에서든지 감사함을 잃지 않듯이 항상 배우고 노력하며 살 수 있도록 이끌어 주십시오. 주님 곁으로 가는 날까지 제 삶이 주님 보시기에 좋은 것이 될 수 있도록 지켜주십시오."

예수께서는 또 이렇게 비유를 들어 말씀하셨다.

"시각 장애인이 어떻게 시각 장애인의 길잡이가 될 수 있겠느냐? 그러면 둘 다 구덩이에 빠지지 않겠느냐? 제자가 스승보다 더 높을 수는 없다. 제자는 다 배우고 나서도 스승 만큼밖에는 되지 못한다. 너는 형제의 눈 속에 든 티는 보면서도 어째서 제 눈 속에 들어있는 들보는 깨닫지 못하느냐? 제 눈 속에 있는 들보도 보지 못하면서 어떻게 형제더러 '네 눈의 티를 빼내 주겠다' 하겠느냐? 이 위선자야, 먼저 네 눈에서 들보를 빼내어라. 그래야 눈이 잘 보여 형제의 눈 속에 있는 티를 꺼낼 수 있다."

루가 6 : 39 ~ 42

꽃잎 없는 순백의 청순한 꽃, 홀아비꽃대. 홀아비꽃대과의

다년초.

더 받을 사람과 빼앗길 사람

참으로 가진 사람과 가진 줄로 아는 사람의 차이는 무엇일까. 참으로 가진 사람은 자신이 가진 것의 가치와 소중함을 잘 아는 사람일 것이다. 그는 자신이 가진 것이 자신만의 능력과 노력으로 이루어진 것이 아님을 잘 알 것이기 때문이다. 자신의 노력이 그런 결과로 나타날 수 있도록 도움을 준 모든 사람과 여건에 감사할 줄 알고, 그래서 그 열매를 다른 사람과 나눌 줄 아는 사람일 것이다.

자신이 가진 것을 자랑으로 삼는 것이 아니라 늘 겸손하게 절약하며 선한 마음으로 성실한 삶의 자세를 유지하기 때문에 함부로 낭비하지 않아 세월이 흐를수록 더 많이 받고 모을 수 있으며, 더 많이 나누는 삶을 살 것이다.

반면에 가진 줄 아는 사람은 자신의 능력과 재주가 뛰어나 그것이 가능했다고 생각하는 사람일 것이다. 그리하여 다른 사람을 우습게 여기고 업신여기는 교만한 자세가 나타날 것이다. 그래서 쉽게 적을 만들고 남들로부터 질시와 험담을 받아 가진 것이 점차 줄고 빼앗기는 결과로 이어질 것 같다.

주님 능력과 은총에 힘입어 늘 주님 앞에 겸손하고 가난한 마음으로 살아갈 수 있기를 소망한다.

"주님, 제가 예전에는 가진 줄 아는 자의 부류에 속했음을 고백합니다. 제가 누리고 소유하는 모든 것이 오로지 저의 능력과 재주, 저 혼자의 노력으로 얻어진 것이라고 착각했습니다. 남을 업신여기고 겉모습으로 사람을 평가하면서 참으로 어리석은 삶을 살았습니다. 주님 도우심으로 성숙함이 늘고 지혜가 자라고 절제를 알게 되었으니

참으로 감사합니다. 앞으로 더욱 겸손하게 살 수 있도록 이끌어 주십시오."

등불을 켜서 그릇으로 덮어 두거나 침상 밑에 두는 사람이 어디 있겠느냐? 누구나 등경 위에 얹어 놓아 방에 들어오는 사람들이 그 빛을 볼 수 있게 할 것이다. 감추어 둔 것은 나타나게 마련이고 비밀은 알려져서 세상에 드러나게 마련이다. 내 말을 명심하여 들어라. 가진 사람은 더 받을 것이고 가지지 못한 사람은 가진 줄 알고 있는 것마저 빼앗길 것이다.

루가 8 : 16 ~ 18

고난을 겪지 않고는 이룰 수 없다

삶의 여정에서 노력과 수고를 하지 않고 무언가를 성취한 사람은 없을 것이다. 그러나 노력과 수고의 정도가 대단히 크고 시간이 오래 걸려야 한다면 그런 수고와 노력을 계속할 수 있는 사람은 많지 않을 것 같다.

무언가를 이루기 위해 노력하고 수고하는 과정에는 반드시 어려운 문제와 고난이 기다리고 있는 것 같다. 현재 상황이나 수준에 머무르기를 원치 않고 좀 더 나은 발전을 위한 도전에 나서는 사람일수록 더 많은 고난과 문제에 직면할 가능성이 클 것이다.

그런 역경과 고난에 직면할 때마다 거기서 벗어나고 싶은 욕구도 생길 것이다. 그때 벗어나는 쪽을 선택한 사람에게는 도태와 실패에 따른 열패감과 자괴감이라는 더 혹독하고 가혹한 결과가 기다리고 있음을 잘 알면서도 하루빨리 힘든 상황에서 벗어나고픈 유혹을 견디지 못하는 사람들이 많은 것 같다.

'나는 바로 이 고난의 시간을 겪으러 왔다.'

삶을 대하는 자세는 어쩌면 이런 인식을 가지고 끊임없이 도전하는 것이어야 하지 않을까 생각된다.

주님 능력과 은총에 힘입어 기꺼이 고난을 겪고 그것을 극복하는 과정에서 지혜와 용기를 배가할 수 있는 삶을 살기를 소망한다.

"주님, 현재를 살면서 항상 도전과 개선에 나설 수 있는 삶을 살도록 이끌어 주십시오. 실패란 바로 포기하는 순간에 찾아오는 것이며 끈질긴 수고와 노력으로 반드시 극복되는 것임을 잊지 않도록 지켜주십시오."

명절 때 예배를 드리러 올라온 사람 중에는 그리스 사람도 몇이 있었다. 그들은 갈릴리 지방 베싸이다에서 온 필립보에게 가서 간청하였다.

"선생님, 예수를 뵙게 하여 주십시오."

필립보가 안드레아에게 가서 이 말을 하고 두 사람이 함께 예수께 가서 그 말을 전하였다. 그러자 예수께서 이렇게 말씀하셨다.

"사람의 아들이 큰 영광을 받을 때가 왔다. 정말 잘 들어두어라. 밀알 하나가 땅에 떨어져 죽지 않으면 한 알 그대로 남아 있고 죽으면 많은 열매를 맺는다. 누구든지 자기 목숨을 아끼는 사람은 잃을 것이며, 이 세상에서 자기 목숨을 미워하는 사람은 목숨을 지켜서 영원히 살게 될 것이다. 누구든지 나를 섬기려면 나를 따라오너라. 내가 있는 곳에는 나를 섬기는 사람도 같이 있게 될 것이다. 누구든지 나를 섬기면 내 아버지께서 그를 높이실 것이다. 내가 지금 이렇게 마음을 걷잡을 수 없으니 무슨 말을 할까? '아버지, 이 시간을 면하게 하여 주소서' 하고 기원할까? 아니다. 나는 바로 이 고난의 시간을 겪으러 온 것이다. 아버지, 아버지의 영광을 드러내소서."

그때 하늘에서 음성이 들려 왔다.

"내가 이미 내 영광을 드러냈고 앞으로도 드러내리라."

거기에 서서 그 소리를 들은 군중 가운데는 천둥이 울렸다고 하는 사람들도 있었고 천사가 예수께 말하였다고 하는 사람들도 있었다.

그러나 예수께서 말씀하셨다.

"이것은 나를 위해서가 아니라 너희를 위해서 들려온 음성이다. 지금은 이 세상이 심판을 받을 때이다. 이제는 이 세상의 통치자가 쫓겨나게 되었다. 내가 이 세상을 떠나 높이 들리게 될 때는 모든 사람을 이끌어 나에게 오게 할 것이다."

요한 12 : 20 ~ 32

문이 열릴 때까지 두드려라

'구하고 찾고 문을 두드리면, 받고 얻고 문이 열릴 것이다.'

이 말씀을 모르는 사람은 많지 않을 것이다. 그런데 이것을 머리로만 알면 적당히 구하고, 찾고, 두드리다가 받거나 얻지 못하고 문이 열리지 않아 중도에 그만두는 사람으로 남을 것 같다는 것이 요즈음 나의 생각이다. 구하고 찾고 문을 두드리라는 말씀은 끝까지 포기하지 말고 구하고 찾고 문을 두드리라는 의미라고 나는 정리했다. 그리고 실제로 그런 경험을 하고 있다.

또 무엇을 구하고 찾으며 어떤 문을 두드리는지도 상당히 중요한 문제라는 생각이 든다. 더하여 누구를 위하여 구하고 찾고 두드리는지에 따라 끈기의 정도가 다르다는 사실도 깨닫는 중이다.

많은 사람이 좋다고 생각하는 것이 내게도 꼭 좋은 것은 아닐 수도 있으며 많은 사람이 외면하고 거부하는 것이 도리어 내게는 좋은 것이 될 수도 있음을 어렴풋이나마 알 것도 같다.

주님 능력과 은총에 힘입어 진정 구해야 하고 찾아야 하고 두드려야 할 것을 잘 분별하고 보다 많은 사람의 유익함을 추구할 수 있는 삶을 살 수 있기를 소망한다.

"주님, 예전에는 그저 유행을 좇아 사람들이 좋다고 하는 것을 구하고 찾고 두드렸음을 고백합니다. 이제는 조금씩이나마 제가 어떤 것을 구하고 찾아야 하는지를 알아가고 있으니 주님 은총입니다. 제가 좀 더 평온한 마음을 가질 수 있음은 온전히 주님 축복입니다. 상황에 따라 덜 흔들리는 마음은 얼마나 큰 위안이 되는지 모르겠습니다. 제가 바라는 것이 선하고 좋은 것이고, 끈질기게 구하고 찾고 두드리면 주님께서 주실 것을 믿습니다. 제가 받고 얻고 열린 것을 남들과 기꺼이 나눌 수 있도록 이끌어 주십시오."

예수께서는 그들에게 또 이렇게 말씀하셨다.

"너희 중 한 사람에게 어떤 친구가 있다고 하자. 한밤중에 그 친구를 찾아가서 '여보게, 빵 세 개만 꾸어 주게. 내 친구가 먼 길을 가다가 우리 집에 들렀는데 내어놓을 것이 있어야지' 하고 사정한다면 그 친구는 안에서 '귀찮게 굴지 말게. 벌써 문을 닫아걸고 아이들도 나도 다 잠자리에 들었으니 일어나서 줄 수가 없네' 하고 거절할 것이다. 잘 들어라. 이렇게 우정만으로는 일어나서 빵을 내주지 않겠지만 귀찮게 졸라대면 마침내는 자리에서 일어나 그의 청을 들어주지 않겠느냐? 그러므로 나는 말한다. 구하여라, 받을 것이다. 찾아라, 얻을 것이다. 문을 두드려라, 열릴 것이다. 누구든지 구하면 받고 찾으면 얻고 문을 두드리면 열릴 것이다. 생선을 달라는 자식에게 뱀을 줄 아비가 어디 있겠으며 달걀을 달라는데 전갈을 줄 사람이 어디 있겠느냐? 너희가 악하면서도 자녀에게 좋은 것을 줄 줄 알거든 하늘에 계신 아버지께서야 구하는 사람에게 더 좋은 것, 곧 성령을 주시지 않겠느냐?"

루가 11 : 5 ～ 13

목적과 중심이 분명한 삶

사람은 누구나 어딘가를 향해 떠날 수밖에 없는 존재가 아닐까 생각한다. 처음부터 목적지가 분명한 사람은 그렇지 않은 사람보다 일찍 그곳에 도착할 것이고, 목적지를 정하지 못해 방황하는 사람은 어디에도 이르지 못하고 삶을 마감할지도 모른다는 생각이 든다.

목적지에 도착했을 때 무엇을 해야 할지 분명한 목표를 세우는 것이 중요하다는 생각도 든다. 목적지를 정한 이유가 뚜렷하지 않고 자신의 안위와 이익만을 위한 것이었다면 목적지에 도착한 후의 삶이 처음에 꿈꾸던 형태와 달리 괴롭고 허무할 수도 있을 것으로 생각된다.

주님 능력과 은총에 힘입어 목적지를 잘 정하고, 도착 후의 삶이 보람차도록 설계할 수 있기를 소망한다.

"주님, 저는 무작정 떠났음을 고백합니다. 아직도 목적지를 뚜렷하게 정하지 못했음을 고백합니다. 이제야 점차 목적지가 어디여야 하고 목적지에 도달한 후의 삶이 어떠해야 하는지 생각하고 있음을 주님은 아십니다. 저의 목적지가 주님 보시기에 합당한 곳이고 그곳의 삶이 주님 보시기에 좋은 것이 되도록 이끌어 주십시오."

그 뒤 주께서 달리 일흔두 제자를 뽑아 앞으로 찾아가실 여러 마을과 고장으로 둘씩 짝지어 보내시며 이렇게 분부하셨다.

"추수할 것은 많은데 일꾼이 적으니 추수할 일꾼들을 보내 달라고 주인에게 청하여라. 떠나라, 이제 내가 너희를 보내는 것이 마치 어린 양을 이리떼 가운데에 보내는 것과 같구나. 다닐 때 돈주머니도 식량 자루도 신도 지니지 말 것이며, 누구와 인사하느라고 가던 길을 멈추지도 말라. 어느 집에 들어가든지 먼저 '이 댁에 평화를 빕니다!' 하고 인사하여라. 그 집에 평화를 바라는 사람이 있으면 너희가 비는 평화가 그 사람에게 머무를 것이고 그렇지 못하면 너희에게 되돌아올 것이다. 주인이 주는 음식을 먹고 마시면서 그 집에 머물러 있어라. 일꾼이 품삯을 받는 것은 당연한 일이다. 이집 저집으로 옮겨 다니지 말라. 어떤 동네에 들어가든지 너희를 환영하거든 주는 음식을 먹고 그 동네 병자들을 고쳐주며 하느님 나라가 다가왔다고 전하여라."

루가 10 : 1 ~ 9

늘 준비되고 정돈된 삶

예수께서는 주인이 언제 오든 준비하고 있다가 주인을 맞이하는 종은 행복하다고 말씀하신다. 늘 자신을 잘 다스려 직분과 책무를 다하는 성실한 삶을 권하시는 말씀으로 해석된다.

주인이 아껴주고, 직분에 합당한 대우를 해주며, 기본적으로 인격적 존재로서 사람 신분에 걸맞은 관계로 대한다면 종은 주인을 언제든 존중하고 고마운 사람으로 맞이할 수 있도록 준비할 것으로 생각된다.

주인이 어리석고 모자라 종을 하찮고 소중하지 않게 대한다면 그 종 또한 자신을 하찮고 소중하지 않은 사람으로 인식하고 주인을 함부로 대할 것이며, 주인이 언제 오든 깨어 있다 맞이하려는 마음은 사라지고 어쩔 수 없어 억지로 대할 것이다. 반대로 주인이 종을 선한 마음으로 바르게 대하면 종 또한 자신을 그런 존재로 인식하고 주인에게 그에 합당한 예우를 할 것이다.

물론 주인이 어떻게 대하든 자신의 본분을 다하면서 늘 주인을 공손하고 성심껏 대하는 종은 참으로 지혜로운 사람일 것이며, 그런 종은 주인이 언제 오든 깨어 있으면서 주인을 맞이할 준비를 할 것이다. 이런 사람은 어떤 처지

한탄강에서 만난 포천구절초. 만개한 꽃과 유유히 흐르는 강

물. 흐르는 것이 어디 강물뿐이랴.

에서든 항상 기뻐하고 작은 일에도 감사할 줄 아는 사람일 것임이 분명하다.

주님 능력과 은총에 힘입어 늘 깨어 있으면서 주인을 반갑고 깎듯이 맞이할 수 있는 종의 삶을 소망한다.

"주님, 늘 깨어 있으면서 준비되고 정돈된 삶을 살려면 가치관이 바르고 삶의 목표가 반듯해야 할 것입니다. 해야 할 것과 하지 말아야 할 것을 제대로 분별하여 성실하고 올곧게 살 수 있도록 이끌어 주십시오."

너희는 허리에 띠를 띠고 등불을 켜 놓고 준비하고 있어라. 마치 혼인 잔치에서 돌아오는 주인이 문을 두드리면 곧 열어주려고 기다리는 사람들처럼 되어라. 주인이 돌아올 때 깨어 있다가 주인을 맞이하는 종들은 행복하다. 그 주인은 띠를 띠고 그들을 식탁에 앉히고 곁에 와서 시중을 들어줄 것이다. 주인이 밤중에 오든 새벽녘에 오든 준비하고 있다가 주인을 맞이하는 종들은 얼마나 행복하겠느냐?

루가 12 : 35 ~ 38

가진 게 적어도 많게 느끼는 사람

객관적으로 많은 것을 가지고도 늘 부족하게 느끼는 사람이 있는가 하면 다른 사람의 기준으로는 많이 가지고 있다고 볼 수 없어도 늘 풍족하게 느끼며 감사하는 마음으로 살아가는 사람이 있다. 많이 받고도 많다고 느끼지 못하는 한 절대로 행복할 수 없다고 한다. 그리 많지 않아도 많이 받은 것으로 생각하는 사람이 진정으로 행복을 느낄 수 있다는 것이다.

무엇이든 그렇겠지만 행복이나 불행, 기쁨이나 분노 등은 자신의 감정을 스스로 어떤 방향으로 이끄느냐가 가장 중요한 관건일 듯하다. 이미 주어진 상황은 우리가 통제할 수 없어도 상황에 반응하는 것은 우리 마음먹기에 달려 있지 않겠는가.

주님 능력과 은총에 힘입어 마음을 바람직한 방향으로 이끌어 복되고 즐거운 삶을 살 수 있기를 소망한다.

....

"주님, 저는 늘 상황에 휘둘리고 몰입되어 대응책을 찾지 못하고 엉뚱하게 반응하는 어리석은 삶을 살았음을 고백합니다. 뒤늦게나마 주어진 상황에 좀 더 나은 반응을 해야 한다는 깨달음을 얻고 있으니 주님 축복이고 은총입니다. 힘들고 어려운 상황이 닥쳐도 냉정하게 분석하고 효과적으로 대응하려고 노력하면 더 나은 방법을 찾을 수 있다는 것도 배우는 중입니다. 제 마음이 상황 변화에 너무 흔들리지 않고 어렵게나마 평온을 유지할 수 있으니 주님 인도하심입니다."

....

"생각해 보아라. 도둑이 언제 올지 집주인이 알고 있다면 자기 집을 뚫고 들어오지 못하게 할 것이다. 사람의 아들도 너희가 생각지도 않은 때에 올 것이니 항상 준비하고 있어라."

이 말씀을 듣고 베드로가 물었다.

"주님, 이 비유는 저희에게만 말씀하신 것입니까? 저 사람들도 모두 들으라고 하신 것입니까?"

예수께서 대답하셨다.

"어떤 주인이 한 관리인에게 다른 종들을 다스리며 제때에 양식을 공급할 책임을 맡기고 떠났다면 어떻게 하는 사람이 과연 충성스럽고 슬기로운 관리인이냐? 주인이 돌아올 때 자기 책임을 다하고 있다가 주인을 맞이하는 종이 아니냐? 그 종은 행복하다. 틀림없이 주인은 그에게 모든 재산을 맡길 것이다. 그러나 만일 그 종이 속으로 주인이 더디 오려니 하고 제가 맡은 남녀 종들을 때려 가며 먹고 마시고 술에 취하여 세월을 보낸다면 생각지도 않은 날 짐작하지도 못한 시간에 주인이 돌아와 그 종을 동강 내고 불충한 자들이 벌 받는 곳으로 처넣을 것이다. 자기 주인의 뜻을 알고도 아무런 준비를 하지 않았거나 주인의 뜻대로 하지 않은 종은 매 맞을 것이다. 그러나 주인의 뜻을 몰랐다면 매 맞을 만한 짓을 하였어도 덜 맞을 것이다. 많이 받은 사람은 많은 것을 돌려주어야 하며 많이 맡은 사람은 더 많은 것을 내어놓아야 한다."

루가 12 : 39 ~ 48

옛 틀을 깨고 새 눈과 귀를 열자

기존의 틀을 깨야 새로운 것이 탄생할 수 있지 않을까. 요즈음 사람들 입에 자주 오르내리는 상상력, 창의력, 도전 정신 같은 말은 모두 일정한 틀을 깨야 한다는 말과 다르지 않다고 생각한다.

틀을 깨려면 호기심, 열정, 사랑, 실천과 같은 긍정적이고 밝은 마음이 있어야 가능할 것 같다. 현실에 안주하려는 안이함은 물론 무심하거나 잠든 마음에서는 틀을 깨려는 욕구가 발생할 수 없고, 모순과 문제를 볼 수 있는 예리함이 생겨날 수 없을 것이다.

자신을 일정한 틀에 매어 놓으려는 것은 사랑과 열정이 없어서이며, 자기 욕심과 통제를 통해 만족과 기득권을 보호하려는 욕구에서 나오는 것으로 생각된다.

주님 능력과 은총에 힘입어 옛 틀을 깨고 새 눈과 귀를 가지려는 수고와 단련을 멈추지 않기를 소망한다.

"주님, 무심하게 상황을 대하고 둔감한 의식으로 현실을 보며 살았음을 고백합니

큰구슬봉이, 한자어로는 석용담(石龍膽)이 광릉요강꽃의 호위
를 받으며 꽃을 피웠다. 그런데 다음 날 가보니 호위무사 광
릉요강꽃이 못된 손을 타는 바람에 큰구슬봉이마저 뿌리째
뽑혀 오간 데를 알 수 없게 되었다. 쌍떡잎식물 용담목 용담
과의 두해살이풀.

다. 좋은 것이 좋은 것이라는 타협적이고 비겁한 정신으로 살아온 세월이 참 길었음을 고백합니다. 이제는 주님 이끄심과 은총으로 좋은 것이 진정 무엇이고 구하고 찾아야 할 것이 무엇인지 알게 되었으니 너무나 감사합니다. 묵상과 반성을 통해 인격을 좀 더 가꾸어 나갈 수 있도록 이끌어 주십시오. 현재의 틀을 깨고 날로 부활하는 삶을 살도록 지켜주십시오."

예수께서 안식일에 어떤 회당에서 가르치시는데 마침 거기에 십팔 년 동안이나 병마에 사로잡혀 허리가 굽어져서 몸을 제대로 펴지 못하는 여자가 하나 있었다.

예수께서 여자를 보시고 가까이 불러 손을 얹어 주셨다.

"여인아, 네 병이 너에게서 떨어졌다."

그러자 여자는 즉시 허리를 펴고 하느님을 찬양하였다.

그런데 회당장이 예수께서 안식일에 병을 고치시는 것을 보고 분개하여 모인 사람들에게 말하였다.

"일할 날이 일주일에 엿새나 있습니다. 그러니 그 엿새 동안에 와서 병을 고쳐 달라고 하시오. 안식일에는 안 됩니다."

예수께서 이 말을 듣고 말씀하셨다.

"이 위선자들아, 너희는 안식일에도 자기 소나 나귀를 외양간에서 풀어내 물을 먹이지 않느냐? 이 여자도 아브라함의 자손인데 십팔 년 동안이나 사탄에게 매여 있었다. 그런데 안식일이라 하여 이 여자를 사탄의 사슬에서 풀어주지 말아야 한단 말이냐?"

이 말씀에 예수를 반대하던 자들은 모두 망신을 당하였으나 군중은 예수께서 행하시는 온갖 훌륭한 일을 보고 모두 기뻐하였다.

루가 13 : 10 ~ 17

해야 할 일이라면 지금 당장 하라

'이왕 할 것이라면 지금 당장 하라.'

이 말을 듣고 크게 공감한 바가 있다. 무언가를 해야 하는데도 주저하게 될 때 이 말을 떠올리며 행동에 착수하곤 한다.

해야 마땅한 일인데도 하기 싫을 때는 하지 않아도 되는 여러 가지 이유를 대며 자꾸만 뒤로 미루게 되는 경험을 많이 한다. 긍정적이고 적극적인 사람은 어려운 상황에서도 할 수 있고 해야만 하는 여러 가지 이유를 찾지만, 부정적이고 소극적인 사람은 쉽고 바람직한 상황에서도 안 되는 이유를 찾기에 바쁘다는 말이 생각난다. 어느 쪽을 지향하는가에 따라 삶의 모습이 크게 달라질 것이다.

주님 능력과 은총에 힘입어 긍정적이고 적극적인 자세로 실천적 삶을 살기를 소망한다.

"주님, 오늘 해야 할 일을 내일로 미루면서 살았습니다. 하지 않아도 될 구실을 찾고 다른 탓을 하기 일쑤인 삶을 살았습니다. 이제는 해야 할 이유를 찾는 자세로 바뀔 수 있었음은 주님 축복이며 은총입니다. 해야 할 것과 하지 않아야 할 것을 잘 분별하며 해야 할 것이라면 당장 실천하도록 이끌어 주십시오."

어느 안식일에 예수께서 바리사이파의 한 지도자 집에 들어가 음식을 잡수시게 되었는데 사람들이 예수를 지켜보고 있었다. 그때 마침 예수 앞에 수종 병자 한 사람이 있었다.

예수께서 율법 교사들과 바리사이파 사람들을 향해 물으셨다.

"안식일에 병을 고쳐 주는 일이 법에 어긋나느냐? 어긋나지 않느냐?"

그들은 입을 다문 채 아무 말도 하지 않았다.

예수께서 병자의 손을 붙잡고 고쳐서 돌려보내신 다음 그들에게 다시 물으셨다.

"너희는 아들이나 소가 우물에 빠졌는데도 안식일이라고 하여 당장 구해내지 않고 내버려 두겠느냐?"

그들은 이 말씀에 아무 대답도 하지 못하였다.

루가 14 : 1 ∼ 6

내 활력을 모두 바쳐 치열하게

가진 것을 전부 바치는 마음만큼 풍성하고 진실한 것이 있을까. 엄청나게 풍요로운 영혼과 굳건한 믿음이 없이는 불가능하리라는 생각이 든다.

만일 우리의 하루하루 살아가는 자세가 가진 것을 모두 바치는 열정과 집중의 연속이라면 대단히 큰 무언가를 이룰 수 있을 것 같다. 생각의 깊이와 넓이도 상당할 것이고 영혼의 풍요로움도 대단하리라는 생각이다.

주님 능력과 은총에 힘입어 여생을 살아가는 자세가 이와 같기를 소망한다.

"주님, 저는 가진 것 가운데 극히 일부를 바치는 것조차 꺼리고 주저함을 고백합니다. 제가 적당주의를 버리고 모든 순간을 근면, 성실한 자세로 집중하며 살아갈 수 있도록 이끌어 주십시오. 제가 가진 활력의 전부를 바쳐 치열하고 성실하게 살도록 지켜주십시오."

어느 날 예수께서 부자들이 와서 헌금함에 돈을 넣는 것을 보고 계셨는데 마침 가난한 과부 한 사람이 작은 동전 두 닢을 넣는 것을 보고 말씀하셨다.

"나는 분명히 말한다. 이 가난한 과부는 다른 모든 사람보다 더 많은 돈을 넣었다. 저 사람들은 모두 넉넉한 데에서 얼마씩을 예물로 바쳤으나 이 과부는 가난하면서도 가진 것을 전부 바친 것이다."

루가 21 : 1 ~ 4

소통하고 함께할수록 효율이 높다

요즈음은 빅데이터 시대, 빅데이터 신의 시대라고 해도 과언이 아닐 만큼 모든 것이 데이터로 수집되고 데이터에 의해 정책과 방향이 결정되는 것 같다.

미국의 어느 작은 유통업체에서 고객의 고충이나 불만을 전화로 상담하는 부서 중 어느 특정한 부서는 고객 응대가 신속하고 고충 처리가 빨라 고객의 만족도가 높은 데 비해 다른 부서들은 그렇지 못한 것을 주목하여 그 이유를 파악하고 업무 능률이 떨어지는 부서원들을 경고하기 위한 데이터를 모으기로 하였다.

그래서 모든 부서원이 고객과 통화하는 내용과 업무의 성실성과 효율성을 파악하기 위한 목적으로 각종 센서가 장비된 작은 배지를 부착하게 하였다. 직원들이 고객을 응대하고 통화하는 내용은 물론 부서원끼리의 대화 내용과 업무의 세세한 내용을 모두 파악할 수 있었고 그렇게 수집한 데이터를 토대로 업무의 효율성을 극대화할 방법을 찾으려는 모임이 이루어졌다.

그런데 데이터 결과는 임원들이 예상했던 것과는 전혀 다른 의외의 것이었다고 한다. 임원들은 업무시간에 팀원들끼리 나누는 잡담이나 한담 같은 비효율적인 요소를 줄여 인원을 감축하고 서비스의 질을 높이려는 의도였다.

그러나 업무 효율이 가장 뛰어난 부서의 팀원들은 회사의 지시 사항인 팀원 간의 대화 금지를 어기고 서로 각종의 자잘한 대화를 수시로 나누는 것이 드러났다. 팀원 사이의 대화와 소통을 통해 관계의 친밀성을 높이고 유대감을 끌어올리는 것이 더욱 신속한 고객 불만 처리를 가능케 하고 고객의 만족도를 높인다는 결과가 나온 것이다. 관계의 친밀성, 유대, 연대의 중요성이 입증된 것이다.

오늘 말씀에 등장하는 '손을 댄 사람은 모두 나았다'는 대목은 바로 이 관계의 친밀성, 호혜, 공생, 연대의 중요성을 다시 한번 일깨워 주는 것이 아닐까 생각한다.

주님 능력과 은총에 힘입어 관계를 복원, 증진하고 호혜와 공생의 밀도를 더욱 높이는 삶이 될 수 있기를 소망한다.

"주님, 주는 것이 받는 것보다 훨씬 기쁘다는 것을 몸소 체험할 수 있게 하시니 주님 은총입니다. 넉넉한 마음이 있어야 풍요로운 삶을 살 수 있음을 깨닫게 하시니 주님 축복입니다. 이러한 빛의 요소들이 실종되고 인색하고 완고한 어둠의 요소들이 저를 휘감을 때, 즉시 이를 깨닫고 이러한 부정적 환경에서 빠져나오도록 이끌어 주십시오."

그들은 바다를 건너 게네사렛 땅에 배를 대었다. 그들이 배에서 내리자 사람들은 곧 예수를 알아보고 근처 온 지방을 뛰어다니면서 병자들을 요에 눕혀 예수께서 계시는 곳을 찾아 데려왔다.

제주 수선화. 조선 후기 선비 추사(秋史) 김정희(金正喜)가 제주
로 귀양 갔다가 보고 '천하의 큰 구경거리'라고 격찬했다. 겨
울에 하얗게 핀 수선화가 그의 신산한 귀양살이에 작은 위안
이 되었던 때문일까? 평생의 벗 권돈인에게 이렇게 써 보냈
다. '정월 그믐께부터 2월 초에 피어 3월에 이르면 산과 들,
밭둑 사이에 흰 구름이 질펀하게 깔린 듯, 흰 눈이 광활하게
퍼진 듯하다.' 외떡잎식물 백합목 수선화과의 여러해살이풀.

마을이나 도시나 농촌이나 어디든지 예수께서 가시기만 하면 사람들은 병자들을 장터에 데려다 놓고 옷자락만이라도 만지게 해 달라고 간청하였다. 손을 댄 사람은 모두 나았다.

마르 6 : 53 ～ 56

기적은 감사의 또 다른 표현

기적은 누가 보여 주는 것이 아니라 자기가 느끼고 보는 것이 아닐까 생각된다. 보는 눈과 느끼는 마음에 따라 매 순간과 매일의 삶이 기적일 수도 있고 그렇지 않을 수도 있을 것이기 때문이다.

또 하루의 삶이 주어진 것을 더없이 감사하게 여길 수 있으면 잠자리에서 일어나는 것 자체가 기적일 수도 있고, 하루의 삶이 그저 당연히 되풀이되는 일상으로 인식되면 아무 생각이 없을 수도 있을 것이다.

그야말로 오늘은 어제 생을 마감한 사람이 그토록 애타게 살고 싶어 한 시간임을 느낄 수 있는지 없는지에 따라 오늘이 기적일 수도 있고 아닐 수도 있을 것이다.

그리고 보면 기적은 감사함의 또 다른 표현이 아닐까 하는 생각도 든다. 매 순간들을 무한한 감사함으로 인식한다면 삶의 모든 과정은 더없이 소중한 기적이 될 수 있을 것이다.

주님 능력과 은총에 힘입어 매 순간의 소중한 삶을 기적으로 느끼는 깨인 정신으로 살아갈 수 있기를 소망한다.

"주님, '이 세대에게 보여 줄 기적의 징조는 하나도 없다'고 하셨습니다. 제가 삶 자체를 기적으로 받아들이고 주님께 깊은 감사를 간직하며 주님 앞에 가난한 마음으로 살 수 있도록 이끌어 주십시오."

바리사이파 사람들이 와서 예수의 속을 떠보려고 하느님의 인정을 받은 표가 될 만한 기적을 보여 달라고 하면서 말을 걸어왔다. 예수께서는 마음속으로 깊이 탄식하시며 말씀하셨다.

"어찌하여 이 세대가 기적을 보여 달라고 하는가! 나는 분명히 말한다. 이 세대에게 보여 줄 징조는 하나도 없다."

그리고는 그들을 떠나 다시 배를 타고 바다 건너편으로 가셨다.

마르 8 : 11 ~ 13

성실한 나무가 충실한 열매를 맺어

열매가 과정인지 결과인지 생각해 본다. 열매는 결과로 이어진 과정이며 반드시 과정을 거쳐야만 얻을 수 있는 결과가 아닐까 하는 생각이 든다. 성실하고 근면한 과정을 거쳤으면 좋은 열매가 열릴 것이고 부실하고 게으른 과정을 거쳤으면 볼품없는 열매를 얻게 될 것이다.

열매는 풍요롭고 향기로우며 윤택한 인격과 영혼에 비유될 수 있지 않을까. 열매를 맺기 어려운 악조건에서도 뿌리를 깊이 내리고 태양과 산소를 최대로 흡수하려는 강한 의지와 노력이 있다면 얼마든지 좋은 열매를 맺을 수 있을 것이다. 상황과 조건은 자신의 의지와 관계없이 전개되고 변할 수 있으나 그에 반응하는 의지는 언제나 자신의 몫임을 새삼 깨닫게 된다.

주님 능력과 은총에 힘입어 성실한 삶의 자세로 끈기 있는 노력을 통해 좋은 열매를 맺을 수 있기를 소망한다.

"주님, 누구나 좋은 열매를 맺을 수 있음을 깨닫게 하시니 주님 은총입니다. 좋은 열매의 필수 요소는 사랑과 성실, 겸손임을 알게 하시니 주님 축복입니다. 주님 가르침을 깊이 깨달아 좋은 열매를 맺을 수 있도록 이끌어 주십시오."

"나는 참 포도나무요 나의 아버지는 농부이시다. 나에게 붙어 있으면서 열매를 맺지 못하는 가지는 아버지께서 모조리 쳐내시고 열매를 맺는 가지는 더 많은 열매를 맺도록 잘 가꾸신다. 너희는 내 교훈을 받아 이미 잘 가꾸어진 가지들이다. 너희는 나를 떠나지 말라. 나도 너희를 떠나지 않겠다. 포도나무에 붙어 있지 않은 가지가 스스로 열매를 맺을 수 없는 것처럼 너희도 나에게 붙어 있지 않으면 열매를 맺지 못할 것이다. 나는 포도나무요 너희는 가지다. 누구든지 나에게서 떠나지 않고 내가 함께 있으면 그는 많은 열매를 맺는다. 나를 떠나서는 너희가 아무 것도 할 수 없다. 나를 떠난 사람은 잘린 가지처럼 밖에 버려져 말라 버린다. 그러면 사람들이 이런 가지를 모아다가 불에 던져 태워 버린다. 너희가 나를 떠나지 않고 또 내 말을 간직해 둔다면 무슨 소원이든지 구하는 대로 다 이루어질 것이다. 너희가 많은 열매를 맺고 참으로 나의 제자가 되면 내 아버지께서 영광을 받으실 것이다."

요한 15 : 1 ~ 8

주인도 일꾼 의식이 필요하다

삶의 과정에는 주인 의식과 역할이 필요할 때가 있고, 일꾼 의식과 역할이 필요할 때가 있는 것이 아닌가 생각된다. 자신의 삶을 주체적으로 영위하고 삶의 형태와 목표를 결정할 때 또는 역경이나 고난과 맞서야 할 때는 주인 의식이 가득해야 할 것 같고 가족과 공동체를 위해서는 상대를 섬기는 일꾼 의식과 역할이 가득해야 하지 않을까 생각된다.

주인 역할과 일꾼 역할이 뒤바뀌거나 제대로 행사되지 않을 때 그 삶은 안정이나 평화, 행복, 풍요와는 거리가 멀어질 수밖에 없고 오히려 혼란과 무질서, 불안과 걱정, 갈등과 다툼, 인색함과 쇠락의 길이 될 가능성이 크지 않을까 하는 생각을 해본다.

특히 연장자나 지도자 위치에 있는 사람일수록 이러한 분별을 제대로 인식하여 행동할 필요가 더 크지 않을까 생각한다.

주님 능력과 은총에 힘입어 삶의 뿌리와 중심을 유지하며 일꾼 의식과 섬김의 정신으로 살아갈 수 있기를 소망한다.

"주님, 군림하고 뽐내려는 자세를 멀리하고 겸손한 마음으로 섬기는 삶에 충실할 수 있도록 이끌어 주십시오. 자신을 높이려면 스스로 낮추어야 함을 가슴에 새기도록 이끌어 주십시오."

예수께서는 모든 도시와 마을을 두루 다니시며 가시는 곳마다 회당에서 가르치시고 하늘나라의 복음을 선포하셨다. 그리고 병자와 허약한 사람들을 모두 고쳐주셨다.

또 목자 없는 양과 같이 시달리며 허덕이는 군중을 보시고 불쌍한 마음이 들어 제자들에게 말씀하셨다.

"추수할 것은 많은데 일꾼이 적으니 그 주인에게 추수할 일꾼들을 보내 달라고 청하여라."

마태 9 : 35 ~ 38

(끝)